Sina Blackwood

AF175420

Der Rübezahl vom Schüchthof

2

Bibliografische Informationen der Deutschen Nationalbibliothek:
Die Deutsche Nationalbibliothek verzeichnet diese Publikation in der Deutschen Nationalbibliografie; detaillierte bibliografische Daten sind im Internet über https://www.dnb.de abrufbar.

© 1. Auflage: Juni 2021

© Coverbild: Sina Blackwood

Umschlaggestaltung: Sina Blackwood
Layout: Sina Blackwood

Herstellung und Verlag:
BoD – Books on Demand, Norderstedt
ISBN: 9783753461601

I.

Es ist zwei Jahre her, seit die Landwirte Urs und Mina auf dem Schüchthof die Sagenfeuer ins Leben gerufen haben. Durch den ständigen Publikumsverkehr an den Sonnabenden kommen sie kaum noch zum Verschnaufen und so bleibt es nicht aus, dass sie über weitreichende Veränderungen nachdenken müssen.

„Wir brauchen Saisonhelfer während der Heuernte und jemanden, der im Stall mit anfasst", sagte Urs, als wieder mal Trubel wie in einem Tollhaus herrschte.

„Zu dieser Erkenntnis bin ich heute auch endgültig gekommen", seufzte Mina. „Und wir brauchen noch was – einen festen Zaun oder eine Mauer am unteren Ende des Hangs. So viel Unvernunft, wie wir heute wieder von zwei Personen erlebt haben, geht auf keine Kuhhaut!"

„Ich habe ja eine Idee. Ich weiß nur nicht, wie wir die umsetzen könnten. Mir schwebt vor, große Steinblöcke von der Mure als Mauer zu legen, die sagt: bis hierher und nicht weiter. Nur, wie kriegen wir die Felsbrocken nach oben? Es sind ja einige Meter zu überwinden."

„Einige Meter ist gut", lachte Mina. „Aber das erscheint mir auch sinnvoller, als Pfähle zu setzen. Und ganz nebenbei würde ich mich ebenfalls sicherer fühlen, wenn ich mit dem Traktor zugange bin."

„Ich habe schon hin und her gerechnet, ob man eine Seilwinde nehmen könnte", verriet Urs. „Das Ansinnen ist utopisch."

„Was, wenn wir die Murenreste abhaken, und nehmen, was noch auf dem Hang liegt? Da können wir uns in Ruhe heraussuchen, was von der Größe passt, um mit Max gezogen zu werden", warf Mina ein. „Notfalls muss eben noch ein Klecks Mörtel dran, damit es eine Mauer wird. Bei den Sockeln der Häuser hat es doch auch funktioniert. Kniehoch würde durchaus reichen. Oder hast du wirklich vor, megalithisch zu bauen?"

„Äh ... nein", schmunzelte Urs. „Also ist es beschlossen, wir holen, was wir vor der Nase liegen haben."

„Nächster Punkt: Die Schneefräse", sagte Mina. „Die sollten wir schleunigst bestellen, denn dass es mit der Schiebemulde von Max nichts Halbes und nichts Ganzes wird, haben wir jetzt zwei Jahre durch."

„Aber wenn, dann eine zum Draufsetzen, damit wir vielleicht auch die Straße ganzjährig befahrbar halten können", schlug Urs vor.

„Angenommen!" Mina hakte den nächsten Punkt ab. „Kommen wir zur Personalfrage. Wen kann man heute noch begeistern, in aller Herrgottsfrühe aufzustehen und bis in die Abendstunden zu arbeiten?"

„Keinen, vermute ich", murmelte Urs. „Wie wäre es mit Praktikanten im Zweischichtbetrieb? Kost und Logis gratis."

„Das ist eine Option. Ich werde für beide Varianten Anzeigen an die Tafel im Landhandel pinnen", erklärte Mina, mit den Händen ihr Gesicht reibend.

Urs nahm sie in den Arm. „Ich mache mir Sorgen um dich. Seit fast zwei Wochen bist du auffallend blass. Vielleicht solltest du ein paar Tage Auszeit nehmen, zu Andreas und Brenda fahren, und dich erholen."

„Und dich mit der ganzen Arbeit allein lassen. Na klar!" Mina schüttelte missbilligend den Kopf. „Ich war der Meinung, wir hätten soeben darüber gesprochen, dass es zu zweit schon nicht mehr zu schaffen ist."

„Struppi scheint sich auch Sorgen zu machen, so, wie er dir auf Schritt und Tritt folgt", merkte Urs an.

Mina zog Urs an der Hand auf die Eckbank neben sich. „Ist besser, wenn du dich hinsetzt." Und ehe er erschrecken konnte: „Eine Schwangerschaft ist keine Krankheit."

Eine Sekunde nichts, außer tellergroße Augen, dann ein Freudenheuler, der Struppi veranlasste, den Weltrekord im hundert Meter Lauf zu brechen. „Oh, mein Gott! Und das sagst du so ganz nebenbei? Seit wann weißt du es?", rief Urs.

„Seit heute Morgen", blinzelte Mina.

„Ich muss eine Wiege bauen und ein Kinderbett!", rief Urs hektisch.

Mina schüttelte lachend den Kopf. „Ich brühe dir erst mal einen Kaffee auf. Du beruhigst dich ein bisschen und dann reden wir weiter."

„Wir brauchen auf jeden Fall eine sichere Mauer am unteren Ende der Wiese", murmelte Urs besorgt. „Nicht, dass das Krümelchen in den Abgrund stürzt."

„Was gab es in deiner Kindheit für Absperrungen?", fragte Mina.

„Keine", erwiderte Urs kleinlaut.

„Na also! Dann wird auch die kleine Mauer reichen, gepaart mit Aufsicht und Struppis Bewacherinstinkt. Wir sollten nur langsam einen zweiten Hund ins Auge fassen, weil Struppis Alterswehwehchen immer deutlicher zutage treten. Es weiß ja keiner wirklich, wie alt er schon war, als wir ihn aufgenommen haben. Du wirst also am besten mit ihm zusammen zum Tierheim fahren und nach Zuwachs Ausschau halten, mit dem er sich gut verträgt."

„T ... Tierheim", stotterte Urs. „Hm. Eigentlich gar nicht so übel, die Idee. Ich will morgen sowieso Späne für die Hühner aus dem Sägewerk holen, da komme ich ja fast dran vorbei", erklärte er mit fragendem Unterton.

„Von mir aus auch gleich morgen", schmunzelte Mina, weil Urs immer noch völlig konfus zu sein schien.

In den abendlichen Nachrichten für Minas Bruder und seine Frau verrieten sie, dass Nachwuchs unterwegs war. Andreas rief im Bruchteil eines Wimpernschlags mit Videotelefonat bei ihnen an. „Juhuuuu, ich werde Onkel!"

„Oder Tante, falls es ein Mädchen wird", witzelte Urs, worauf Andreas in schallendes Lachen ausbrach.

„Der war gut", kicherte er vergnügt. „Nun werdet ihr aber ernsthaft über Hilfe nachdenken müssen."

„Das haben wir heute Nachmittag getan", verriet Mina und zählte die wichtigsten Punkte auf.

Andreas hörte sich die Sache mit der Mauer aufmerksam an, besonders was Urs' erster Gedanke gewesen war.

„Da die Bergflanke mit zu seinem Besitz gehört, wie wir nun ganz sicher wissen, schlage ich eine Hubschrauberaktion vor", sagte Andreas. „Ausbildung für Industrieflieger oder so. Sie können unten lernen, die Blöcke anzuschlagen und aufzunehmen und oben, sie mit Präzision an der Hangkante abzusetzen. Ich werde Bruno umgehend beauftragen, sich mit entsprechenden Ausbildern zu beschäftigen."

„Wer soll denn das bezahlen?", entsetzte sich Urs.

„Keiner von uns. Die können froh sein, wenn sie einen Übungsplatz für schwierige Einsätze kostenlos kriegen", grinste Andreas. „Das Beste wird sein, wir kommen am Wochenende zu euch."

„Prima Idee!", freute sich Mina. „Da ist kein Sagenfeuertermin und uns tut es gut, mit euch Zeit verbringen zu können."

Als das Gespräch beendet war, begab sie sich in die Käserei, um die fertigen Laibe mit Salzlake abzubürsten und zu wenden. Sie schmunzelte, als von nebenan das Kreischen der Kreissäge erklang. Urs war garantiert dabei, Bretter für eine Wiege zuzuschneiden. Sie ließ ihn gewähren, denn das war wohl das Einzige, womit er sich jetzt ein wenig herunterfahren konnte. Sie sollte sich auch nicht geirrt haben.

„Eine Wiege war damals mein Gesellenstück", verriet er freudestrahlend, als Mina in seiner Minischreinerei auftauchte. „Wenn du sie am Ende noch verzierst, wird sie bestimmt die Schönste auf der ganzen Welt sein."

„Gute Idee!" Mina hatte schon lange ein elektrisches Gerät bekommen, um nicht mehr mühsam mit Propangasflamme und Nägeln die kleinen Dosen, Etuis und Tabletts in Brenntechnik verzieren zu müssen, die sie in den Wintermonaten fertigten. Besonders die mit ihren eigenen Teemischungen gefüllten Kästchen waren der Renner, seit Mina auch fertige Teebeutel zum Aufbrühen abpackte.

Für jene, die keine Verzierungen mochten, hatte Urs mit Walter vom Sägewerk einen Handel abgeschlossen. Der legte ihm alles an Brettern beiseite, was eine besonders auffällige Maserung hatte. Urs nahm sogar Holz mit Astlöchern, das sonst keiner haben wollte.

„Mir ist gerade noch etwas eingefallen", sagte Mina. „Wir sollten zukünftig nur aller zwei Monate ein Sagenfeuer veranstalten. Die Leute werden immer unvernünftiger, richten immer öfter Schäden an und bei Schuldgefühlen herrscht komplette Fehlanzeige."

„Ja, da gebe ich dir recht", seufzte Urs. „Ich werde unsere Homepage entsprechend ändern. Die bereits gebuchten Veranstaltungen führen wir noch durch, aber alles andere wird stark herunter gefahren. Unter 15 Personen wird es nicht mehr stattfinden, 20 Personen sollen das Maximum sein. Alles wird verhandelbar, aber nicht mehr selbstverständlich, sein. Ich rufe unsere beiden Reiseveranstalter heute noch an, damit sie sich darauf einrichten können. Wenn unser Kleines da ist, werden wir ein ganzes Jahr pausieren."

„Einverstanden." Mina strich mit den Fingerspitzen über die zugeschnittenen Bretter. „Ich bewundere deine Kunstfertigkeit."

„Schatz, ich glaube, das beruht auf Gegenseitigkeit", sagte Urs lächelnd.

„Noch was: Die windgeschützte Stelle, die wir als Parkplätze vorgesehen hatten, bepflanze ich mit robusten Obstbäumen", offerierte Mina.

„Da haben vor dem Lawinenabgang auch welche gestanden", erklärte Urs, „Und auf dem Stück, wo jetzt das Geröll liegt."

„Ein Grund mehr, den Hang zu beräumen", blinzelte Mina. „Aber so, dass es am Rand des flachen Teils einen Steinwall ergibt. Damit wir keine Angst um unser Krümelchen haben müssen, wenn es naschen geht."

Sie liefen gemeinsam zum Wohnhaus. Urs blieb vor der Tür stehen und taxierte Struppis Fressnapf. „Ist genug Platz, damit sie sich beim Fressen nicht ins Gehege kommen."

„Oha! Wenn du so reagierst, spinnen die Parzen doch schon die Fäden!", rief Mina. „Ich werde also morgen nicht in Ohnmacht fallen, wenn du tatsächlich einen neuen Hund mitbringst."

„Sachte, sachte", dämpfte Urs die Euphorie. „Du weißt doch, dass man mehrmals vorstellig werden muss, um einen mitnehmen zu dürfen. Mit gleich mitbringen, dürfte es also kaum etwas werden."

Struppi freute sich riesig, als er mit Urs auf Autotour gehen durfte. Das kam äußerst selten vor und so wedelte er derart wild mit dem Schwanz, dass Mina in schallendes Lachen ausbrach. Als er später im Sägewerk von Walter noch eine halbe Bockwurst bekam, war Struppi endgültig selig.

Urs lud die Säcke mit den Sägespänen ein, sicherte Struppi und schlug den direkten Weg zum Tierheim ein. Als er den letzten Hügel hinunter fuhr, konnte Urs schon mehrere Hunde in den Außenanlagen sehen. „Vielleicht sind wir ja für einen von denen heute die Glücksfeen", murmelte er, im Rückspiegel nach Struppi schauend, der die Ohren spitzte. Er suchte sich einen schattigen Parkplatz, ließ Struppi aus dem Auto, hakte die Leine ein und schritt auf das Tor zu, als er aus einem anderen Auto heraus angesprochen wurde. „Müssen Sie Ihren Hund auch abgeben?"

Urs drehte sich erstaunt herum. „Meinen Hund abgeben? Niemals! Er ist mit hier, damit er sich einen Kameraden aussuchen kann, mit dem er gut klar kommt." Urs trat nah heran, der Fremde bekam riesengroße Augen. Im Koffer-raum fiepte jämmerlich sein Hund, der zu spü-ren schien, was man ihm angedacht hatte. Struppi lauschte irritiert.

Der Mann erzählte unter Tränen: „Meine Frau hat eine schwere Allergie gegen Tierhaare entwi-ckelt. Auf die Desensibilisierung spricht ihr Immunsystem nicht an. Im Gegenteil – es ist dadurch nur noch viel schlimmer geworden. Ich habe versucht, den Kleinen privat zu vermitteln. Aber alle schrecken vor seinem Bewegungs-drang zurück. Ich sitze seit einer halben Stunde hier und bringe es einfach nicht fertig, dort hinein zu gehen."

„Was ist es denn für ein Hund?", fragte Urs.

„Ein Australian Shepherd, acht Monate alt", erklärte der Fremde, mehrmals die Nase hochziehend.

Urs überlegte einen Moment. „Darf ich ihn sehen?"

Der Mann nickte, stieg aus und öffnete den Kofferraum, wo in einem Transportkäfig der winselnde Hund hockte. Struppi schaute Urs erwartungsvoll an.

„Du möchtest ihn auch sehen", stellte Urs lächelnd fest, Struppi sanft kraulend, worauf der Fremde in wahre Sturzbäche von Tränen ausbrach. Er machte die Tür des Käfigs auf und hob den Hund heraus.

„Na so was! Der hat ja fast die gleiche Augenfarbe wie ich!", rief Urs völlig überrascht. Nun verstand er auch, warum der todunglückliche Besitzer des Tieres bei seinem Anblick in Tränen ausgebrochen war.

Struppi machte es nichts aus, dass ihn der ungestüme Jungspund ansprang. Er schnüffelte überaus interessiert. Nur die Aufforderung zum Spielen nahm er nicht an, weil ihn die Leine störte. Er lief aber ein ganzes Stück neben dem Fremdling her und stöberte mit ihm im Gras.

„Wie heißt er?", fragte Urs.

„Astor", gab der Fremde leise Auskunft.

Urs beugte sich zu den beiden Hunden hinunter und bekam von Astor einen feuchten Kuss, ohne dass Struppi knurrte. „Was meinst du, Struppi? Wollen wir Astor mit nach Hause nehmen? Da kann er mit dir den ganzen Tag über die Wiese tollen, die Ziegen hüten und aufpassen, dass ihnen nichts geschieht. Ich glaube, der Job wird ihm gefallen. Denn dazu sind Shepherds ja eigentlich gezüchtet worden."

„Sie ... Sie ... Sie würden ihn wirklich mitnehmen?", fragte der Besitzer hoffnungsvoll.

„Sofort und auf der Stelle", gab Urs bekannt. „Struppi bekommt einen Kumpel, den er jetzt schon zu mögen scheint, ich einen Hund, der Hütequalitäten in den Genen hat. Dem armen Kerl bleibt es erspart, in einer kahlen Zelle sein Dasein zu fristen und von einem zum anderen gereicht zu werden, weil man einen unbändigen Bewegungsdrang, der genetisch bedingt ist, nicht einfach aberziehen kann." Urs nahm das Handy aus der Tasche. „Schauen Sie, das ist unsere Ziegenherde. Mir gehören mehrere Hektar Land, bis hinunter ins Tal, Auslauf ist also garantiert. Und wenn Sie möchten, können Sie Astor besuchen kommen." Er reichte ihm eine Visitenkarte.

„Bei Ihnen wird er es wirklich gut haben. Darf ich zum Abschied Bilder von beiden Hunden machen?", bat der Mann.

„Aber gern doch. Was bekommen Sie von mir für Astor?", fragte Urs.

„Nichts. Ich bin glücklich, dass er ohne Tierheim ein neues Zuhause gefunden hat." Sie setzten auf einem Blatt Papier einen Kaufvertrag auf, den sich der Verkäufer abfotografiert. Er händigte Urs alle Papiere und persönlichen Dinge von Astor aus, sogar die Kofferraumtransportbox. Jegliche Bezahlung schlug der Mann aus. Er schaute zu, wie Astor ohne Zögern zu Struppi auf die Rückbank des großen Geländewagens sprang und seine Leine am Gurtsystem festgemacht wurde.

Urs schichtete zwei Säcke auf die vorderen Rücksitze um, verstaute die Box im Kofferraum und hob zum Abschied grüßend die Hand. Als er davon fuhr, ließ auch der Fremde sein Auto an.

Mina glaubte, zu träumen, als ihr strahlend blaue Augen neugierig entgegenschauten. „Was bist du denn für ein Süßer?", staunte sie.

„Ein waschechter Hütehund", schmunzelte Urs und erzählte die völlig verrückte Geschichte, wie er zu diesem gekommen war.

„Herzlich willkommen in Rübezahls Reich! Da hat der Berggeist wieder mal jemanden direkt vor Bösem bewahrt", lachte sie. „Wir sollten ihn gleich mit allen Tieren bekannt machen. Bevor wir irgendwas anderes beginnen."

Struppi war, endlich die Leine los, bei ihnen stehengeblieben. Er trabte mit, als Urs den Neuen herumführte.

Karli kam heran. „Mäh?"

Astor stutzte und beäugte den großen Pinzgauer Ziegenbock mit den gewaltigen Hörnern genau so neugierig, wie der ihn.

„Mähähäääääää!", machte Karli, stupste den Neuen mit den Hörnern und schloss sich dem Rundgang an.

Urs grinste vergnügt. „Prima. Wenn er ihn akzeptiert, ist alles gut."

Beim Anblick von Esel Sepp klemmte Astor zuerst die Rute ein, begann aber ganz schnell damit zu wedeln, weil er spürte, dass das große unbekannte Tier von der friedlichen Sorte war.

„Er wird schon lernen, wie ein richtiger Hund zu leben", winkte Mina ab.

Die Kater Tom und Jerry machten einen Buckel und fauchten Astor an.

„Bei denen musste du dich nur vor den Krallen in Acht nehmen. Aber auch das wirst du schnell herausfinden", merkte Mina an, ihn streichelnd.

Als Astor nach einem vorwitzigen Huhn schnappen wollte, sagte Urs scharf: „Nein!"

Astor legte die Ohren an.

Urs war sich sicher: „Er wird es schnell lernen. Auf alle Fälle stecke ich in das Klarsichtfach an seinem Halsband erst mal Adresse und Telefonnummer."

„Ist er gechipt?", fragte Mina.

Urs nickte. „Ist er. Da sollten wir auch umgehend den Kauf hin melden, damit man ihn zuordnen kann, falls er stiften geht."

„Jetzt bekommt er erst mal seinen Napf neben den von Struppi gestellt." Mina füllte auch sofort für beide Hunde Futter ein und fotografierte, um die Abendnachrichten interessant zu machen. Ihr gelang es sogar, ein Bild mit beiden Hunden auf der Bank an der Quelle neben Urs aufzunehmen. Sie saßen, ihre Köpfe an seine Schultern gelegt. Perfekt, um das fast identische strahlende Blau der beiden Augenpaare richtig vergleichen zu können.

Kaum war das Bild mit dem Titel ‚tierischer Zuwachs‘ im Netz, kamen Daumen nach oben, Herzchen und unzählige Fragen. Der ehemalige Besitzer schickte Urs auf Facebook eine Freundschaftsanfrage, um aus der Ferne ein bisschen an Astors Leben teilhaben zu können und er bedankte sich im Namen seiner Familie für all das Gute, dass Astor nun erleben durfte.

Als Andreas und Brenda am Wochenende kamen, wurden sie von beiden Hunden in Empfang genommen. Die freudig wedelnde Rute von Struppi hatte Astor signalisiert, dass etwas sehr Angenehmes im Anmarsch war. Die Leckerli, die sie bekamen, bestätigten das.

„Ich dachte schon, den hättest du nach der Augenfarbe ausgesucht“, kicherte Brenda, als Urs erzählte, wie er zu Astor gekommen war.

Andreas sagte pathetisch: „Und wieder einmal ist Rübezahl aus dem Nichts erschienen, um zwei völlig verzweifelten Wesen Trost zu spenden.“

„Mir läuft es gerade wieder wohlig-schauerlich den Rücken runter“, seufzte Brenda, die Hunde mit Synchronstreicheln verwöhnend.

Karli kam heran, weil es ja gar nicht anging, dass die Schwanzwedler gestreichelt wurden, er aber leer ausgehen sollte.

„Mäh, mäh, mäh, mäh, mäh", machte er mit selig verdrehten Augen, weil ihn Andreas sofort kräftig durch knuddelte.

„Hast immer noch dieselbe fürchterliche Parfümmarke", grinste Andreas, nun genauso penetrant wie der Bock riechend.

„Mähähääääääää!", erwiderte Karli mit fast schadenfrohem Ton und stupste ihn mit den Hörnern an.

Brenda lachte herzlich. Sie hatte sich Sepp gegriffen, der es ebenfalls sehr genoss, gekrault zu werden. „Gut siehst du aus, mein Großer. Hast eine frische Pediküre bekommen."

„Da lässt Mina auch keine Luft ran. Alle acht Wochen kommt der Hufschmied, wie sich das gehört", erklärte Urs. „Ausgenommen die Wintermonate, wo die Straße nicht befahrbar ist."

Andreas wusch sich die Hände, dann trug er die Reisetasche ins Wohnhaus und zog strapazierfähige Freizeitkleidung an. Er liebte es, auf dem Hof zu helfen. Brenda beeilte sich, es ihm gleichzutun. Mina werkelte schon in der Küche. Sie hatte ihren berühmten Linsentopf mit Kassler vorbereitet und freute sich, dass alle mit strahlenden Augen am Tisch Platz nahmen.

Und weil sie das an frischer Luft vor dem Haus machten, stellten sich auch sofort die „Schnorrer" ein, wie Andreas jedes Mal lachend feststellte. Hunde und Katzen lauerten auf der Wiese, ob sich etwas abstauben ließe. Die Kater hatten sich inzwischen an Astor gewöhnt. Sie fauchten nicht mehr, wenn er in ihre Nähe kam.

„Ist das Zufall?", fragte Brenda überrascht, als sich Minuten später Astor und Sepp ein Wettrennen auf der Ziegenweide lieferten.

„Das dachten wir gestern auch", erwiderte Urs. „Aber wenn sie es heute schon wieder tun, steckt vielleicht ein tieferer Sinn dahinter, der sich uns noch nicht erschließt. Karli ist im Augenblick ganz mit seinen Damen beschäftigt, Struppi kommt in die Jahre und Astor hat frischen Wind mitgebracht. Bisher flitzte Sepp ja nur, wenn ein Pferdetransporter aufkreuzte. Seit gestern haben wir ihn mehrmals galoppieren sehen."

„Zuerst dachten wir sogar, Astor würde ihn hetzen", erzählte Mina. „Aber das war ganz und gar nicht der Fall, weil Sepp hinter ihm her lief. Ich habe sogar ein kurzes Video aufgenommen, weil ich ziemlich erstaunt war, dass Sepp auch anders kann, als zögernd ein Bein vor das andere zu setzen. Möglich, dass er in Astor einen Seelenzwilling hat und aus purer Lebensfreude so reagiert. Das wäre die schönste Variante. Astor scheint für ihn der ideale Partner, zum Herumtoben zu sein. Schaut mal, wie sanft die beiden ihre Nasen aneinanderlegen."

Da wanderten die ungleichen Tiere auch schon Seite an Seite zur Tränke, um sich zu laben, worauf sie zur Ziegenherde zurückkehrten. Struppi hatte die ganze Zeit in der Sonne gelegen. Nun gesellte er sich zu ihnen.

Die Frauen räumten den Tisch ab und bestückten den Geschirrspüler, der seit einem Jahr die vergrößerte und modernisierte Küche komplettierte. Andreas war es gelungen, einen Bergwerkspezialisten anzuheuern, der die alten Pläne lesen und mit hightech zu neuem Leben erwecken konnte. Sie hatten sogar einen Wasserturm in Optik eines kleinen Silos errichtet, um immer genügend Druck für alle Gebäude zu haben.

„Bruno ist fündig geworden", begann Andreas zu berichten, als die Frauen zurückkamen. „Wir haben zwei Interessenten, die sich die Örtlichkeiten anschauen und Gesteinsproben nehmen möchten, ehe sie für ihre Piloten einen Ausbildungsplan erstellen."

„Selbstverständlich, irgendwie müssen sie ja das Gewicht errechnen", sagte Urs. „Wir haben übrigens beschlossen, den flachen Hang zu beräumen und Obstbäume zu pflanzen. Wenn sie es vorziehen, die Steine von da zu holen, ist das für uns auch okay. Aus dem, was dann noch liegt, werden wir eine Begrenzung an der Abbruchkante zusammenschieben. Was für jeglichen Transport zu groß ist, wird ganz einfach in die Gestaltung einbezogen."

„Der erste Interessent wird am Dienstag zehn Uhr kommen", gab Andreas bekannt. „Vermutlich per Heli."

„Der Landeplatz wird frei sein", versprach Urs. „Das Heu pressen und beräumen wir ab heute Nachmittag."

„Rückentraining", blinzelte Brenda. „Ich bin dabei."

„Dem zweiten Firmeninhaber genügt Bildmaterial", erklärte Andreas, Urs genau beobachtend.

Urs verzog das Gesicht. „Möge es der liebe Gott regeln, dass der Erste zusagt. Beim Zweiten bekäme ich vermutlich Bauchschmerzen. Dem würde ich nur Papiere bereitstellen, wenn der andere kategorisch ablehnt."

Andreas atmete auf. In seinem Kopf kreisten Horrorszenarien, wenn er an solch ein Vorgehen dachte.

„Wir müssen", sagte Mina mit Blick auf die Uhr.

„Geht los!" Urs koppelte die Ballenpresse an Traktor Max.

Mina schwang sich auf den Sitz. „Ich presse nur so viel, wie ihr mit Aufladen nachkommt."

Urs schob den Hänger auf die Wiese, als die erste Reihe lag. Er klappte das Standbein des Einachsers aus und sie begannen, die kleinen Ballen einzusammeln.

„Seid ihr voll ausgebucht?", stellte Andreas in fragendem Tonfall fest, als zwei Geländewagen die Straße herauf kamen.

„Ja. Es sind vier junge Pärchen, die Klettertouren und Bergwanderungen unternehmen", erklärte Urs. „Eine wirklich angenehme Gesellschaft. Die krakeelen nicht und morgens ist der Grillplatz tipptopp aufgeräumt."

Die beiden Fahrzeuge erreichten den Hof, Autotüren klappten und einen Augenblick später tauchten alle Gäste auf, um ohne Federlesen mit anzupacken. Nach zwei Stunden war das gesamte Heu gepresst und der letzte volle Hänger musste nur noch in der Scheune entladen werden. Urs bedankte sich recht herzlich für die große Hilfe und spendierte zwei Kisten Bier.

„Ach, da ist ja der süße Ziegenbock", rief eine der jungen Frauen, die Gelegenheit nutzend, den stattlichen Karli aus der Nähe zu betrachten. „Bist ein ausgesprochen hübscher", stellte sie fest, ihn auf der Stirn kraulend.

„Mäh, mäh, mäh, mäh, mäh!"

„Schaut euch den Genießer an!", lachte Andreas, weil Karli gar nicht genug bekommen konnte.

„Ich komm dich morgen wieder besuchen", schmunzelte die junge Frau, den anderen rasch nachlaufend.

„Mähähäääääää! Mähähäääääää! Mähähäää-äääää!"

Ihm antwortete ihr vergnügtes Lachen.

„Karli, unser Frauenheld", grinste Urs. „Egal, wie sehr er müffelt, jede findet ihn süß, niedlich, knuffig und knuddelig. Wir können schon gar nicht mehr mitzählen, auf wie vielen Fotos dieser Welt er mit Frauen abgelichtet ist."

„Kriecht jetzt Neid hoch?", stichelte Mina.

„Auf den Geruch oder die Bilder?", fragte Urs mit treuherzigem Blick.

Andreas lachte schallend, über die Art, wie die beiden sich stets witzig behakelten. Da blieb keiner dem anderen etwas schuldig.

Als Mina und Urs die Tiere versorgten, bereiteten Andreas und Brenda den Grillabend vor.

„Ich habe eine brütende Araucana und eine Plymouth Rock entdeckt", gab Mina freudig bekannt. „Vielleicht sollten wir doch einen extra Stall für die Hühner bauen, weil es langsam eng wird."

Urs setzte zum Sprechen an, brach aber sofort ab, ehe der erste Ton überhaupt heraus war. Andreas schaute ihn fragend an. Urs antwortete mit einem Kopfschütteln.

„Habt ihr größere Probleme?", fragte Andreas besorgt.

Beide schüttelten die Köpfe. „Ich habe nur letztens einen Traum laut ausgesprochen, der in der momentanen Situation völlig utopisch ist", seufzte Mina.

„Utopischer als die Südseeinsel?", staunte Brenda.

Mina hob hilflos die Hände. „Aber nur, weil es viel Arbeit mit sich bringt. Ich habe mir zwei Alpakas gewünscht. Wegen der Wolle", fügte sie rasch hinzu.

„Ich habe lange darüber nachgedacht", hob Urs zu erklären an. „Es birgt zu viele Risiken für die Alpakas, sie mit anderen Tieren zu halten, schon wegen der Darmparasiten der anderen Tiere, die für Alpakas tödlich sein können. Wenn es wirklich nur um Wolle geht, und die nicht unbedingt vom Alpaka sein muss, würde ich dir drei Braune Bergschafe zum Geburtstag schenken. Die haben dichte Wolle, geben Milch und sind alpentauglich, weil die Wolle wasserabweisend ist. Wenn wir für die technischen Geräte eine kleine Garage mit zweitem Heuboden errichten, haben alle Tiere in der großen Scheune Platz. Sogar das Hühnerhaus kann ich auf das Doppelte verlängern. Aber eben erst, wenn wir verlässliche Helfer für die Saison haben."

„Dann könnte ich sogar Schafskäse machen", überlegte Mina laut.

Die Hunde spitzten plötzlich die Ohren, blieben aber liegen.

„Entschuldigung", sagte eine Stimme aus der Dunkelheit. Es war einer der Sommerfrischler. „Wir haben vorhin die Werbung an der Heckscheibe ihrer Gäste gesehen. Haben Sie zufällig direkten Kontakt mit dem Händler für Kletterausrüstung oder werben Sie nur?"

„Ich bin die Firmeninhaberin", antwortete Brenda lächelnd.

„Oh. Sehr erfreut. Jetzt bin ich sprachlos", stammelte der junge Mann völlig überrascht. „Ich bin auf der Jagd nach diesem Biwakpaket. Ich habe es vorbestellt, stehe aber an zehnter Stelle. Besteht eine Hoffnung, es bis zum nächsten Jahr zu haben?"

„Geben Sie mir Ihre Adresse. Ich lasse es Ihnen gleich am Dienstag aus dem Export-Kontingent zukommen. Da haben Sie es innerhalb 48 Stunden, also am Donnerstag", versprach Brenda. „Jemand, der anderen hilft, ohne nach Bezahlung zu fragen, bekommt bei mir immer einen Sonderstatus."

Sogar beim Schein der kleinen Laternen war zu sehen, dass der junge Mann feuerrot wurde. Er schrieb seine Adresse auf, bedankte sich hocherfreut, wünschte noch einen zauberhaften Abend und eilte glücklich davon.

„Ach, ist das schön", strahlte Mina.

Brenda schmunzelte. „In Rübezahls Reich werden gute Taten immer belohnt. Heute ist eine Fee erschienen, die ihm ein bisschen bei der Erfüllung von Wünschen geholfen hat."

Andreas hauchte ihr vergnügt einen Kuss auf die Wange. Brenda hatte den Finger genau auf dem Punkt.

„Zum Thema Rübezahl haben wir auch weitreichende Beschlüsse gefasst", seufzte Urs, die vielen Punkte aufzählend.

„Der Situation angemessen", murmelte Andreas. „Wenn der Ärger den Spaß überschattet, kann man nur die Notbremse ziehen. Die Menschen werden wirklich immer unbedachter und sorgloser. Brenda kann auch ganze Arien davon singen."

Brenda lachte bitter auf. „Ich habe es zwei Mal erlebt, dass Nutzer der Kletterwände Verletzungen von woanders verschwiegen haben, die sie mir anlasten wollten. Nur gut, dass unser Rechtsanwalt die richtigen Spezialisten kennt und die nachweisen konnten, dass der Zustand schon ein paar Tage alt gewesen sein muss. Ich kann eure Entscheidung also bestens nachvollziehen."

II.

Als Urs am nächsten Morgen zwei Eimer frischer Ziegenmilch zur Käserei brachte, kam
einer der Gäste gerade mit dem Auto vorbei.
„Guten Morgen! Ich fahre zum Landhandel.
Brauchen Sie irgendetwas?"

„Guten Morgen. Ich hätte zwei Blätter für das
Schwarze Brett in der Rubrik Suche", sagte Urs.

„Ich warte. Bringen Sie ruhig erst die Milch
rein."

Urs stellte die Eimer hinter die Tür, lief zum
Wohnhaus und holte die beiden A5 Blätter herbei.

Der junge Mann warf einen Blick darauf, gab
sie Urs zurück und erklärte: „Warten Sie bitte
damit. Ich habe Interesse. Ich bin Facharbeiter
für Tierproduktion in einer Rinderzuchtanlage
und halte die Zustände nicht mehr aus, wie mit
den Tieren umgegangen wird. Ich möchte nur
vorher noch mit meiner Lebensgefährtin reden."

„Kommen Sie einfach rüber, wenn Sie soweit
sind. Ich werde wegen der Gäste den ganzen
Tag irgendwo in der Nähe zu finden sein."

Mina hatte die Szene beobachtet. Nun kam sie
zur Käserei, weil sie die Milch ansetzen wollte.
„Du wirkst nachdenklich. Gibt es Probleme im
Gästehaus?"

„Hoffnung, mein Schatz, Hoffnung!" Er wie-
derholte den Wortwechsel.

„Na, das klingt ja wirklich vielversprechend", staunte Mina. „Und wir wissen, dass er anpackt. Schön wäre es, hielte der Trend, dass sich die Dinge fügen, noch eine Weile an."

„Das wünsche ich mir auch", seufzte Urs. „Ich würde dir so gern die Schafe schon in diesem Jahr schenken. Es wäre zwar eng im Stall, aber trotzdem als Minimum für ein paar Monate ausreichend."

„Hast du denn Hoffnung, diese seltene Rasse überhaupt zu bekommen?", fragte Mina. „Ich musste vorhin einfach im Internet schauen, was sie so besonders macht."

„Ich kenne jemanden, der immer jemanden kennt, der einen Schwager hat, der einen kennt", blinzelte Urs, worauf Mina herzlich lachte.

„Heh, heh, habt ihr im Lotto gewonnen?", fragte Andreas, als er die fröhlichen Gesichter gewahrte.

„Möglicherweise den Sechser mit Zusatzzahl", gab Urs bekannt und erklärte die Situation.

„Wir drücken alle verfügbaren Daumen!", rief Brenda.

Eine Stunde später kam der Geländewagen wieder zurück und Urs atmete tief durch. „Bin ich gespannt!"

Es dauerte keine halbe Stunde, als der junge Mann mit seiner Lebensgefährtin um die Ecke kam. Mina und Urs ließen alles stehen und liegen, baten die beiden ins Büro und Mina servierte Kaffee.

„Wir haben beide Interesse", sagte der junge Mann zur Eröffnung.

„Ich bin eigentlich Floristin, arbeite aber in einem Baumarkt fast nur als Gärtnerin, in der Art, dass ich aufsortiere und bewässere", erklärte seine Gefährtin.

„Sie haben ja jetzt täglich erlebt, wann es morgens losgeht und bis wann es in Stoßzeiten gehen kann", erwiderte Urs. „Dass Sie es trotzdem ins Auge fassen, auf einem Bauernhof zu arbeiten, stimmt uns froh. So, wie Sie uns gestern geholfen haben, wissen wir, dass Sie anpacken können. Das ist, was wir Ihnen bieten können." Er schob einen Arbeitsvertrag über den Tisch. „Zu beachten ist, dass man im Winter hier praktisch gefangen ist und viele völlig andere Arbeiten ausführen muss. Und ein kleiner Hinweis, warum wir händeringend Verstärkung suchen: Wir erwarten Nachwuchs."

„Ein wirklich schöner Grund!", sagten die jungen Leute wie aus einem Mund. „Wir können in vier Wochen unseren Dienst antreten", erklärten beide nach kurzer Beratung.

„Mit dem Wissen können wir um einiges ruhiger schlafen", seufzte Mina. „Wir werden Ihnen die etwas größere Ferienwohnung im ersten Stock als feste Unterkunft freihalten."

„Und Wärmedämmung anbringen, sobald Sie da sind. Momentan läuft alles wirklich nur auf Sommerbetrieb. Aber das kriegen wir hin", versprach Urs.

„Wir unterschreiben sofort!"

Mina trug die Daten in die Arbeitsverträge ein, alle unterschrieben. Dann stellte sie ihnen Zeit am Computer zur Verfügung, weil beide auch auf der Stelle ihre Kündigungen schrieben, die sie noch heute per Einschreiben abschicken wollten.

„Haben Sie etwas dagegen, wenn wir uns alle der Einfachheit halber mit Vornamen ansprechen?", fragte Mina.

„Keinesfalls!", antworteten die jungen Leute.

Auf Nachfrage erklärte Peter: „Der Geländewagen ist nur geliehen, ich habe aber einen Opel Corsa, mit dem wir mobil sind."

„Wie stehen die Aktien?", fragte Andreas, als alle aus dem Haus kamen.

„Darf ich vorstellen? Grit und Peter, unsere Mitarbeiter in vier Wochen", sagte Urs zufrieden. „Und die beiden sind nicht einfach nur Gäste, sondern Minas Bruder und seine bezaubernde Gattin. Sie werden sie also öfter hier sehen."

Grit und Peter fuhren auch wirklich auf der Stelle zur Post, um die Einschreibungen pünktlich vor Ort zu wissen.

„Und nun suche ich nach Schafen", schmunzelte Urs. „Wie ich es versprochen habe."

„Lass das Bruno machen. Der kann ein bisschen Abwechslung gebrauchen", grinste Andreas, sein Handy zückend. Bruno meldete sich beim zweiten Klingeln und bekam die Order, nach einem Widder und zwei weiblichen Tieren der Rasse Braunes Bergschaf Ausschau zu halten. „Und nicht wundern, die Widder haben keine Hörner", fügte er auf Minas Rat hinzu.

„Sie können, wie auch die Ziegen, auf schwierigem Gelände weiden", erklärte Urs. „So, wie es aussieht, werde ich das Scheren lernen müssen, um Geld zu sparen."

Eine Stunde später meldete sich Bruno. „Für dieses Jahr ist mit Braunen Bergschafen nichts zu machen. Ich könnte aber per sofort Tiroler Bergschafe bekommen."

„Wo ist der Haken an der Sache, wenn du das so eigentümlich sagst?", fragte Andreas.

„Ich bekäme den Widder nur, wenn ich drei weibliche Jungschafe aus der anderen Herde nähme", erklärte Bruno. „Ich muss mich in einer Stunde entschieden haben, weil es mehrere Interessenten gibt."

„Ich melde mich rechtzeitig", sagte Andreas und legte auf.

„Laptop her!", rief Urs und eilte ins Büro. Er stellte ihn draußen auf den Tisch. „So, dann schauen wir mal, ob diese Rasse geeignet wäre. Berg klingt schon mal gut."

„Der Widder sieht auf den ersten Blick auch nicht wie einer aus", blinzelte Brenda.

„Wollertrag gut, sehr fruchtbar. Aha. Nicht übel. Milchleistung gut. Früher Arme-Leute-Kuh genannt. Ich bin dafür", murmelte Urs.

„Ich auch", gab Mina bekannt. „Helle Tupfen in der dunklen Ziegenherde."

„Hallo Bruno, nimm die vier Tiere und kümmere dich um die Anlieferung", wies Andreas an. „Das vierte Schaf und die Lieferkosten bekommt Mina von uns zum Geburtstag. Aber verrate es ihr noch nicht", blinzelte er.

„Ich habe auch gar nichts gehört!", rief Mina kichernd.

„Wir werden also wieder mal Steine für einen Sockel von A nach B bewegen", stellte Andreas mit einem Schulterzucken fest.

„Wir fragen mal Max, was er dazu sagt", schlug Mina vor.

„Nach dem Essen, Schatz", dämpft Urs, den Tatendrang.

„Ente?", staunte Brenda, als Mina den Deckel von der Bratpfanne hob.

„Es hat sich zufällig so ergeben. Ein Bauer aus dem Dorf musste ein paar Enten schlachten, weil sie aus völlig unklaren Gründen in frischem Teer stecken geblieben sind. Möglich, dass sie die glänzende Oberfläche für Wasser gehalten haben. Er musste sie sofort erlösen. Ich habe ihm drei Stück abgenommen, von denen zwei jetzt in der Gefriertruhe auf Weihnachten warten", erzählte Urs. „Dem, welchem das Fass umgekippt ist, kommt die Sache noch teuer zu stehen, weil der Inhalt bis in den Futterbunker gelaufen ist."

„Apropos Gefriertruhe, werdet ihr schlachten lassen, wenn ihr eines Tages zu viele Schafe habt?", fragte Brenda.

„An den Gedanken werden wir uns langsam gewöhnen müssen", murmelte Mina. „Es wird ja schon bei den Hühnern losgehen, wenn sie altershalber nicht mehr legen. Wir sind kein Gnadenhof. Die Einzigen, die einen Sonderstatus haben, sind die Hunde, Katzen, Karli und Sepp. Die sind Familie."

„Der Piepmatz ist lecker", lobte Andreas. „Mina bekommt ein Bienchen fürs Braten und Urs, weil er die Vögelchen mitgenommen hat."

„Es hat sich also seit Kindertagen nichts geändert. Wenn man Andreas hinterm Ofen vor locken will, reiche man ihm ein Stück gebratener Ente", kicherte Mina. „Natürlich mit richtig knuspriger Haut, sonst funktioniert auch das nicht."

„Hach. Ich gebe es ja zu." Andreas faltete satt und zufrieden die Hände auf dem Bauch. „In einer halben Stunde können wir meinetwegen Steine schubsen gehen."

Urs baute Max die Schiebemulde an, legte Brecheisen und Spitzhacke hinein, Mina schwang sich auf den Sitz, Urs und Andreas stellten sich auf die Trittbretter und Brenda fuhr auf der Gerätekupplung mit. Mina wählte den Weg zwischen Käserei und Klärgrube hindurch, weil dort die ebenste Passage mit Wendemöglichkeit war.

„Du warst schon mit Max hier", vermutete Urs.

„Öfter", gab Mina zu. „Ich habe ein paar Mal in Gedanken durchgespielt, ob man ihn hier überhaupt einsetzen könne. Falls die Steine den Hang gerade hinab rollen, wenn man sie aus ihrer Lage stößt, sollte es kein Problem sein. Geht mal in Deckung. Ich versuche, die kleinen Randsteine aufzunehmen."

„Lass mich das machen", forderte Urs. „Du kannst die Steine rüber zum Bauplatz bringen, wenn es funktioniert."

Mina widersprach nicht. Urs hatte ja recht. Ihre wichtigste Aufgabe war, an das Krümelchen zu denken. Sie ging mit den anderen ein paar Schritte beiseite und zückte das Handy, um zu filmen. Urs senkte die Wanne und schob sie unter die kleineren Felsbrocken am Rand. Ein paar Steine rollten davon und polterten laut krachend in den Abgrund. Die Wanne war etwa halb voll.

„Nicht ganz übel", merkte Urs an.

„Fahr du gleich rüber", sagte Mina. „Es wäre Unsinn noch mal zu tauschen."

Urs tuckerte mit Max davon. Als er zurückfuhr, rannte ihm Struppi hinterher, den ganz heftig die Neugier plagte.

„Komm her!", rief Brenda. Sie hatte Angst, der Hund könne unter rutschenden Steinen zermalmt werden.

„Schau mal zehn Meter weiter oben", regte Mina an. „Da liegen sie in der richtigen Größe direkt am Rand. Dort kannst du auch mit Max rangieren."

„Perfekt", rief Urs hinunter. „Ich werde die kleine Böschung glätten, damit ich direkt von der Seite rankomme." Urs setzte die Mulde an. Nach wenigen Minuten lag der ideale Zugang oberhalb der Käserei und Urs füllte die Wanne mit großem Geröll, das er sofort auf der zukünftigen Baustelle ablud.

„Fakt ist", sagte Andreas, als er wieder bei ihnen war, „das Geröllfeld ist absolut tückisch. Für Eure geplante Mauer, wenn es schnell gehen soll, werdet ihr wohl doch auf die Mure zurückgreifen müssen. Dort liegen die Brocken wie festgenietet, wie wir schon mehrfach festgestellt haben."

Die Arbeiten am Lawinenhang lockten die Urlauber hervor. Zuerst schauten sie nur von der Treppe aus zu, dann kamen sie heran.

„Wir versuchen, Sockelsteine für ein neues Stallgebäude zu holen", erklärte Mina. „Nur sagt sich das leichter, als es sich nun tun lässt."

„Darf ich einen Vorschlag machen?", fragte Peter.

„Nur zu! Wir sind für jeden Plan dankbar", rief Urs aus dem Fahrerhaus.

„Wir, damit meine ich mich und meine Freunde, könnten die gewünschte Größe am Rand zusammensuchen. Wir rollen sie auf einer Stelle

zusammen, wo Sie mit dem Schieber gut ran-
kommen. Ich denke, jeder Stein wird helfen."

„Es ist Sonntag", wandte Urs vorsichtig ein.

„Ja, das sehe ich", lachten Peter und die anderen. „Wir ziehen Bergschuhe an und los geht
es."

„Wir auch", legte Andreas fest.

„Okay, ich gehe Unkraut jäten. Das will ich
schon seit Tagen machen", erklärte Mina.

„Da ist sie auch im Moment am besten aufgehoben", flüsterte Urs Andreas zu.

Wenige Wimpernschläge später war Mina aber
wieder da und teilte Arbeitshandschuhe aus,
damit sich niemand verletzte. Statt sich mit dem
Unkraut herum zu ärgern, widmete sie sich lieber dem Kuchenbacken, um die fleißigen Helfer
bewirten zu können. Als Urs mit der ersten vollen Wanne Steine erschien, gab sie ihm einen
Kasten Wasserflaschen mit, worüber sich die
Helfer riesig freuten.

Hin und wieder rannen Bäche kleineren
Gerölls zu Tal und alle brachten sich in Sicherheit, um abzuwarten, bis man weiterarbeiten
könne.

„Die großen Blöcke, hier oben, kann man jetzt
wahrscheinlich doch mit dem Hubschrauber
aufnehmen", meinte Andreas schließlich, worauf
Urs den anderen erklärte, was man für die
Sicherheit der Tagesgäste zu tun gedenke. Aber
auch, dass Mina davon träumte, auf dem derzeit
noch steinübersäten Hang wieder Obstbäume zu

pflanzen. „Wenn Sie unserem Facebook-Link folgen, finden Sie Bilderalben, wie sich der Hof seit dem Lawinenabgang wieder erholt hat", verriet Urs, „denn auf der Homepage finden Sie nur die idealisierte Form der Informationen."

Nach der vierten vollen Steinwanne rief Mina über den Hof: „Alle rüber kommen! Kaffee und Kuchen sind fertig!"

Urs stellte gerade die zweite lange Bank mit an den Tisch, als alle am Tränkbecken Hände waschen gingen.

„Perfektes Timing", freute sich Mina. „In der kleineren Kanne ist frisch aufgebrühter Kräutertee." Sie zeigte auf die Bündel unterm Vordach. „Langen Sie ordentlich zu, ich habe zwei Bleche Kuchen gebacken. Es sollte also jeder satt werden."

„Nichts für Hunde", sagte Urs, als Struppi und Astor große Augen machten. Missmutig schnaufend zogen die beiden ab.

„Hat der kleinere Hund wirklich genau so blaue Augen wie Sie?", fragte eine der Frauen erstaunt. „Oder war das eine optische Täuschung."

Mina rief ein Bild auf dem Handy auf. „Es ist wirklich die gleiche Farbe. Dieser Hund ist übrigens einen Tag vor Ihnen bei uns angekommen. Er ist praktisch noch in der Anlernphase."

„Vom Züchter gekauft?", fragte eine andere.

„Vor dem Tierheim vor dem Tierheim gerettet", schmunzelte Urs und erzählte in Kurzform, wie er zu Astor gekommen war.

Als die Gäste große Augen bekamen, blinzelte Mina: „Struppi und Sepp sind genau so spektakulär hier angekommen. Von Urs' ersten Ziegen ganz zu schweigen."

So kam es, dass Andreas die Geschichte seiner Rettung erzählte und Mina berichtete, wie sie Urs in der Kapelle kennengelernt hatte und was auf dem Weg zu seiner Alm geschehen war.

„Ich bin tief beeindruckt", murmelte Peter. „Und es macht mich stolz, demnächst bei Ihnen arbeiten zu dürfen. Ich verspreche, stets alles zu geben!"

Grit nickte heftig. „Das sehe ich auch so!"

„Danke!" Urs reichte ihnen die Hand.

Von der Weide war Sepps langgezogener Schrei zu hören.

„Er und Karli sind es gewohnt, im Stall zu schlafen", erklärte Mina, die beiden von der Weide lassend.

Während Sepp den geraden Weg einschlug, kam Karli zum Tisch, um die Gäste neugierig zu begrüßen.

Grit kraulte ihn. „Du bist wirklich ein knuffiger Kerl. Nur dein Parfüm lässt zu wünschen übrig."

„Das sagen alle", lachte Urs vergnügt und gab zum Besten, was Fabian, der Elektrikermeister beim ersten Besuch von sich gegeben hatte.

Mit einem schmetternden: „Mähähääääää!",
verschwand Karli im Stall.

„Wohin geht es morgen zum Klettern?",
fragte Brenda.

Die jungen Leute nannten das Zielgebiet.

Urs schüttelte sorgenvoll den Kopf. „Das
würde ich nicht machen. Ab Mittag werden
Nebel und Regen aufkommen."

„Die App sagt Sonnenschein", Warf jemand
ein.

„Wenn ich Ihnen einen ernstgemeinten und
aus tiefstem Herzen kommenden Rat geben
darf, dann hören Sie auf Urs!", sagte Andreas.
„Man nennt ihn weder umsonst Rübezahl noch
das Orakel vom Berg."

In der Dämmerung leuchteten im Schein der
Akkulaternen Urs' Augen geheimnisvoll auf,
sodass einigen ein Schauer über den Rücken
rann.

„Wir bleiben hier", sagte Peter, Grits Hand
nehmend.

„Wir auch", erklärten die anderen, unsicher
geworden.

„Sie müssen aber nicht auf alles verzichten",
erklärte Urs. „Ich zeige Ihnen den Weg zur Talsohle. Da können Sie sich das Ende des Muren-
stroms aus der Nähe anschauen und sind mittags wieder hier, bevor der Regen einsetzt. Als
Kletterer werden Sie wissen, wie viel Zeit Sie für
den Aufstieg einrechnen müssen."

Die Männer halfen, die Bänke in die Scheune zu tragen und die Frauen sortierten das Geschirr, das Mina und Brenda in die Küche brachten.

„Wer noch Bestellungen für Kletterausrüstung aufgeben möchte, kann sie in den nächsten Tagen gern Mina in die Hand drücken. Sie werden bevorzugt bearbeitet und es wird für Sie alle auch keine Mindermengenzuschläge geben. Den Bonus haben Sie sich durch Ihr stets beherztes Eingreifen erworben", gab Brenda bekannt, als alle mit Wünschen für eine gute Nacht auseinandergingen.

Als Grit und Peter im Bett auf dem Laptop die Bilder vom Wiederaufbau des Schüchthofs anschauten, lief beiden wieder so ein Schauer über den Rücken.

„Ich glaube nicht, dass es nur Zufall ist, was in Urs' Gegenwart anderen Gutes geschieht", flüsterte Grit. „Und ich nehme die Warnung vor Unwetter sehr ernst, nachdem, was wir vorher erfahren haben. Hast du gesehen, wie plötzlich seine Augen leuchteten? Das war fast schon ein bisschen unheimlich. Aber nicht so, dass ich Angst vor ihm bekommen hätte. Ich kann es nur nicht wirklich erklären."

„Das Wichtigste ist, immer ehrlich zu sein. Er würde sofort merken, wenn man ihm was vorspielt", sagte Peter.

„Genau so!", bekräftigte Grit. „Auf alle Fälle machen wir hier eine Arbeit, auf die wir stolz sein können. Hier misshandelt niemand ein Tier. Und schon gar nicht aus blankem Sadismus. Ich freue mich darauf, von Mina alles über die tatsächliche Kraft der Kräuter zu lernen, und wie man Tinkturen mischt."

„Du bist ja völlig aus dem Häuschen!", staunte Peter.

„Ist das denn ein Wunder? Hast du schon mal mit echten Millionären an einem Tisch gesessen und Privates erfahren? Oder mit ihnen gearbeitet, ohne zu wissen, wer sie wirklich sind, weil sie sich geben, wie du und ich?", flüsterte Grit.

„Nein. Nie zuvor. Versuche zu schlafen, Schatz. Gute Nacht!" Peter nahm Grit fest in den Arm. Er war glücklich, dass sie Job- und Wohnortwechsel mit ihm absolvierte, ohne Einwände geltend zu machen. Selbst dann, als Urs die Gefahren durch Naturgewalten ansprach, hielt sie zu ihm.

Nachts verwoben sich die vielen Informationen der Gespräche bei Kaffee und Kuchen zu einem Kaleidoskop von bunten Sequenzen, überlagert von strahlendem Himmelblau, das alles miteinander verband und den grellen Farbenreigen milderte.

Das Geschrei des sonst so ruhigen Esels ließ morgens alle erschreckt die Augen öffnen. Dann traten die Hunde auf den Plan. Bellend und knurrend kämpften sie gegen irgendwas in der Scheune. Sogar die Ziegen auf der Weide begannen zu meckern. Urs rannte im Schlafanzug hinüber, bewaffnet mit dem Brecheisen, das immer innen neben der Haustür stand. Aber da hatten die Hunde ihren Job schon erledigt. Urs schaltete das Licht ein. Auf der Hühnerleiter lag eine erwürgte Plymouth Rock Henne. Auf dem gepflasterten Fußboden entdeckte er den Eindringling – einen Dachs, den die Hunde in Stücke gerissen hatten.

Urs lobte die Hunde sehr, kraulte auch Sepp überaus dankbar und alle drei bekamen Leckerli. „Viel hat er nicht davon gehabt, sich einen der besonders fetten Happen zu holen", sagte er, als Mina, Brenda und Andreas erschienen. „Zumindest hat der Dachs den Braten in einem Stück gelassen."

„Ich zeige euch dann ganz genau, wie man ihn rupfen und ausnehmen muss.", versprach Brenda.

„Wenn ich den Kadaver entsorgt habe", bat Urs.

„Willst du ihn eingraben?", fragte Mina.

„Nein, das würde nur weitere Raubtiere anziehen. Ich werfe ihn in den Abgrund. Da kann er als Nahrung für andere dienen, ohne uns hier oben noch im Tod das Leben schwer zu machen." Er lud ihn auch sofort in die Schubkarre und schob sie fast hundert Meter den Hang hinauf, ehe er die Reste mit dem Haken der Brechstange packte und weit hinaus schleuderte.

Brenda hatte das tote Huhn inzwischen an den Füßen an einen Haken außen an der Scheunenwand gehängt. „So kann es erst mal vollständig ausbluten."

„Ach, stimmt ja! Deine Erfahrungen aus den Rocky Mountains sind bestimmt nützlicher, als wenn wir im Internet suchen müssen", seufzte Mina. „Arme Henne. Es war eine eigene Nachzucht."

„So schnell kann es gehen, sich ans Schlachten gewöhnen zu müssen", murmelte Urs, sich wie die anderen erst einmal anziehend.

„Wir kümmern uns jetzt gleich um das Huhn", legte Brenda fest. „Die Hunde sind doch schon völlig von der Rolle." Sie zog einen höllisch scharfen Schweizer Hirschfänger aus der Tasche. Urs holte den kleinen Hackstock, Mina brachte einen Eimer für Federn und Gedärme. Brenda erklärte das Rupfen. Mina bearbeitete das halbe Huhn, dann war Urs dran.

Mit einem kleinen Beil trennte Brenda Kopf und Beine ab, die sie in den Eimer warf. „Und beim Aufschneiden von hier hinten vorsichtig sein. Nicht die Galle verletzen, dann müsst ihr nämlich das ganze Tier wegwerfen. Öffnen, rein fassen und ziehen. Leber, Magen, Herz vom Rest trennen. Und das hier sind halb fertige Eier, die du dann gleich in die Brühe rühren kannst. Blut ist raus. Galle ist intakt. Ab in die Gefriertruhe."

Mina schob die Organe in den Bauchraum zurück, packte die Henne in einen Beutel und trug sie in die Speisekammer zum Froster.

Urs entsorgte die Reste, indem er sie im Misthaufen eingrub.

Die Frauen sammelten nach dem Händewaschen die Eier aus den Nestern der Hühner, die in der Aufregung nur spärlich gelegt hatten. Urs wässerte den Boden ein, um das Blut wegzuwaschen, dann mistete er aus.

Andreas brachte den Dung mit der Schubkarre zum Haufen. „Ziemlich blutige Morgenveranstaltung", stellte er fest.

„Wenigstens sind die Hunde unverletzt geblieben", freute sich Mina. „Mit den riesigen Krallen der Dachse ist nicht zu spaßen."

„Ein Foto davon wäre nicht übel gewesen", überlegte Andreas.

„Kannst du haben", schmunzelte Mina. „Ihr wisst doch, dass ich der geborene Paparazzo bin."

Struppi und Astor patrouillierten um die Herde, wobei sie hin und wieder den Hühnern einen Besuch abstatteten. Sepp schloss sich ihnen schließlich an. Struppi schien nur darauf gewartet zu haben. Er legte sich in den Unterstand auf der Weide, um auszuruhen. Karli kam zu ihm, stupste ihn mit der Nase an. „Mäh?"

„Ich werde mit Struppi dann zum Tierarzt fahren", sagte Mina bei diesem Anblick besorgt.

Dort angekommen, wurde sie Zeugin eines Vorfalls, den sie wohl ihr ganzes Leben lang nicht mehr vergessen werde. Bis ins Wartezimmer hörte sie einen lautstark geführten Disput zwischen dem Tierarzt und einem Hundebesitzer. Der Mann verlangte vom Arzt, einen völlig gesunden, nur ungehorsamen, Hund einzuschläfern. Der Arzt wehrte sich heftig gegen dieses Ansinnen. Dann wurde es still. Mina spähte in den Gang, als zehn Minuten später ein hochgewachsener, schon auf den ersten Blick unsympathischer Mann die Praxis ohne Hund verließ.

„Sie haben doch nicht etwa ...?", fragte sie, mit Struppi das Sprechzimmer betretend.

„Wo denken Sie hin?" Der Arzt öffnete die Tür zum Nebenraum, wo ein junger Schäferhundmix in eine wärmende Decke eingewickelt lag. „In ein paar Minuten wacht er quietschfidel wieder auf. Man sollte solchen Leuten ein lebenslanges Tierhaltungsverbot erteilen", grollte er. „Aber was ist mit Struppi?"

„Ich weiß es nicht", seufzte Mina. „Er liegt lieber in der Sonne, als zu laufen. Und wenn er sich angestrengt hat, muss er sich längere Zeit ausruhen."

Der Arzt untersuchte Struppi eingehend, nahm Blut und versprach: „Ich melde mich, sobald ich die Werte habe. Es aber wird vermutlich alles normal sein. Er ist nur schon ein recht betagter Herr, dem das Alter deutlich in den Knochen steckt. Lassen Sie ihn einfach seinen

Lebensabend genießen. Sie sollten ihm einen jüngeren Hund zur Seite stellen, dem er noch beibringen kann, was auf dem Hof zu tun ist."

„Das haben wir vor ein paar Tagen getan", verriet Mina.

„Schade. Ich habe gehofft, den da sofort in gute Hände zu vermitteln", sagte der Arzt traurig.

„Wie alt ist der?", fragte Mina.

„Elf Monate und er heißt Brutus."

„Tragen Sie ihn in mein Auto", sagte Mina nach kurzem Zögern.

„Wirklich? Sie nehmen ihn mit?", stammelte der Arzt überrascht. „Ich stelle Ihnen rasch Papiere für ihn aus! Hier ist ein Impfausweis und hier die Bestätigung, dass Sie ihn von mir gekauft haben."

Mina zog das Portmonee, um die angegebenen 100 Euro zu bezahlen.

„Lassen Sie das ja stecken!", wehrte der Arzt ab.

„Und Struppis Behandlung?", wandte Mina irritiert ein.

„Gibt es als Zugabe. Für mich ist an der ganzen Sache der schönste Lohn, wenn Sie aus dieser geprügelten Kreatur einen lebensfrohen Hund machen. Ich habe den Ex-Besitzer anständig für das Einschläfern löhnen lassen. Mir entgeht also nichts."

Struppi schnüffelte den fremden Hund beunruhigt, aber durchaus interessiert an.

„Möchtest du den haben?", blinzelte Mina.

„Wuff?"

„Komm, wir nehmen das Hundchen mit nach Hause. Astor wird sich bestimmt auch freuen, noch einen Spielkameraden zu bekommen", sagte Mina.

„Oh, schauen Sie, ich glaube, Brutus kann gleich auf eigenen Pfoten zum Auto laufen", rief der Tierarzt.

Weil keiner im Warteraum saß, konnte sich Brutus erst ein wenig davon erholen, dass er ausgeknockt worden war. So, wie er sich gegenüber Struppi verhielt, würden beide durchaus miteinander klarkommen. Mina ließ Brutus trotzdem in einer anderen Sitzreihe einsteigen und machte ihn am Gurtsystem fest.

Zu Hause eilte Urs sofort herbei, als Mina auf den Hof fuhr. „Muss ja ziemlich viel los gewesen sein", sagte er mit Blick auf die Uhr.

„Das kann man durchaus sagen", lachte Mina und öffnete die Tür, wo Brutus erwartungsvoll der Dinge harrte.

Urs wollte nach der Leine fassen und erstarrte mitten in der Bewegung. Der Hund sah Struppi durchaus ähnlich, aber trotzdem irgendwie anders. „W ... wer bist du denn?!", rief er verunsichert.

„Das ist Brutus", schmunzelte Mina. „Struppi ist hier vorn. Brutus ist heute von den Toten wiederauferstanden und das ist verrückt genug, um bestens hierher zu passen."

„Seltsamer Ersatz für eine Henne", lachte Andreas. „Wie ist die Legeleistung?"

Astor beschnüffelte den Fremdling eingehend und danach gleich Struppi, der nach Tierarzt roch. Urs stand noch immer mit ungläubigem Blick, den Neuzuwachs betrachtend. Schließlich raffte er sich auf und zauberte für alle drei Hunde Leckerli aus der Hosentasche.

Karli und Sepp kamen an den Weidezaun, um ebenfalls einen Blick auf den Fremden zu werfen, der sie seinerseits mit riesengroßen Augen beobachtete.

„Stadthund, wie Astor einer war", kommentierte das Mina kurz und berichtete, warum sie Brutus mitgebracht hatte.

„Ich hätte es nicht anders gemacht", gab Urs zu. „Es gibt ja bald noch mehr Tiere, die bewacht werden müssen. Struppi ist so gut wie raus, aus dem aktiven Wachdienst. Er liegt schon wieder schlafend in der Sonne. Gönnen wir ihm die Ruhe. Ich führe Brutus am besten gleich herum und dann lasse ich ihn von der Leine."

„Ich stelle den dritten Napf bereit", strahlte Mina, weil Urs wegen Brutus nicht sauer war.

Und diesmal war es Astor, der sie auf der Runde begleitete.

„Es trübt sich ein", stellte Brenda fest.

Das Gleiche sagte auch soeben Grit. „Sehen wir zu, dass wir wieder hoch kommen!" Sie begann den Aufstieg und die anderen folgten auf der Stelle. Tief von Urs' Wettervorhersage beeindruckt, denn die App verkündete noch für die nächsten drei Stunden strahlenden Sonnenschein.

Urs hatte ihnen, wie versprochen den Pfad gezeigt, nachdem er wegen der vielen Fragen über die Ursache der morgendlichen Aufregung berichtet hatte. „Behalten Sie Himmel und Zeit im Auge", bat er.

Peter blieb in halber Hanghöhe stehen. „Hier runter, da rauf, wieder zurück und mit einem 80 Kilo Paket auf den Schultern diesen Pfad hoch! Wer das schafft, packt auch den Ironman."

„Ich denke, den würde er wirklich gewinnen. Solche Muskeln muss sich erst mal einer erarbeiten! Ich kam mir gestern neben ihm glatt wie ein Milchbubi vor", rief ein anderer.

Unten angekommen, überquerten sie den Steg.

„Ach du liebes bisschen! Hier die Mure, da die Lawine mit Steinabgang. Besser kann man die Naturgewalten gar nicht zusammenfassen", staunte eine.

„Bin gespannt, ob sie die Felsbrocken tatsächlich mit dem Hubschrauber hoch holen", überlegte Grit laut.

„Wir werden es sehen, oder sogar hautnah erleben", erwiderte Peter.

„Ein bisschen beneide ich euch schon, dass ihr bald hier leben werdet", sagte eine.

„Zur rechten Zeit am rechten Ort und Mut, die Dinge direkt anzusprechen", strahlte Peter. „Mehr war gar nicht vonnöten."

Sie setzten sich auf den Steinwall, um einen Happen zu essen. Und dann streifte Grits Blick den Himmel ...

„Ich habe gerade einen Regentropfen abbekommen!", rief jemand aus der eilig nach oben kraxelnden Truppe.

„Der Wind wird auch schon unangenehm", verkündete der Letzte. „Vorwärts, ehe der Pfad rutschig wird!"

Urs hatte inzwischen die Weiderunde mit Brutus beendet. „Er ist von den vielen großen Tieren ziemlich beeindruckt", erklärte er, auf die eingezogene Rute deutend. „Mal sehen, was er zu den Hühnern sagt."

Die schaute er sich deutlich entspannter an. Er begann sogar mit dem Schwanz zu wedeln, als ihn der kleine Araucana-Hahn neugierig unter die Lupe nahm. Tom und Jerry sträubten das Fell und fauchten.

„War ja klar", sagte Urs resigniert. „Die beiden wissen, dass Hunde gegen sie keine Chance haben." Er ließ Brutus von der Leine, der ihm nicht von der Seite wich. Urs stieß einen schrillen Pfiff aus, worauf die anderen Hunde angerannt kamen. Er streichelte alle drei, bevor er große Kauknochen austeilte. Zuerst an Struppi, dann Astor und schließlich an Brutus.

Andreas schaute auffällig zum Kletterpfad hinunter. Und auch Brenda blickte auf die Uhr, weil sich die dunkle Wolkenwand immer näher heranschob.

„Da sind sie", sagte Mina erleichtert, als der erste Kopf die Kante überragte.

Urs ging ihnen ein Stück entgegen. „Wie war's?"

„Spektakulär! Vor allem vielen Dank für die Warnung!" Der junge Mann zeigte nach oben. „An der Sache mit dem Orakel scheint was dran zu sein."

Urs lachte herzlich. „Nicht erschrecken, wenn plötzlich drei Hunde auftauchen und einer davon ein bisschen vorwitzig sein könnte. Wir haben seit heute einen neuen Schäferhundmix, der die Gepflogenheiten noch nicht kennt. Wir wissen nicht mal, ob er überhaupt erzogen worden ist."

„Aus dem Tierheim?", fragte Peter.

„Nein, aus dem Reich der Toten", grinste Urs, in wenigen Sätzen die Situation erklärend. „Mina hat recht, wenn sie sagt, sein Schicksal ist so verrückt, dass er bestens zu uns passt."

Einer zeigte mit lustiger Grimasse auf Grit und Peter.

Urs brach in schallendes Lachen aus, blinzelte den beiden vergnügt zu und meinte: „Muss wohl so sein, denn wer bringt sich sonst aus dem Urlaub einen neuen Job als Souvenir mit?"

Das Gelächter lockte Struppi herbei, der die anderen Hunde, Karli und Sepp im Gefolge hatte.

„Die glorreichen fünf", witzelte jemand und das Lachen flammte erneut auf.

Karli steuerte direkt auf Grit zu, baute sich vor ihr auf und bettelte: „Mähähäääääää!"

„Alles klar!", kicherte sie, den Ziegenbock kräftig kraulend.

Dass die anderen auch sofort Schmuseeinheiten erhielten, war vorauszusehen gewesen und Urs trollte sich schmunzelnd, zumal es stärker zu nieseln begann. Sepp trottete zum Stall, für die anderen das Zeichen, sich auch ein trockenes Fleckchen zu suchen. Augenblicke später ging ein Wolkenbruch nieder.

Die jungen Leute schauten erst sich an, dann sämtliche Webcam-Bilder der umliegenden Klettergebiete. „Oha. Hätten wir Urs' Worte ignoriert, wäre es richtig heftig geworden. Es regnet ja überall in weitem Umkreis wie irre!"

Am späten Nachmittag klarte es langsam auf, die Tiere verließen den Stall und Andreas lud die Reisetasche ins Auto. Urs brachte einen großen runden Käse herbei, Mina einen Beutel mit grünen Eiern und verschiedenen Teemischungen. Von den Tieren hatten sich die Trachenbergs schon verabschiedet. Nur Struppi stand noch bei ihnen.

„Mach's gut Wauzi und bleib gesund", sagte Andreas, ihm nochmal über den Kopf streichend. „Er ist wirklich alt geworden", seufzte er, weil ihn Struppi sonst stets fast 200 Meter begleitet hatte.

„Zurück!", rief Brenda. „Da unten kommt ein Pferdetransporter!"

„Puhhhh! Gerade noch rechtzeitig", stöhnte Andreas.

Struppi begann zu bellen, die anderen Hunde rannten herbei und auch Urs kam schnellen Schrittes zur Straße.

Brenda ließ das Fenster runter. „Pferdetransport im Anmarsch!"

„Ach herrje, das können eigentlich nur die Schafe sein!", rief Urs.

„Ja richtig!", pflichtete Andreas bei. „An die habe ich gar nicht gedacht. Jetzt will ich sie aber auch in Augenschein nehmen." Er fuhr zum Parkplatz zurück und sie stiegen noch einmal aus. Urs wies bereits den Transporter ein. Alle schauten erwartungsvoll.

„Ich weiß auch nicht, aber Schafe sehen immer irgendwie ein bisschen dusselig aus", kicherte Brenda, als das Erste die Rampe hinunter geführt wurde. „Und die hier ganz besonders, mit dem ulkigen Kopf."

„Das nennt man im Fachjargon geramst, also gewölbt", erklärte Urs, die Tiere kurz untersuchend. Er unterschieb die Papiere und Mina checkte ausgiebig die Wolle.

„Ganz schön groß für Schafe", staunte Andreas. „Und bei der Ohrenlänge können sie locker mit Sepp mithalten."

„Also nicht viel kleiner als Alpakas", schmunzelte Urs. „Schick mir die Rechnung", bat er, die beiden endgültig verabschiedend, als der Schaftransporter den Hof verließ. Andreas fuhr direkt hinter diesem her.

III.

„Mina, ich muss bauen!", stellte Urs fest. „Es wird zu eng für so viele Tiere." Er schnappte sich das Handy, rief Walter an, um Bretter und Balken zu ordern.

Als er das Bauland abmaß, gesellte sich Peter dazu und half, Markierungen anzubringen. Mina bereitete alles für die Beantragung vor, die eigentliche Formsache war, weil an dieser Stelle vor langer Zeit schon ein großer Stall gestanden hatte und es eine Genehmigung gab, alle Gebäude wieder aufzubauen.

„Ich will die neue Scheune deckungsgleich zur alten bauen", erklärte Urs Peter. „Das heißt, dass ich kleine Felsbrocken mit einer möglichst flachen Seite zum Pflastern brauche, was eine typische Winterarbeit ist. Im Winter werden wir auch die Wohnung dämmen, die ihr bekommen sollt. Ich werde es nicht schaffen, an Scheune und Wohnung zu bauen." Urs fasste sich an die Stirn. „Oh je, ich hab was Wichtiges vergessen!" Er nahm noch einmal das Handy. „Hallo Fabian! SOS! Ich habe in wenigen Tagen zwei festangestellte Mitarbeiter. Kannst du mir vorm Herbst elektrische Heizungen in der angedachten Wohnung installieren. Ich werde Meister Matthess mit dem Innenausbau beauftragen, weil ich selber gerade die ersten Handgriffe am Bau der neuen Scheune mache. Für die brauche ich später auch die Elektroinstallation. Du kannst kommen, wie es dir passt. Bei uns im Haus ist immer mindestens ein Zimmer frei. Zumindest noch. Warum noch? Weil wir Nachwuchs erwarten." Dann rief er gleich Meister Matthess an, um vor dem Herbst einen Termin zum Ausbau zu bekommen.

Peter kratzte sich verlegen am Kopf.

Urs klopfte ihm auf die Schulter. „Passt schon. Wenn ich erwarte, dass jemand gut arbeitet, muss ich ihm auch die entsprechenden Bedingungen schaffen. Sie müssen nur übergangsweise in die Wohnung daneben ziehen, bis alles fertig ist."

„Dann bleiben ganz einfach ein paar Kisten geschlossen, bis alles im grünen Bereich ist", winkte Peter ab. „Im Augenblick wohnen wir zu zweit in meinem alten Kinderzimmer. Dass meine Eltern darüber nicht wirklich glücklich sind, können Sie sich bestimmt denken. Und für uns ist der Zustand noch schwerer zu ertragen, auf 16 Quadratmetern zu sitzen. Weil Grit kein Auto hat, haben wir bisher keine brauchbare und vor allem bezahlbare Wohnung gefunden, in deren Nähe ein Bus abfahren würde, der ihr irgendetwas nutzt. Vielleicht hat es das Schicksal ja schon vorbestimmt gehabt, dass wir direkt vor der Wohnungstür den Arbeitstag beginnen können."

Als Mina fragte, ob es Probleme gebe, zählte Urs auf, was er soeben alles in die Wege geleitet hatte. „Da hätte ich wohl auch erst daran gedacht, wenn es zu spät gewesen wäre", gab sie zu. „Ich plane Investitionsgelder um, damit uns niemand einen Knüppel zwischen die Beine wirft. Was machen die Neuen?"

„Verhalten sich ruhig", gab Urs bekannt. „Morgen testen wir aus, ob wir sie schon mit den Ziegen ins Gehege lassen können."

„Hoffentlich zoffen sich die Böcke nicht", merkte Mina an.

Urs hob die Schultern. „Wir werden es merken. Hast du dir schon Namen ausgedacht?"

„Toni, Mathilde, Klara, Pia", lachte Mina, auf das jeweilige Tier deutend. „Klaras Schwanz ist etwas kürzer, als jener der anderen, und Pia hat kürzere Ohren als Klara und Mathilde, sodass ich sie auch auseinanderhalten kann."

Urs warf einen sehr langen Blick auf die kleine Schafherde. „Stimmt. Klara hat einen kurzen Schwanz und Pia kurze Ohren, eigentlich ganz simpel."

Das Experiment, ob man die beiden Tierarten schon vergesellschaften könne, hoben sie sich für den übernächsten Tag auf, weil es genug Stress geben werde, wenn wirklich ein Hubschrauber landete. Sie bereiteten am Morgen den Landeplatz perfekt vor, indem sie aus altem ausgeblichenen Absperrband ein Landekreuz spannten, das durch feste Krampen im Boden gehalten wurde. Die Tiere durften nur auf einem kleinen Areal direkt vor der Scheune weiden und wurden hinein getrieben, als sich das laute Flappen des Rotors näherte. Urs verriegelte das Tor. Er öffnete es erst nach der Landung des kleinen Helikopters wieder. Mit dem Piloten waren es drei Männer, die heraussprangen.

„Perfekter Landeplatz", lobte der Chef der Firma. „Sie haben offenbar nicht zum ersten Mal Besuch aus der Luft."

„Das ist richtig. Wir haben auch schon im Tiefschnee ein Ladekarree geschaufelt und mitten in der Nacht mit Leuchtfeuern ausgestattet", erzählte Urs.

„Sie wollen also Felsblöcke als Sicherung an den Rand des Hangs setzen, die wir im Tal oder auf dem Geröllfeld da drüben aufnehmen sollen?", fragte der Chef.

„Falls die Möglichkeit besteht, ohne eine Gefahr für Leib und Leben Ihrer Leute zu werden", erwiderte Urs.

„Dann fällt der Hang schon aus dem Raster", erklärte der Pilot. „Da scheint erst kürzlich ein Geröllstrom ins Tal gestürzt zu sein."

„Gestern, als wir mit dem Traktor mehrere Schiebewannen Baumaterial geholt haben", berichtete Urs.

Alle drei wiegten bedenklich die Köpfe.

„Da unten sieht es auch nicht grundlegend besser aus. Man müsste mit Hebetechnik die einzelnen Steine lupfen, damit man Gurtwerk anschlagen kann. Die Idee klingt ja nicht schlecht, nur mit der Durchführung hapert es. Tut mir leid, dass ich Sie enttäuschen muss."

„Ich bin Ihnen sehr dankbar, dass Sie sich die Zeit genommen haben, den Sachverhalt zu prüfen", seufzte Urs. „Aber die Sicherheit hat oberstes Gebot, bei Ihnen, wie auch bei uns."

„Und nun?", fragte Mina traurig.

„Holen wir uns vom Geröllfeld, was wir mit Max kriegen können. Dabei fangen wir ganz oben an, damit uns die rollenden Steine nicht die Suppe versalzen", schlug Urs vor. „Ich werde bei großen Brocken auch mittels Volumenverdrängung von Vergleichsmaterial das Gewicht möglichst genau berechnen. Aus Laschen und Ketten werde ich eine Art Netz kreieren, in welchem wir die Brocken an den Rand ziehen können, ehe wir sie vielleicht aufnehmen. Geht gar nicht, gibt's einfach nicht." Er zeichnete auf ein Blatt Papier, wie er sich alles vorstellte.

„Das könnte wirklich funktionieren", gab Mina zu.

Als abends die Kletterer zurückkehrten, fragte Peter sofort: „Und, was hat der Hubschraubermann gesagt?"

„Aus der Luft absolut unmöglich", erwiderte Urs. „Ich tüftele aber gerade an einer Vorrichtung, mit der Max vom Hang ziehen kann, was wir brauchen."

„Schade, dass wir morgen für ein paar Tage zurück, zu einem ungeliebten Job müssen und nicht helfen können", seufzte Peter. „Wir werden unsere ganze Habe vermutlich mit einem Siebeneinhalbtonner bringen lassen. Vielleicht können Sie ja warten, bis ich wieder da bin, ehe Sie am Hang Jagd auf die großen Steine machen. Weil ... weil ... ist ganz einfach sicherer."

„Hab verstanden", schmunzelte Urs. „Mir ist es auch lieber, einen kräftigen Mann dabei zu haben, sollte ich wirklich die Großen verwenden wollen. Aber der Gedanke missfällt mir inzwischen ein bisschen."

„Gibt es etwas, mit dem ich mich bis zum Jobantritt bevorzugt beschäftigen sollte?", fragte Peter.

„Vielleicht mit dem Thema Schafe scheren. Denn das ist auch für uns völliges Neuland. Mina hat ja schon wieder 1000 Ideen, was sie im Winter alles aus Wolle machen will. Bisher haben wir Wolle geschenkt bekommen, weil sie woanders sogar einfach auf den Feldern untergepflügt wird."

Peter murmelte: „Darüber habe ich während der Lehre einiges von meinem Ausbilder gehört, der auch fünf Schafe auf der Wiese stehen hat. Es ist sinnvoller, jemanden zu holen, als selbst Hand anzulegen, hat er mehrfach beteuert. Mit der Hand ist es eine Viecherei und elektrisch lohnt sich die teure Maschine nur, wenn sie für eine große Herde angeschafft wird oder man damit auf Tour geht."

„Und für was hatte er sich entschieden?", blinzelte Urs.

„Für die Maschine, was er bitter bereut hat", gab Peter bekannt.

„Das deckt sich mit meinen Kurzrecherchen", verriet Urs. „Mann kann und muss ja nicht alles selber machen. Deswegen würde ich mir auch nie Kühe oder Schweine anschaffen. Eigentlich hatte sich Mina ja Alpakas gewünscht. Na ja. Es sprach vieles dagegen. Ich denke, Schafe sind für die Erzeugung von Milchprodukten sinnvoller, auch wenn die Wolle kratzig ist."

„Klagst du ihm gerade dein bitteres Leid?", blinzelte Mina, mit Sepp um die Ecke kommend.

Urs fasste sie um die Taille. „Die Kirche ist weit weg, also muss ich beim Wanderprediger beichten."

Mina und Peter brachen in schallendes Lachen aus. Mit so einer Antwort hatten sie nicht gerechnet. Sepps erschrecktes „Ihhhahhh" passte perfekt dazu, als müsse auch er lachen.

„Wo wollt ihr denn hin?", wunderte sich Urs, weil Sepp zwei kleine Körbe trug.

„An den Rand des Steinfeldes. Ich glaube, ein paar Pflanzen entdeckt zu haben, die ich für meine Beete haben will, bevor sie Max zum Opfer fallen", erklärte Mina.

„Du schwörst aber, nicht ins Feld hinein zu gehen!", rief Urs besorgt.

„Ich schwöre es!", erwiderte Mina, mit Sepp weiterziehend. Sie ließ auch ihn dort stehen, wo nicht mal durch riesengroßen Zufall ein Stein hin rollen konnte.

Urs ging ihr schließlich nach, um zu helfen, und erinnerte sich. „Hier war der Kräutergarten meines zweitältesten Bruders gewesen." Und weil es sich gerade anbot, legte er ein paar Steine für die Sockelmauer beiseite, aber auch welche zum Pflastern.

„Schau mal da!" Mina deutete aufgeregt hinter einen der großen Blöcke, wo ein in Kniehöhe abgebrochener Baum neu ausgetrieben hatte. Sie zoomte am Handy auf. „Er blüht sogar!"

„Behalte ihn im Auge, ich hole Farbe zum Markieren!" Urs rannte fast zur Werkstatt. Dann balancierte er vorsichtig durch den Schutt, verpasste dem großen Brocken ein rotes Kreuz und räumte sogar noch ein paar Steine so weg, dass sie einen Schutzwall um das Bäumchen bildeten, den er auch rot anpinselte. Mit einem erstaunten Ausruf hob er etwas auf. Es war eine blaue Kindergießkanne. Sogar die Tülle in Form einer Blume war noch dran. Urs wischte sich über die Augen, zog die Nase hoch und steckte die Kanne in einen der Körbe. „Mit heißem Wasser gehen die eingedrückten Stellen sicher wieder raus."

Mina legte ihren Kopf an seine Schulter. „Damit kann mir das Krümelchen prima helfen, die Beete zu gießen."

Sie suchten weiter nach Kräutern und fanden noch einen Baumstumpf, der vielversprechend aussah. Auch dem verpasste Urs einen Ring aus Steinen, wobei er den größten rot markierte.

„Und wenn ich ganz einfach ..." Urs sprach den Satz nicht aus. Er taxierte das obere Stück des Hanges, dann den großen Brocken am ersten Bäumchen. Der kippelte, wenn er sich mit ganzem Gewicht dagegen lehnte. „Eins ... zwei ... drei ... und ab damit!" Urs sprang rasch beiseite, als sich der etwa anderthalb Meter große Brocken neigte, fast in Zeitlupe kippte, sich überschlagend den Hang hinab rollte und mehrere fast gleich große Steine mitriss. Einige Minuten lang glitten immer wieder Bäche aus Geröll ab. „Sieht doch sofort viel freundlicher aus. Oder was meinst du?"

„Und dein Baumaterial für die Mauer?", fragte Mina irritiert.

„Kann ich mir auch aus kleineren Steinen zusammensuchen und muss Max nicht gefährden", sagte Urs fast fröhlich.

Die Urlauber waren auf das Poltern hin aus dem Haus gelaufen und filmten den Steinabgang.

„Alles okay?", fragten Peter und Grit.

„Alles bestens. Urs hat den Rutsch absichtlich ausgelöst", erklärte Mina lächelnd. „Wir haben zwei noch lebende Apfelbäume entdeckt und sofort alles umdisponiert." Sie zeigte auf die beiden kleinen Steinwälle und rief das Bild des blühenden Bäumchens am Handy auf.

„Statt mit Gewalt eine Zyklopenmauer zu setzten, werde ich mit handlichen Steinen und Mörtel arbeiten", fügte Urs hinzu.

„Die wird auch um einiges freundlicher aussehen", pflichtete Grit bei. Nach einem Blick in die Körbe sagte sie: „Ich pflanze mit ein."

„Ich will mir nur noch den Thymian holen." Mina setzte den Spaten an.

Sepp trug alles zu den Hochbeeten, ließ sich das Geschirr mit den Körben abnehmen, bekam eine Möhre und trabte zufrieden davon. Karli beschwerte sich lautstark, weil er kein Leckerli erhalten hatte. Die Frauen lachten herzlich.

Mina breitete die Pflanzen aus und bestimmte, wohin welche kommen sollte. Grit hätte sie ganz genau so zusammengepflanzt. Struppi legte sich in die Sonne neben dem Beet. Er suchte Gesellschaft, nur war es ihm zu anstrengend, mit den anderen Hunden auf Schnüffeltour zu gehen oder die raufenden Geißen zu trennen.

„Armer Wauzi", seufzte Mina. „Ich habe kaum Hoffnung, dass er das nächste Frühjahr noch erlebt." Tom und Jerry erschienen vor irgendwoher und kuschelten sich an. „Sie spüren wohl auch, dass ihr Hundepapa, der sie mit aller Liebe großgezogen hat, bald gehen muss. Sie haben schon lange nicht mehr so intensiv gekuschelt."

Mina zog die kleine Gießkanne aus dem Korb und begann sie an der Tränke abzuwaschen. „Die gehörte einer Nichte von Urs. Er hat sie heute unterm Gesteinsschutt gefunden." Sie erzählte, weil darüber bisher gar nicht gesprochen worden war, dass nur Urs das Inferno überlebt hatte. Er war am Rand der Lawine verschüttet worden und hatte sich als Einziger nur leicht verletzt befreien können.

„Oh je, das haben wir nicht geahnt", erschrak Grit. „Wir waren der Meinung, die Familien hätten sich nach der Zerstörung woanders ein neues Leben aufgebaut."

Mina schüttelte den Kopf. „Er hat damals all seine Verwandten verloren. Es kann sich auch von den wirklich alten Leuten im Dorf niemand erinnern, dass es noch woanders welche geben könnte. Wenn Urs damals meinen Bruder nicht gerettet hätte, wäre ich, zumindest aus unserer Familie, auch die Letzte gewesen. Das ist der Grund, warum wir alle so stark aneinander hängen und sich Andreas nicht zu schade ist, hier Bauernarbeit zu verrichten."

Peter und die anderen kamen über den Hof. „Wir möchten gleich auf Wiedersehen sagen! Morgen früh vier Uhr fahren wir schon los, um Meter zu machen."

„Bis bald!", strahlte Grit.

„Gute Reise, Sie sind alle gern gesehene Gäste! Vielen Dank für die große Hilfe! Bis bald Grit und Peter. Wir freuen uns auf Sie!"

Grit und Peter streichelten zum Abschied die Familientiere.

„Die nächsten Gäste kommen erst am Samstag. Ich kann mir also Zeit lassen", stellte Mina beim Abendbrot mit Blick auf den Kalender fest. „Es sind auch erst mal nur zwei Wohnungen belegt. Ob die anderen kommen, entscheidet sich Freitag Abend."

„Es waren ziemlich turbulente Tage", merkte Urs an. „Ist nicht ganz schlecht, dass wir nicht komplett unter Druck stehen."

„Auf alle Fälle haben mir deine Blitzentscheidungen ausnehmend gut gefallen", schmunzelte Mina.

„Mir deine auch. Aber ich muss glatt noch eine hinterherschieben", sagte Urs schnell. „Mina, ich möchte dich heiraten."

„Ja, ja, jaaaaaa! Ich dachte, du fragst nie!", jubelte Mina, sich in seine Arme werfend.

„Sagen wir ... in acht Wochen. Tafel hier auf der Wiese im Festzelt mit herablassbaren Seiten, falls schlechtes Wetter ist, und Beköstigung durch einen Cateringservice. Wir lassen eine flache Bühne als Tanzboden aufstellen und buchen einen guten DJ. Wir werden um die 16 Personen sein, denke ich", legte Urs seine Vorstellungen dar.

„Alles, was du willst, mein Schatz", freute sich Mina.

Natürlich schlug dieser Punkt der Abendnachrichten ein, wie eine Bombe. Andreas rief sofort an, um seine riesige Freude zu bekunden, und alle Freunde sagten zu, an jenem Wochenende zu kommen.

„Und keine Geschenke, wir wollen nur eine schöne Zeit mit euch haben", sagte diesmal Urs.

„Habt ihr daran gedacht, dass ihr einen Ehe-vertrag aufsetzen solltet?", fragte Andreas.

„Daran denken wir morgen. Heute freuen wir uns erst mal ohne Paragraphengeplänkel", lachte Mina.

„Wie geht es Struppi?", wollte Brenda wissen.

Mina seufzte. „Dem Alter entsprechend, würde der Doc jetzt sagen. Es ist, als habe er nur darauf gewartet, dass andere zu zweit den Job übernehmen, den er allein gemacht hat. Astor kümmert sich um die Herde, Brutus um Haus, Hof und Hühner. Struppi schnüffelt ein bisschen hier, ein bisschen da, frisst gut und genießt sein Rentnerdasein. Morgen früh müs-sen wir die jungen Geißen separieren, die ver-kauft werden sollen. Und wir brauchen dringend jemanden, der jetzt die Schafe schert. Es soll recht mildes Wetter werden."

„Seit sie mit der Herde laufen, haben sich Karli und Toni öfter in der Wolle, besonders, weil der liebestolle Schafbock versucht, auf die Geißen zu gehen. Nach einem ordentlichen Volltreffer mit den Hörnern gibt er aber meist Fersengeld, wenn Karli ihn auch nur ansieht", erzählte Urs. „Weil Karli jetzt ständig beschäf-tigt ist, mutiert Sepp langsam zum Hund ehren-halber. Würde mich nicht wundern, wenn er eines Tages bellt", lachte Mina. „Wo Astor ist, ist meist auch Sepp. Er ist übrigens derjenige, welcher sofort Greifvogelangriffe meldet."

„Dann setzt ihr das Lasersystem wohl gar nicht mehr ein?", fragte Andreas.

„Nur noch, wenn wir Küken und neugeborene Lämmer haben", erklärte Urs. „Die meisten großen Greifvögel haben wir dauerhaft vergrault. Deren Nachwuchs scheint uns aus Erfahrung der Älteren zu meiden. Die Anschaffung hat sich also durchaus gelohnt, auch wenn wir derzeit vier Wächter haben."

Die frühe Abreise der Gäste lockte die Hunde hervor, die alles beobachteten, ohne zu bellen. Urs trat ans Fenster, als die Lichtkegel der Scheinwerfer die Dunkelheit zerschnitten. „Gute Reise!", flüsterte er, ehe er wieder ins Bett kroch. Mina schlief wie ein Stein. Die Aufregung des Vortages hatte Spuren hinterlassen. Dafür war sie putzmunter, als der Wecker klingelte. Sie sammelte die Eier aus den Nestern, zählte sämtliche Tiere durch, verteilte Streicheleinheiten, wobei sie gleich noch den Gesundheitszustand mit überprüfte, und füllte die Näpfe der Hunde.

Urs mistete aus. Die Schafe hatten im Stall übernachtet und liefen nun auf die Weide. Außer Toni, der ging auf Kuschelkurs. „Na, weinst du dich bei mir aus, weil Karli Prügel verteilt?", schmunzelte Urs.

„Mähhhhhhh!"

„Das ist das Stichwort!", grinste Urs. „Ich muss heute die obere Wiese mähen."

Zuerst musste er aber Karli beruhigen, der gesehen hatte, wie der Schafbock gekrault worden war und missmutig vor sich hin meckerte. Dann aßen sie erst einmal Frühstück und koordinierten die weiteren Arbeiten. Zehn Uhr wollte Mina den Rechtsanwalt anrufen, der beim Aufsetzen des Vertrages helfen sollte.

„Ich muss dann die Ziegen melken und gleich neuen Käse ansetzen", erklärte Mina.

Urs horchte auf. „Du wirst mir Bescheid geben, wenn du soweit bist, dass die Milch in die Bottiche kann. Lass dir ja nicht einfallen, die schweren Kannen zu heben!"

„Ich verspreche es!", sagte Mina sofort. Der Transport bis zur Käserei war hingegen kein Problem. Mina molk in kleine Eimer, füllte die Milch in 20-Liter-Milchkübel mit Deckel direkt auf dem umgerüsteten Handwagen um, den am Ende Sepp zum Wirtschaftsgebäude zog. Er war für Mina Stück für Stück zum unentbehrlichen Helfer geworden. Weil es immer eine Belohnung gab, kam er auf Zuruf sofort heran und ließ sich ins Geschirr spannen. Inzwischen ergriff er auch nicht mehr panisch die Flucht, wenn Pferdetransporter auf den Hof fuhren. Er lief gemäßigten Schrittes aus dem Arbeitsbereich, ohne sich, wie früher, zu verstecken.

Mina war gerade mit dem Melken fertig geworden, als Urs zurückkam. Als er den Traktor abstellte, spannte sie Sepp an und brachte die Milch zur Käserei, wo Urs nahtlos übernahm und die Kessel füllte. Sepp bekam eine Mohrrübe und durfte wieder auf die Weide.

„Es ist gleich zehn", mahnte Urs, worauf Mina alles liegen ließ und mit ihm zum Büro ging. Zuerst machten sie den Termin mit dem Anwalt, danach gleich den auf dem Standesamt, um sich sofort mit einem Eventmanager in Verbindung zu setzen, der die gesamte Feier nach ihren Vorstellungen planen sollte. Friseurtermin und Kleidungskauf, legten sie ebenfalls fest, wobei sie die gleichen Örtlichkeiten wählten, wie bei Andreas' Hochzeit.

„Da sind Grit und Peter hier, sodass wir alles entspannt angehen können", atmete Mina auf. „Wir müssen nur morgen mit Geburtsurkunden und Personalpapieren ins Rathaus, damit alles klar geht. Es sind ja genug Hunde da, um inzwischen Haus, Hof und Vieh zu bewachen."

Seit zwei Jahren gab es zudem eine Schranke, die sie schlossen, wenn jeglicher Zutritt unerwünscht war, so wie am morgigen Tag. Zu Fuß konnte man sie zwar umgehen, war dann aber mit freilaufen Wachhunden konfrontiert, worauf ein unübersehbares Schild deutlich hinwies.

Wegen der vielen Telefonate gab es etwas später Mittagessen, wobei Mina froh war, vom Vortag noch reichlich Kartoffelsuppe zu haben, die sie nun mit zwei Bockwürsten erhitzte. Urs wäre der Letzte gewesen, der sich deswegen beschwert hätte. Er, der fünf Jahre ums Überleben gekämpft hatte, genoss es sehr, regelmäßig Nahrung und besonders, täglich eine warme Mahlzeit zu haben. Beim Nachtisch summte plötzlich sein Handy. „Oh, WhatsApp von Peter", sagte er und las vor: „Gut zu Hause gelandet, alle mit Kündigung geschockt, beginnen morgen zu packen. Liebe Grüße Peter und Grit." Urs schickte einen Daumen nach oben als Antwort.

Peter bekam am ersten Arbeitstag nach dem Urlaub von seinem Chef den Spruch zu hören: „Dem Herrn ist wohl die Arbeit mit Tieren nicht fein genug?", worauf er antwortete: „Mir ist es nicht fein genug, wie mit den hilflosen Kreaturen umgegangen wird. Ich werde auch weiterhin mit Tieren zu tun haben. Nur werden sie dort wie Lebewesen behandelt und nicht wie Dreck. Das Arbeitszeugnis können sie dreifach schriftlich beim Heizer einreichen."

Grit erging es ähnlich, nur lautete die Frage da: „Es ist wohl unter Ihrer Würde, sich die Finger an Blumentöpfen schmutzig zu machen und Kunden zu bedienen?"

Grit erwiderte schulterzuckend. „Wenn Sie meinen. Ich habe mich als Magd auf einem großen Bergbauernhof verdingt, wo, außer Tierherden, Ferien- und Tagesgäste zu versorgen sind, und überdies Mitdenken honoriert wird."

„Du wirst wirklich als Magd arbeiten?", fragte in der Mittagspause eine Kollegin zweifelnd.

„Der Job nennt sich zwar anders, aber die Arbeit ist die gleiche. Und ob du es glaubst oder nicht, ich freue mich sehr darauf." Grit zeigte ihr unzählige Bilder vom Schüchthof. „Das hier ist Karli, der Pinzgauer Bock. Oder der hier! Das ist Sepp. Da sind die Hunde Struppi, Astor und Brutus und die Kater Tom und Jerry. Und siehst du die bunten Hühner? Araucana, Plymouth Rock und Kreuzungen aus beiden. Hast du schon mal so coole grüne Eier gesehen? Oder so eine Aussicht aus deinem Fenster gehabt? Ich glaube auch nicht, dass Mina und Urs, die Land-wirte auf diesem Hof, sich uns gegenüber anders verhalten werden, als bisher. Sie bauen uns sogar eine der Ferienwohnungen als Dauerunterkunft aus." Sie schickte ihr den Link zur Homepage des Hofes.

„Die haben ja wirklich schon auf ihrer Seite stehen, dass wegen Eigenbedarf nur noch drei Ferieneinheiten verfügbar sind!", staunte die Kollegin.

Grit grinste vergnügt.

„Hat der Bauer wirklich so blaue Augen oder ist das Bild mit Fotoshop aufgehübscht?"

„Sie sind genau wie auf dem Foto. Einer ihrer Hunde hat sogar die gleiche unglaubliche Augenfarbe!" Grit suchte die Bilder auf Face-book heraus.

„Wer ist das?" Die Kollegin tippte auf ein Bild von der Hochzeit der von Trachenbergs.

„Die beiden sind Mina und Urs", erklärte Grit, sich vor Lachen ausschüttend, weil der Kollegin der Unterkiefer fast bis auf die Schuhspitzen klappte. „Und das Brautpaar sind Minas Bruder und Brenda, die Chefin der GOAlpin, wo wir alle immer unsere Ausrüstung gekauft haben."

„Ich habe die beiden erst letztens in der Zeitung gesehen", überlegte die Kollegin laut. „Wir heißen die?"

„Von Trachenberg", gab Grit Auskunft.

„Sportboote und Luxusschlitten! Jetzt hab ich es. Der ist Multi!"

„Und ein ganz netter Typ, genau wie seine Frau. Unsere komplette Klettertruppe hat mit den beiden zusammen Heuballen auf den Traktor aufgeladen, anschließend Kaffee getrunken, Kuchen gegessen und bis es dunkel wurde über Gott und die Welt geschnattert. Mina und Urs sind Großbauern, ihnen gehört das Land bis runter ins Tal. Da dürfte nicht viel weniger Geld dahinter stehen", erklärte Grit, während die Augen ihrer Kollegin immer größer wurden. „Und ich habe zehn Tage lang gesehen, welche Arbeiten mindestens auf mich zukommen, zu denen sich nicht mal ein Multi zu schade ist." Sie scrollte auf Facebook weiter runter, wo Andreas mit Urs am Hühnerhaus baute.

„Ei, da sieht dein neuer Chef glatt wie Rübezahl aus!", platzte die Kollegin heraus.

„Möglicherweise ist er Rübezahl", sagte Grit hintergründig lächelnd. „Das da kommt nicht von ungefähr." Sie lotste sie auf die Eventseite mit Rübezahls Sagenfeuer, wo Mauds Profibilder für Gänsehaut sorgten.

„Wow!"

„Genau so!", lachte Grit.

Den Familien der jungen Leute ging es ähnlich. Nach Anfänglichem: „Ihr müsst doch verrückt sein!", kam der Wow-Effekt.

„Ihr wisst, warum ich eigentlich Tierwirt geworden bin. Ich habe nicht geahnt, und auch gar nicht wahrhaben wollen, was industrielle Milchviehhaltung bedeutet. Auf dem Bergbauernhof pflegt man die Tiere und bewahrt sie nicht nur auf", erklärte Peter. „Oder misshandelt sie gar. Warum wird wohl mein derzeitiger Arbeitgeber so oft von den Tierschützern heimgesucht? Bestimmt nicht, weil er ein Paradies für die Kühe geschaffen hat, die den ganzen Tag auf Betonböden stehen. Die sehen nie Gras oder Himmel. Außer wenn man sie in den LKW treibt, um sie ins Schlachthaus zu fahren. Wenn ich drüber reden müsste, was an manchen Tagen los ist, würde sich euch der Magen umdrehen! Schau euch lieber an, was den Schüchthof so besonders macht!" Er holte seinen Laptop.

Urs und Mina bekamen regelmäßig den aktuellen Stand des Einpackens gemeldet und Urs schickte die ersten Bilder vom Ausbau der Wohnung, die inklusive Fußboden und Decke komplett gedämmt werden musste. ‚Sie wird vermutlich fertig sein, wenn Sie ankommen', gab er schließlich mit einem lächelnden Smiley bekannt. Das war vier Tage vorm Umzug. Die Männer der Klettergruppe halfen beim Kistenschleppen und versprachen, im nächsten Jahr wieder auf dem Schüchthof Urlaub zu machen. Vielleicht sogar in Zelten, falls die Wohnungen belegt seien.

IV.

Mina wendete die kleinen Käselaibe, Urs die großen. Zwei waren mit festgelegtem Reifegrad vorbestellt. Er hatte gerade den Satz ausgesprochen: „Ich werde die beiden anderen zum Verkauf teilen", als sein Handy klingelte. Sein breites Grinsen ließ Mina ahnen, was soeben Gewissheit wurde. „Kommando zurück! Sie sind auf der Bestellliste. Auch nicht übel, das spart viel Arbeit."

„Ist noch genügend Wachspapier zum Einpacken da?", fragte Mina.

Urs nickte. „Ich habe schon nachbestellt. Auch Aufkleber zum Verschließen. Die Waage wird nächste Woche geeicht."

„Dann liegen wir doch gut im Rennen", freute sich Mina. „Das heißt, dass ich heute Nachmittag oben am Hang Kräuter sammeln kann."

„Nimmst du Sepp mit?"

„Ach i wo! Ich ziehe mit dem kleinen Handkorb los", wiegelte Mina ab. „Schüttelbrot werde ich erst backen, wenn Grit da ist. In diesem Jahr wächst ja auch wieder reichlich wildes Getreide, sodass einer Einführung ins Überlebenstraining, wenn es reif ist, nichts im Wege steht."

Die Hunde schlugen an. Mina und Urs wechselten einen erstaunten Blick, als Fahrgeräusche erklangen. Urs steckte den Kopf zur Tür hinaus und begann zu lachen. „Heute keine Lust auf Aktenstaub?"

„Genau so könnte man es nennen!", grinste der Rechtsanwalt. Er stieg aus, als Urs die Hunde wegschickte. „Drei von der Größe sind mir immer ein bisschen unheimlich", gab er zu.

„Zu diesem Zweck arbeiten sie hier", grinste Urs.

Mina war mit Zusammenräumen der Arbeitsutensilien fertig geworden und gemeinsam gingen sie in das Büro.

„Ich habe den Vertrag mit. Was der Hauptgrund für mein Hiersein ist", erklärte der Anwalt. „Und dann treibt mich eher privat die Frage: Gibt es einen besonderen Grund, so plötzlich zu heiraten?"

„Das kommt auf die Interpretation an", schmunzelte Urs.

„Dem schließe ich mich an", gab Mina lächelnd bekannt. „Die Frage aller Frage habe ich schon lange sehnsüchtig erwartet, wollte Urs aber auch nicht unter Druck setzen. Und so, wie es aussah, hat er nur auf den idealen Zeitpunkt gewartet, der eben gerade an jenem Tag war."

„Der Punkt, es anders deuten zu können, ist, dass wir Nachwuchs erwarten", verriet Urs schließlich. „Wobei das ja heutzutage nicht unbedingt mehr ein Grund ist, heiraten zu müssen. Dass es in unserem Fall dem Krümelchen einiges erleichtern wird, steht auch wieder auf einem anderen Blatt."

„Ich habe mich mittlerweile daran gewöhnt, dass bei Ihnen immer irgendwie alles anders ist, als im Rest der Welt", seufzte der Anwalt.

„Ja, Rübezahls Reich hat seine eigenen Regeln", schmunzelte Mina und begann herzlich zu lachen, als sich die Haare auf des Anwalts Armen aufrichteten. Dabei ahnte sie nicht, dass er auf YouTube das Handyvideo eines Sagenfeuergastes gesehen hatte. Das wäre auch die perfekte Erklärung gewesen, warum er sich vor den Hunden gruselte. Struppi hatte bei ihm sogar aus der Ferne ganze Arbeit geleistet.

Nach einem kräftigen Kaffee und leckerem Gebäck packte er die unterschriebenen Papiere zusammen. Vor der Tür spähte er sich auffällig nach den wachenden Hütehunden oder hütenden Wachhunden um, worauf Mina Urs einen amüsierten Blick zuwarf.

„Zumindest hat er sich trotz seiner Ängste her getraut", lobte Urs. „Ehe ich jetzt irgendwas anderes beginne, hole ich die hinkende Ziege auf den Klauenpflegestand. Mal sehen, ob ich das Problem lösen kann."

Er hatte die Geiß schnell gefunden und Astor half ihm, sie einzufangen. Mina stellte in der Zwischenzeit Klauenschere, Blauspray, Klauenmesser und Desinfektionsmittel bereit. Das Tier humpelte seit dem Morgen immer wieder auf drei Beinen und beide hofften inständig, es möge nicht die gefürchtete Moderhinke sein.

Urs band die Ziege fest und griff sich das betroffene Vorderbein. Er bürstete den Schmutz ab und rief: „Da würde wohl jeder eine Schonhaltung einnehmen! Schau dir das an! Zwischen ihren Zehen steckt ein scharfkantiger Stein wie festgenietet." Er hatte Mühe, das sich heftig wehrende Tier zu halten, als er versuchte, den Fremdkörper zu entfernen. Nach mehreren Versuchen gelang es endlich. Vorsichtshalber sprühte er den Fuß akribisch blau ein, um einer Infektion vorzubeugen, und der Ziege gleich noch eine Markierung auf den Rücken, damit er sie am nächsten Tag nicht nach der Ohrmarke suchen musste. Zumal das Tier jetzt wie ein Irrwisch zur Herde zurück galoppierte. Von Hinken keine Spur mehr. Karli beobachtete die Prozedur lieber von Weitem. Er hasste es, sich die Klauen schneiden zu lassen. Und wer weiß, was Urs noch einfiel, wenn er den Stand vor die Scheune geholt hatte?

Mina fasste nach dem kleinen Kräuterkorb und wie aus dem Nichts erschien Struppi, um sie zu begleiten. Er wusste, dass Mina ganz gemächlich den Hang erklimmen würde und er ihr fast mühelos folgen konnte.

„Bingo!", murmelte Urs zufrieden, sie in guter Obhut wissend, Max mit der Schiebewanne ausstattend.

Mina setzte sich mit Struppi ins Gras in halber Höhe und schaute einige Minuten interessiert zu, wie Urs geschickt agierte. Schließlich begriff sie seinen Plan: Er schob oberhalb der beiden Apfelbäumchen den Schutt weg, der hin und wieder als Mini-Lawine in Tal donnerte. Als nichts mehr die wundervollen Gewächse gefährden konnte, begann er, passende Steine mit der Schiebewanne aufzunehmen. Hin und wieder stieg er aus, weil er einen ganz bestimmten Brocken ganz sicher haben wollte.

„Komm Struppi, gehen wir weiter", sagte Mina und der treue Hund erhob sich sofort. Sie zeigte ihm, was sie zu sammeln gedachte und seine feine Nase führte sie geradenwegs dahin, wo es besonders intensiv danach roch. Dafür gab es extra weiche Leckerli, die er gut beißen konnte und die den jungen Hunden vorenthalten blieben. „Was hast du?", fragte sie erstaunt, als Struppi die Ohren spitzte und dahin schaute, wo ihre Privatstraße begann.

Urs hatte wohl auch etwas gehört oder gesehen, denn er blickte genau zur selben Stelle, wobei er mit einer Hand die Augen beschattete.

„Na klar! Das muss der LKW mit dem Bauholz für die Scheune sein!", rief Mina. „An den habe ich wirklich nicht gedacht. Gehen wir zurück!"

Max tuckerte mit voller Wanne rasch zum Hof und Urs kippte die ganze Ladung neben den begonnenen Sockel. Er ließ Max stehen und wies Walter ein, der es sich wieder nicht hatte nehmen lassen, persönlich den Auftrag zu bearbeiten und auszuliefern. Als Struppi nicht auftauchte, erschrak er. „Er ist doch nicht etwa ...?"

„Der ist mit Mina unterwegs", beruhigte ihn Urs. „Diese zwei hier sind Astor und Brutus."

„Beide damals aus dem Tierheim mitgenommen?", staunte Walter.

Urs schüttelte den Kopf und erzählte die verrückten Geschichten, wie sie zu diesen Hunden gekommen waren. Inzwischen hatte Mina Struppi laufen lassen, der Walter schon lange erschnuppert hatte. Die Begrüßung war herzerwärmend. Struppi hatte die halbe Bockwurst nicht vergessen und diesmal zauberte Walter eine Tüte Kaustreifen hervor, von der auch die anderen beiden etwas abbekamen.

„Ein ganzes Rudel glücklicher Hunde", schmunzelte Walter, als alle drei ihre Schmeckerchen in verschiedene Richtungen davontrugen, um sie ungestört genießen zu können. Er schwang sich auf den kleinen Bordkran und begann, die Bretterpakete abzuladen.

„Du hast heute noch einen Anlaufpunkt?", fragte Urs überrascht, als anders abgepackte und gesicherte Stapel auftauchten.

Walter grinste breit. „Das ist eine Bestellung der Firma Franz Matthess. Die soll zu einem gewissen Schüchthof gebracht werden."

„Ach herrje!", erschreckte sich Urs. „Die müssen ins Ferienhaus!"

„Gut, dann bringe ich sie runter. Ich weiß doch, wie es geht", blinzelte Walter vergnügt, weil Urs ehrlich überrascht war, die Bretter heute schon zu bekommen. „Das Dämmmaterial müsste morgen eintreffen und Franz will anfangen, sobald es da ist. Wollt ihr Wintergäste aufnehmen?"

„Nein, wir haben in wenigen Tagen ein junges Paar als festeingestellte Mitarbeiter hier. Die möchte ich nicht im Kalten sitzen lassen", erklärte Urs. „Er kommt aus der industriellen Rinderhaltung und erfüllt sich den lange gehegten Traum, so mit Tieren zu arbeiten, wie es hier geschieht. Sie lässt die Gartenabteilung im Baumarkt hinter sich. Also Leute, die wirklich brauchbare Vorkenntnisse haben."

„Auf Inserat?", staunte Walter.

„Ja und nein. Sie waren unsere vergangene Urlaubsbelegung und haben mit ihren Freunden sogar schon tatkräftig mit angefasst. Als er das Inserat mit zum Landhandel nehmen sollte, hat er die Gelegenheit am Schopf gepackt und wir natürlich auch, weil wir bis dahin gar nicht wussten, was die beiden beruflich machen."

Walter begann herzhaft zu lachen. „Das ist genau so verrückt, wie alles Bisherige, was irgendwie mit dir zusammenhängt."

„Ich setze Kaffee an", erklärte Mina. „Die paar Minuten hast du doch sicher nach dem Abladen?"

„Aber immer!", strahlte Walter, der wusste, dass Mina auch stets leckeren Kuchen dazu servierte.

Mina schaffte es sogar, ihre Kräuterbündel zum Trocknen unters Vordach zu hängen, ehe die Männer am Tisch vor dem Haus Platz nahmen. Urs fragte nach, ob es noch einmal helle Ausschussware gäbe, mit der er im Winter werkeln könne.

„Ich dachte, mit der Menge könntest du zwei Winter basteln?", staunte Walter.

„Dachte ich auch, aber dann habe ich für unseren Nachwuchs eine Wiege gebaut, die wir Mitten im Winter brauchen werden", verriet Urs.

„Oh!", sagte Walter mit großen Augen. „Herzlichen Glückwunsch!"

„Lieben Dank! Und nun möchte ich natürlich noch ein Bettchen und ein Tischchen und ein Stühlchen und ein Schaukelpferdchen bauen", strahlte Urs.

„Und ein bis zwei Schränkchen wären auch nicht ganz schlecht", warf Mina im gleichen Tonfall ein.

„Stimmt, da war doch noch was", kicherte Urs.

„Keine Sorge, bei den Mengen bleiben bei uns im Zuschnitt immer irgendwelche preiswerten Reste, aus denen du noch Gold zaubern kannst", schmunzelte Walter, sich die neue Bestellung notierend.

Noch bevor sie sich alle vom Tisch erhoben, brach auf der Weide das Chaos aus. Karli und Toni waren derart aneinandergeraten, dass es nicht einmal die drei Hunde schafften, die Kampfhähne zu trennen. Urs packte den Ziegenbock bei den Hörnern, Werner warf dem Schafbock einen Spanngurt um den Hals und zerrte ihn in die Gegenrichtung. Mina steckte aus Weidedraht einen separierten Bereich für Toni, der sich diesmal buchstäblich eine blutige Nase geholt hatte. Da konnten sich die Kontrahenten über den Zaun hinweg angiften. Urs holte Blauspray, um Toni zu verarzten. Karlis schmetterndes „Mähähäääääää!", klang eindeutig schadenfroh und Urs konnte ihm das nicht einmal verübeln.

Brutus hinkte. Er war von einem der Raufbolde getreten worden. Mina untersuchte die Pfote eingehend. „Scheint nichts gebrochen zu sein. Warten wir bis heute Abend, dann entscheiden wir, ob ein Tierarztbesuch fällig ist." Mina wirkte den Rest des Tages sehr nachdenklich und Urs fragte beim Abendbrot schließlich, worüber sie grübele.

„Darüber, dass mein Wunsch nach einer weiteren Tierart nichts als Ärger gebracht hat", sagte sie traurig.

Urs winkte ab. „Das bekommen wir in den Griff. Als Erstes werde ich morgen für die Schafe einen eigenen Weidebereich abstecken. Holz ist auch in Hülle und Fülle da, sodass ich ihnen einen separaten Unterstand bauen kann. Und an der neuen Scheune, in die sie umziehen werden, werkele ich sowieso. Und im Notfall muss Toni übergangsweise an die Kette. Karli und seine Damen haben das auch überlebt. Und nicht zu vergessen, dass bald vier Leute an allem Hand anlegen werden. Außerdem bleibt immer noch die Option, Toni zu verkaufen und einen Bock zum Decken zu holen. Mit den Widrigkeiten, die es mit sich bringt, Karli zu behalten, leben wir doch auch recht entspannt. Es ist alles nur eine Frage der Gewöhnung."

Mina kuschelte sich an Urs' Brust. „Den Vortrag habe ich jetzt echt gebraucht, um wieder blauen Himmel zu sehen", seufzte sie, es genießend, wie er sie liebvoll an sich drückte.

„Normal sollen ruhig die anderen wirtschaften, hier ist der Wahnsinn Programm", lachte er. „Wir haben schließlich einen Ruf zu verteidigen."

„Hast recht!" Mina stimmte in das Lachen ein.

Als Mina im Morgengrauen die Eier aus den Nestern sammelte, schlüpften gerade die Küken der Araucana-Glucke. Im Nest der Plimouth Rock piepste es bereits aus den Eiern. „Wir haben fünf Küken", verkündete Mina erfreut, die leeren Schalen zerkleinert in Futter mischen, als Urs die Boxen der Huftiere ausmistete.

„Super. Am besten ist an der ganzen Sache, dass das Grünlegen dominant vererbt wird", schmunzelte er. „So haben wir immer farbenfreudige Eier, auch wenn die echten Araucanas in die Winterpause gehen", freute sich Urs. „Wie du siehst, ist aus meinem egoistischen Wunsch, nach genau dieser Rasse, am Ende etwas Gutes geworden. Mit den Schafen wird es ganz sicher ebenfalls so werden. Wir müssen nur Geduld haben."

„Ich bin froh, dass du die mit mir hast. Hab ja selber schon gemerkt, dass ich im Augenblick etwas neben der Spur bin", murmelte Mina.

„Wundert dich das?", blinzelte er, mit beiden Händen vor seinem Bauch eine Babykugel andeutend.

Mina schüttelte schmunzelnd den Kopf und drückte ihm im Vorbeigehen einen Kuss auf die Wange. Urs war ihr Fels in der Brandung. Nur eine Naturgewalt, wie die absolut tödliche Lawine, konnte ihn aus der Bahn bringen. Als sie sich dem Zusammenstellen der Teemischungen widmete, tuckerte er mit Max davon, um das frische Heu zu wenden. Struppi bewachte die beiden Glucken mit ihren Kleinen, denn mehrere Greifvögel spähten auffällig nach ihnen aus. Mina bat schließlich Urs, ihr beim Aufstellen des Kükenauslaufs zu helfen, um verlustfrei zu bleiben. Und bei dem Thema fiel ihm ein, gleich noch den Fuß der Ziege zu kontrollieren. Sepp schloss sich ihm an, als er quer über die Weide lief und wurde natürlich gekrault. Das wiederum rief Karli auf den Plan. „Mähähääääääää! Mähä-häääääää!"

„Komm her, du eifersüchtiger Kerl!", kicherte Urs, den einen links, den anderen rechts neben sich streichelnd.

Astor ahnte, was Urs vorhatte und trieb ihm die Ziegen aus der anvisierten Region entgegen. Brutus assistierte. Das brachte ihnen ein Leckerli ein, als Urs das blau markierte Tier greifen konnte.

„Alles bestens", erklärte Urs, mit Sepp von der Weide kommend.

Mina zauberte eine halbe Möhre hervor, die der Esel mit erfreutem „Ihhh ahhh!", entgegennahm. „Komm, Sepp, wir bringen die Milch zur Käserei", sagte sie. Den Satz kannte er und trabte sofort zur Scheune, wo sein Zuggeschirr hing. Er wusste, er würde die zweite Hälfte der begehrten Rübe nach getaner Arbeit bekommen. Mina schirrte ihn an und Sepp zog den Wagen quer über den Hof.

„Ich habe etwas in Planung, wenn Peter da ist", verriet Urs. Er zog ein mehrfach gefaltetes Blatt Papier aus der Hosentasche, dem man ansah, dass es öfter hervorgeholt worden sein musste. „Schau mal! Ich will für Sepp einen richtigen Eselkarren mit großen Rädern bauen, damit wir die Hänge oberhalb der Straße per Hand mähen und das Heu als Fuder zum Hof bringen können." Urs hatte immer wieder Änderungen an der Zeichnung vorgenommen, um für Sepp maximalen Komfort zu garantieren.

„Nicht übel", staunte Mina. „Die Ladung wird selbst bei vollem Wagen nicht schwerer als die Milchkannen sein."

„Dass Sepp keinen Schaden nimmt, war Bedingung bei meinen Überlegungen", erklärte Urs. „Wenn ich sehe, wie gern er für eine Möhre den Wagen zieht, denke ich, dass ihm auch die Heuernte Spaß machen wird. Ich baue eine Feststellbremse an, damit der Karren nicht rückwärts rollen kann, wenn er gefüllt wird. Die Räder werde ich mir vom Wagner unten im Ort machen lassen, damit sie wirklich was taugen."

„Dann könnte Sepp sogar helfen, die gepressten Ballen zur Scheune zu bringen, wenn es wieder mal besonders schnell gehen muss", überlegte Mina laut.

„Genau so." Urs steckte den Zettel zurück in die Hosentasche.

Die Hunde schlugen an.

„Hm?" Urs spähte die Straße hinunter. „Ein Geländewagen?" Er schaute Mina fragend an.

„Ich habe niemanden im Plan stehen", erwiderte sie nachdenklich.

Ein paar Minuten später hielt der graue Range Rover direkt neben ihnen. Urs schickte die Hunde weg.

V.

Ein Mittfünfziger stieg aus. „Guten Tag. Mein Name ist Spreer. Ich wollte fragen, ob es möglich wäre, auch ohne Vorbestellung größere Mengen Käse bei Ihnen zu kaufen?"

„Das kommt ganz auf die Größe der Mengen an", schmunzelte Urs.

„Zehn Kilogramm oder mehr", sagte der Fremde zögernd.

„Wir gehen am besten ins Büro", schlug Urs vor, den Weg andeutend. Dort angekommen, legte er einen Katalog ihrer Erzeugnisse auf den Tisch, wobei er parallel die Bestands- und Bestellliste am Laptop aufrief, um sofort Auskunft erteilen zu können.

„Geben die Ziegen immer Milch?", fragte der Gast.

„Nein", begann Mina zu erklären. „Sie müssen etwa acht Wochen vor dem Lammen Zeit bekommen, sich körperlich auf das Kleine einzustellen. Wir führen über jedes Tier Buch, damit die Zeiten eingehalten werden."

Der Fremde nickte. „Man hat Sie mir nicht ohne Grund wärmstens empfohlen. Ich führe ein Vier-Sterne-Restaurant. Ich möchte gern zwei fünf Kilogramm Käselaibe mitnehmen und verschiedene Teemischungen."

„Perfekter Zeitpunkt", strahlte Mina. „Die Kräuter habe ich gestern frisch verpackt."

„Ich hätte gern so ein Kästchen", er zeigte auf das Katalogbild, „und Ware zum Nachfüllen."

Urs öffnete einen großen Wandschrank. „Hier können Sie sich direkt heraussuchen, was Sie mitnehmen möchten."

„Das Große mit dem Sonne-Mond-und-Sterne-Motiv gefällt mir am besten!", sagte der Neukunde sofort.

Mina bestückte es mit der Erstfüllung laut Katalog und komplettierte die Bestellung mit fast einem Kilo Wunschware. Urs holte den Käse aus dem Wirtschaftsgebäude. Die erhaltene Visitenkarte fügte er seinem Kunden-Karteikästchen hinzu.

„Beim nächsten Mal melde ich mich vorher an", versprach Herr Spreer, Ware und Rechnung äußerst zufrieden in Empfang nehmend.

Mina rieb sich die Hände, als sie wieder allein waren. „Was sagt uns das? Dass ich noch einmal auf den Berg muss!", gab sie gleich selbst die Antwort.

„Und dass wir fünf junge Ziegenböcke gegen Geißen tauschen sollten, statt sie zu verkaufen", warf Urs ein.

„In diesem Jahr sind erstaunlich viele Böcke geboren. Das ist an sich schon ein Problem", seufzte Mina.

„Ich weiß. Wir müssen sie vielleicht sogar schlachten lassen. So viele Interessenten für Böcke bekommen wir nicht zusammen." Urs betrachtete aus dem Fenster die Lämmer.

„Das musst du klären", murmelte Mina.

„Ich weiß", seufzte Urs. „Dafür haben wir aber nur noch wenige Tage, wenn das Fleisch nicht nach Bock schmecken soll."

„Ich weiß", sagte diesmal Mina.

Am Ende konnten sie je zwei Böcke tauschen und verkaufen. Die beiden anderen ließ Urs zum Schlachten abholen.

Mina freundete sich notgedrungen mit dem Gedanken an, das Fleisch eigener Zicklein im Schmortopf zu haben. Und der schmeckte so lecker, dass sie den anfänglichen Widerwillen ad acta legte. Denn es werde immer die Ausnahme bleiben. „Auf meiner Südseeinsel hätte ich als kompletter Selbstversorger auch schlachten müssen. Und wenn es Fische gewesen wären. Das Huhn zu essen und die Ziegen nicht, wäre auch kaum nachzuvollziehen. Beide Arten sind Lebewesen aus unserer eigenen Haltung", gab sie schließlich bekannt.

Meister Matthess war am Tag nach dem Neukunden auf dem Hof erschienen. Er hatte das Dämmmaterial für zwei Räume gleich selber mitgebracht.

„Kannst du zuerst den Schlaf- und die beiden Wohnräume machen?", fragte Urs.

„Kein Problem. Wir lassen auch genügend Platz, damit dein Elektriker das Werk vollenden kann und bis dahin deine Mieter an Saft aus der Dose und Lichtschalter kommen", schmunzelte

Franz. „Weißt du zufällig, welcher Art deine Gäste ab morgen sind?"

„Bergwanderer, wie die Letzten. Sie werden also tagsüber nicht da sein", verriet Urs.

„Bei jedem anderen hätte ich jetzt gesagt: Wenn das Wetter mitspielt", lachte Franz. „Gut, zu wissen, dass es trocken bleiben wird."

Urs grinste vergnügt. Er rief Fabian an, um ihm mitzuteilen, dass Franz soeben mit der Arbeit beginne.

„Wir kommen morgen. Haltet uns ein Plätzchen zum Zelten frei!", bat Fabian.

„Ihr könnt das Zimmer haben, wo Andreas sonst unterschlüpft", versprach Urs freudestrahlend.

„Das könnte diplomatische Verwicklungen geben", grinste Fabian. „Ich werde zwei Mitarbeiter dabei haben."

„Dann nehmt ihr halt noch das Zimmer daneben", legte Urs fest. „Es ist Sagenfeuerwochenende, da geht es ziemlich rund."

„Das kann ich für meine Leute gleich noch als Bildungsreise abrechnen", kicherte Fabian.

Mina nahm die Information, dass volles Haus sein werde, mit Humor. Ramona packte stets mit an. Da war ihr nicht bange.

„Was ist denn jetzt schon wieder los?" Urs verdrehte die Augen, als alles, was auf dem Hof eine Stimme hatte, blökte, meckerte, gackerte, bellte und schrie.

Mina riss das Handy hervor und filmte. Auf dem Dach des Unterstands war mit allerletzter Kraft ein Steinadler gelandet, dem offenbar mehrere Blessuren die Energie raubten.

„Ich hole Leiter und Decke! Du rufst die Vogelwarte an, ob sie uns helfen können!", rief Urs davoneilend.

Mina nickte und wählte die Nummer, während sich Urs den Helm mit Visier vom Holzsägen überstülpte, feste Lederhandschuhe anzog und sofort auf das Dach kletterte.

„Sie werden in einer halben Stunde hier sein. Wir sollen ihn im Schatten mit Wasser versorgen, wenn wir ihn fixiert haben." Sie filmte die Rettungsaktion weiter, nachdem sie die Hunde beruhigt und weggeschickt hatte.

Der Adler war zu schwach, sich ernsthaft zu wehren. Er fauchte Urs nur an und versuchte, die Flügel zu spreizen, um größer zu wirken.

„Lass das!", murmelte Urs, das Tier mit einer Hand ablenkend und ihm mit der anderen die Decke über den Kopf werfend. „Hab ihn! Ein ganz schöner Brocken! Bestimmt sechs oder sieben Kilo."

„Dann muss es ein Weibchen sein. Die werden ja größer und schwerer als die Männchen", sagte Mina.

Urs trug das Tier in die Küche und steckte die Decke so zusammen, dass nur der Kopf herausschaute. Mina füllte Wasser in einen Hundenapf und der Adler nahm es dankbar an, die beiden mit ängstlichem Blick beobachtend.

Es dauerte nicht lange und die Hunde meldeten ein Fahrzeug. Es waren zwei Pfleger der Vogelwarte, die den seltenen Gast in eine große Transportbox verfrachteten und sich ganz genau erzählen ließen, wie man den Vogel aufgefunden habe. Mina zückte das Handy und zeigte ihnen die Filme. „Möglich, dass er ahnte, hier Hilfe zu bekommen, wo so viele Tiere sind. Geben Sie uns bitte Bescheid, was mit ihm passiert ist und ob er es überstehen wird", bat sie beim Abschied.

Urs sagte: „Mach es gut, Piepmatz, und vergiss bitte, was du hier Leckeres gesehen hast", worüber die anderen herzlich lachten.

„Es landet wirklich nicht jeder ungestraft mitten auf dem gedeckten Tisch und wird sogar zum Trinken eingeladen", witzelte der Beifahrer. „Da hat das Vögelchen ausgesprochenes Glück gehabt. Woanders hätte man es erschlagen und heimlich verscharrt. Ich melde mich, wenn ich weiß, was mit ihm, oder vielmehr mit ihr, ist. Auf Wiedersehen und vielen Dank!"

„Hoffentlich verhungern jetzt keine Küken, weil die Mama nicht wiederkommt", murmelte Mina besorgt.

„Du hättest sie nach der Adresse fragen, und alle zwei Tage ein Huhn hinschicken sollen", grinste Urs.

Mina gab ihm einen Klaps auf die Schulter. „Du bist albern!"

Natürlich war der Adler die Sensation in den Abendnachrichten. Peter zeigte sie seinen Eltern. „Das dürfte euch deutlich sagen, warum ich mich auf den Schüchthof freue. Da wird sogar Geschöpfen in Not geholfen, die eigentlich auf der feindlichen Seite stehen."

Am Morgen bekam Mina die Mail, dass die Verletzungen des Adlerweibchens darauf hindeuteten, dass es zusammen mit einem viel zu großen Beutetier steile Klippen hinunter gestürzt sein musste. Man hatte das gebrochene Bein gerichtet und geschient und einen angebrochenen Flügel am Körper fixiert. Die Chancen standen gut, dass das Tier wieder völlig genesen werde. Die Fangemeinde honorierte die Nachricht mit Daumen nach oben und unzähligen Herzen.

„Sogar die Tiere wissen, dass Rübezahl in der größten Not hilft, wenn jede Hoffnung verloren scheint", kommentierte Andreas das gesamte Nachrichtenpaket und diesmal war Mina die Erste, die den Daumen nach oben setzte.

Sie waren noch beim Melken, als Franz mit seinen Männern anrückte. In der Stunde darauf kam eine ganze Autokolonne die Serpentinen herauf. Allen voran Fabian mit großem Firmentransporter.

„Tz, tz, tz, ein Verkehr wie auf der Autobahn", schmunzelte Urs.

„Du wirst wohl noch ein Parkleitsystem installieren müssen", witzelte Mina, die drei Gästefahrzeuge einweisend, während sich Urs um die Elektrobande kümmerte, wie er blinzelnd betonte.

Das Hunderudel nahm alle Neuankömmlinge in Augenschein, dann mischte es sich wieder unter die Herde.

„Mähähäääääää! Mähähäääääää! Mähähäääääää! Mähähäääääää! Mähähäääääää!" Karli trat aufgeregt meckern von einem Bein aufs andere, als er Ramona erkannte.

Urs ließ ihn aus dem Gehege und der hocherfreute Bock hüpfte fast wie ein junges Zicklein.

Mina filmte, wie er schnurstracks auf Ramona zutrabte und sich mit selig verdrehten Augen kraulen ließ. „Mäh, mäh, mäh, mäh, mäh", flüsterte er beinahe verzückt und alle lachten.

„Du kannst Verehrer haben!", kicherte Fabian.

„Du wolltest ja dein Parfüm nicht wechseln. Das hast du nun davon", gab Ramona grinsend zurück, einen Apfel für den verschmusten Ziegenbock aus dem Beutel ziehend, wofür sie mit einem schmetternden „Mähähäääääää!", belohnt wurde.

„Der ist ja absolut putzig", lachte einer der neuen Gäste, der die Szene schmunzelnd beobachtet hatte.

„Ja, das ist unser großer Charmeur. Aber wenn ein anderer an seine Damen geht, versteht er keinen Spaß", erklärte Urs. „Da hat er unseren Schafbock Toni, der auch kein Schwächling ist, ordentlich verdroschen. Seitdem müssen wir die Schafe separieren. Toni ist Feindbild Nummer eins für Karli. Die drei kleinen Hunde haben Sie ja gerade kennengelernt", fuhr er fort und wurde erstaunt angeschaut, weil die ‚kleinen' Hunde allesamt ziemlich groß waren. „Wir haben nämlich noch einen Hund ehrenhalber, der etwas größer ist. Sepp, den Esel. Da trüben trennt er mit Astor gerade zwei raufende Ziegen. Seit der Australian Shepherd da ist, glaubt Sepp, auch ein Hütehund zu sein. Wächter war er vorher schon. Er hat unzählige Angriffe von Raubtieren gemeldet, ehe schlimmer Schaden entstehen konnte. Na, Sie werden in den nächsten Tagen noch einiges live und in Farbe erleben. Den Handwerkerlärm hoffentlich nicht. Die Firmen werden beginnen, wenn Sie auf Tour gehen und spätestens aufhören, wenn Sie zurückkommen."

„Falls das Wetter mitspielt", sagte der Gast.

Franz, der soeben vorbeilief, blieb stehen. „Vergessen Sie alle Apps dieser Welt! Das einzig wahre Wetterorakel in diesem Gebirge ist Urs. Wenn er sagt, 12:10 Uhr klart es auf, dann tut es das auch 12:10 Uhr."

„Ihr habt noch eine halbe Stunde, dann kommt eine kurze Nieselhusche", wandte sich Urs an Fabian, der sofort seine Leute antrieb, alles in die Baustellenwohnung zu tragen.

Verblüfft schauten die Neuankömmlinge zu, wie auch die anderen Arbeiter stark Tempo aufnahmen, um möglichst viel ins Haus zu bringen.

„Für den Rest des Tages wird es sonnig werden. Einer zünftigen Wandertour steht also nichts im Wege. Viel Spaß!" Urs brachte Karli zurück zu seiner Herde, dann half er Mina in der Käserei.

Als es sich plötzlich eintrübte, sagte einer der Neuen: „Oh, mein Gott, das ist ja richtig unheimlich!"

„Und habt ihr die ungewöhnlich hellblauen Augen gesehen? Die sind wirklich genau so, wie auf der Homepage. Dort hatte ich sie allerdings für einen Werbegag für diese Sagenfeuer gehalten", bekannte ein anderer. „Soll ich fragen, ob wir auch noch teilnehmen dürfen?"

„Mach das! Ich bin völlig baff und total neugierig!", gab ein Zweiter zu.

Mina ging mit Ramona hinüber zum Geröllfeld, wo sie die kleinen Apfelbäume durch die gelegten Steinkreise gut zu sehen waren. Der Erste hatte bereits abgeblüht und am Zweiten öffnete sich eine Knospe, die sie bisher gar nicht erspäht hatten. Mina machte sofort ein Foto.

„Was ist das da drüben?", fragte Ramona, auf etwas Spitzes zeigend, das aus dem Geröll ragte.

„Hm. Ein Wetzstein?" Mina konnte es ebenso wenig erkennen. Nicht einmal mit Handyzoom.

Urs wurde aufmerksam. „Was habt ihr entdeckt?"

„Irgendwas, das wie ein abgenutzter Wetzstein aussieht", versuchte Mina, zu erklären. „Da, zwischen den Steinen, die wie ein Rhombus angeordnet liegen."

Urs hatte die Stelle schnell gefunden. „Das sehe ich mir von Nahem an!" Er ging von oberhalb, wo kaum noch Steine lagen, auf das gebogene Objekt zu und bekam große Augen, als er es erkannte.

„Was ist das?", rief Mina, weil er es scheinbar streichelte, ohne Anstalten zu machen, es aufzuheben. Aber jetzt, wo Urs daneben hockte, sah man erst, wie groß das merkwürdige Ding wirklich war. Ein Wetzstein konnte das ganz sicher nicht sein.

Urs kam zurück. „Es ist ein Bullenhorn", erklärte er. „Das Haus aus Stein, das hier gebremst hatte, war der Rinderstall meines zweitältesten Bruders gewesen. Ich bin etwas überrascht, dass der Schädel noch dort liegt. Möglicherweise sogar das ganze Skelett. Ich werde die Stelle bei erster Gelegenheit beräumen und es entfernen, ehe sich jemand zu gruseln beginnt, der es zufällig erspäht, und glaubt, falsche Schlüsse daraus ziehen zu müssen."

„Apropos gruseln", sagte eine Stimme hinter ihnen, „können wir noch für das Sagenfeuer nachbuchen und gleich bar bezahlen?"

„Aber natürlich", erklärte Urs und schmunzelte. „Das Geld können Sie aber woanders ausgeben. Wir werden genügend Sitzplätze bereitstellen."

„Vielen lieben Dank! Wir freuen uns alle sehr darauf!", strahlte der junge Mann, es sofort den anderen berichtend, die gerade zwei Autos für den Tagesausflug bereit machten.

„Oh, dürfen wir bitte auch", rief Ramona, vier Finger hebend.

„Nein. Ihr werdet im Haus eingesperrt und die Fensterscheiben werden von außen schwarz angestrichen", kam es von Urs wie aus der Pistole geschossen.

Ramonas Unterkiefer klappte bis auf die Schuhspitzen. Mina prustete los. Ramonas Gesichtsausdruck war aber auch zu komisch. „Ich glaube, gleich musst du die Wiederbelebung starten!"

Urs legte Ramona den Arm um die Schulter. „Heh, haben wir jemals keinen Platz für euch gehabt? Klar seid ihr alle vier dabei! Ich glaube, du brauchst jetzt eine kleine Herzstärkung. Ich habe für den Hausgebrauch einen Zirbenschnaps angesetzt."

„Das klingt gut", schmunzelte Ramona, ihm ins Haus folgend.

Mina grinste vergnügt. Da klingelte ihr Handy. „Hallo Peter!", sagte sie überrascht und lauschte. „Das geht klar. Aber sicher doch! Hören Sie das Hämmern und Sägen? Das ist mitnichten an der neuen Scheune. Ihre Wohnung wird komplett fertig sein, wenn Sie kommen. Alles klar! Bis dahin. Liebe Grüße an Grit."

„Du strahlst so", stellte Urs fest, als Mina eintrat.

„Das war gerade Peter. Ihr Umzugswagen kommt schon nächste Woche und stellt uns einen kleinen Container auf den Hof. Sie selber werden am Samstag vor der Dienstbeginnwoche ankommen und räumen. Am folgenden Montag wird der Container gleich wieder abgeholt."

„Perfekt", freute sich Urs.

Ramona stellte das leere Glas auf den Tisch. „Erste Sahne! Fast zu schade, nur für den Hausgebrauch."

„Ich weiß. Aber wir haben keinen Bock auf zusätzlichen Stress", seufzte Urs. „Mina müsste als Produzentin fungieren und ich als Käufer für gastronomische Verwendung. Behördenirrsinn eben. Da wird er lieber nur privat ausgeschenkt, als ganz besonderes Leckerli."

„Leckerli war das Stichwort!", rief Mina. „Schau mal, was ich für dich habe!" Sie nahm ein kleines Päckchen aus dem Schrank, das wundervoll duftete.

„Was ist das?", staunte Ramona. „Ich würde auf Seife tippen."

„Richtig. Selbst gemachte Ziegenmilchseife mit Olivenöl", verriet Mina stolz. „Auch ausschließlich für privat."

Ramona lugte in das Zellglas-Beutelchen. „Aber das ist doch Karli!", rief sie beim Anblick des eingeprägten Bocks.

„Auch richtig. Ich habe mir nach einem Foto einen Stempel anfertigen lassen, mit dem ich die halbfeste Seife prägen kann", verriet Mina.

„Und nur für privat?", fragte Ramona zweifelnd.

„Ich schwöre!", erwiderte Mina mit überkreuzten Fingern.

Ramona brach in schallendes Lachen aus. „Andere Frage: Wobei kann ich helfen?"

„Du könntest heute Nachmittag mit auf den Berg gehen und mir beim Kräutersammeln helfen", schlug Mina vor und erzählte, dass sie mit einem Mal fast ausverkauft hatte.

„Aber gerne!", rief Ramona. „Ein bisschen lernen kann nicht schaden."

Mina hatte einen gigantischen Linsentopf mit Kassler für das gemeinsame Mittagessen vorbereitet, Urs stellte noch einen Tisch und Bänke auf.

„Aha, die Schnorrer, würde Andreas jetzt sagen", grinste er, als Hunde und Katzen auftauchten.

„Dann muss ich wohl was herausrücken", blinzelte Mina, fünf Knochen mit noch etwas Fleisch daran austeilend, wobei an Struppis Stück besonders viel hing, weil er keine Knochen mehr zerbeißen konnte. Abnagen ging aber prima. Und schon waren die fünf mit ihrer

Beute in alle Richtungen verschwunden, um in Ruhe fressen zu können. Schafe und Ziegen dösten in der Sonne, Sepp hatte es sich im Schatten bequem gemacht. Die Hühner saßen fast vollzählig auf der Rückenlehne der Bank an der Quelle, die Glucken mit Küken darunter. Mittagsidylle eines Hofes voller glücklicher Tiere.

Urs erzählte von der geplanten Hubschrauberaktion und was daraus geworden war. „Der Wunsch nach einer Mauer war erwacht, weil beim letzten Sagenfeuer zwei wildpinkeln wollten und fast in den Abgrund gestürzt wären", seufzte er.

Franz zuckte mit den Schultern. „Was willst du mehr machen, als Schilder aufstellen? Solche Leute kraxeln in ihrer Dummheit auch über eine Mauer. Die einzigen Argumente, die ich gelten lasse, sind, dass du zusätzliche Sicherheit für Mina und das Krümelchen haben willst."

„Deswegen habe ich ja auch komplett umgeplant", erklärte Urs das neue Vorhaben mit der kniehohen, aber breiteren, Mauer aus kleineren Steinen.

„Wie war das vorhin? Ihr habt zwei lebende Apfelbäumchen und einen Stumpf entdeckt?", fragte Franz plötzlich.

„Richtig", bestätigte Mina.

„Dann bringe ich euch morgen drei Reiser zum Pfropfen für den Stumpf mit, samt nötigem Zubehör. Vielleicht wächst ja eins an."

„Super!" Mina rieb sich die Hände. „Ich habe heute sogar eine Hummel unter einem Stein genau daneben hervorkommen sehen. Deswegen bin ich auch ziemlich sicher, dass das eine Bäumchen einen kleinen Apfel tragen könnte. Ich gieße die drei Stellen alle zwei Tage, wenn es warm ist. Solange kein Gras wächst, wird der steinige Boden durch die Sonne glühend heiß."

„Jetzt kapiere ich, was das Heu da macht!", rief Urs. „Du hast es als schützende Mulchdecke um die Bäume gelegt! Ich dachte zuerst, der Wind habe es hingeweht. Aber dafür sah es zu gut geordnet aus. Ich gehe nämlich auch laufend nachschauen, ob alles in Ordnung ist, und habe festgestellt, dass ausreichend Feuchtigkeit da ist. Nun weiß ich auch, woher die kommt. Aus deiner Gießkanne."

Mina grinste vergnügt. „Hin und wieder muss man dem Glück eben ein bisschen Hilfestellung geben."

„Deswegen muss mir Fabian auch die neue Scheune verkabeln, wenn es so weit ist", schmunzelte Urs.

„Du musst mir auch mal Hilfestellung geben", wandte sich Fabian an Urs. „Kommt es mir nur so vor, oder haben eure Schafe wirklich merkwürdige Gesichter?"

Urs nickte. „Die haben sie allerdings. Sogar Brenda hat sie als gewöhnungsbedürftig eingestuft. Dafür sind sie sehr robust und für diese Höhen besonders tauglich."

„Und wo habt ihr den Widder versteckt?"
Fabian schaute sich suchend um.

„Der giftet sich gerade mit Karli an", lachte
Urs.

„Hä? Das hornlose Wollknäuel soll ein Widder
sein?", murmelte Fabian irritiert.

„Und noch dazu ein echt geiler Bock", lachte
Urs. „Wir mussten Schafe und Ziegen trennen,
nachdem er sich ständig an den Geißen vergrif-
fen, und ihn Karli deswegen übel verdroschen
hat. Er hat nicht etwa am Farbtopf gerochen,
sondern Mina hat ihm Blauspray auf die Wun-
den gemacht, damit sie sich nicht entzünden.
Karlis Schadenfreude darüber war jedenfalls
nicht zu überhören."

„Im Normalfall würde nicht viel passieren",
erklärte Mina. „Aber manchmal gibt es trotzdem
Nachwuchs, obwohl es zwei völlig verschiedene
Gattungen sind. Die Mischlinge nennt man
Schiegen. Das wäre für uns der Supergau. Denn
die Föten werden fast immer lebensunfähig
abgestoßen. Und falls doch einer durchkäme,
wäre es kein Pinzgauer mehr. Der könnte nur
verkauft oder geschlachtet werden, damit uns
kein noch größerer Schaden entstände. Und so
verrückt, wie es bei uns zugeht, hätten wir
bestimmt einen Mischling zu beklagen, ließen
wir beide Herden zusammen grasen. Man kann
ja nie wissen, ob Karli nicht auch irgendwann
Appetit auf was anderes, als immer nur Ziegen,
bekäme. Schiegen sind übrigens unfruchtbar, so

sagen zumindest die Wissenschaftler. Aber die haben sich schon so oft geirrt, dass ich nicht darauf wetten würde."

Einer aus Franz' Firma warf Toni einen nachdenklichen Blick zu. „Falls er wirklich einen lebensfähigen Treffer gelandet haben sollte, würde ich die oder den Schiege nehmen. Dann hätte ich eine kleine Sensation in meiner Hammel-Herde."

„Gebongt!", rief Urs erfreut.

Ramona seufzte. „Ich würde so gern ein Ziegenpärchen haben wollen. Aber dann lynchen mich die Nachbarn wegen des Geruchs."

„Der hat es wirklich in sich", lachte einer aus Fabians Truppe.

„Bei der geballten Ladung kein Wunder", schmunzelte Urs. „Aber schon ein Bock allein kann ganze Völkerstämme vergraulen. Deswegen weisen wir besonders auf diesen Umstand hin, wenn es um Ferienvermietung geht. Ein Mal sind sogar welche nach zwei Tagen abgereist, weil die Frau permanenter Brechreiz plagte. Die beiden, die dafür sofort nachrücken konnten, hätten Karli zum Dank am liebsten die Hufe geküsst."

„Mähähääääääää! Mähähääääääää! Mähähääääääää!"

„Das ist aber auch ein niedlicher Kerl!", lachte Ramona. „Darf er raus?"

„Ausnahmsweise", grinste Urs, den Zaun öffnend, worauf Karli schnurstracks zu Ramona galoppierte, um sich unter dem Gelächter der am Tisch Versammelten ausgiebig kraulen zu lassen.

„Von einem Ziegenbock ins Abseits gestellt!", jammerte Fabian theatralisch, die Hände ringend, worauf seine Mitarbeiter erneut losprusteten. Fabian kraulte Karli zwischen den Hörnern. „Dich muss man einfach knuddeln."

„Mähähäääääää!"

„Sag ich doch!", kicherte Fabian.

Meister Matthess Leute arbeiteten so, dass die Wände zuerst fertig waren, an denen die Elektriker Hand anlegen mussten. Trotzdem kamen sie sich kaum in die Quere. Nach zehn Tagen konnten Küche und Dusche wieder eingebaut werden. Fabians Männer waren sich einig, dass dies der coolste Auswärtseinsatz aller Zeiten gewesen sei. Auch ihnen war bei Rübezahls Sagenfeuer ein Schauer nach dem anderen über den Rücken gelaufen, wenn die Flammen Urs' leuchtende Augen aus der Dunkelheit schälten. Die drei Tiere hatten ihre Aufgabe wie immer mit Bravour erfüllt und besonders Struppi, der böse Wolf, hatte wieder für Gänsehaut gesorgt. Dafür hatte er fast den ganzen nächsten Tag geschlafen.

„Wir sollten die beiden anderen für seine Rolle trainieren", schlug Mina schweren Herzens vor.

„Aber für unterschiedliche Szenen", warf Urs ein. „Wir müssen Astors Augen besonders einrechnen."

„Ich werde ganz einfach mit Maud reden“, regte Mina an. „Sie hat bestimmt eine zündende Idee. Zudem muss sie informiert sein, dass wir vorerst umplanen. Ich will es nicht erst auf der Hochzeit machen, zumal wir und sie da ganz andere Aufgaben haben.“

„Ich bin froh, dass sie auch als Gast die Reportage übernehmen will“, warf Urs ein.

„Glaub mir, das würde sie sogar auf allen vieren tun, wenn es anders nicht ginge. Sie hat so hart um deine Story gekämpft, dass sie sich gegen jede Konkurrenz mit allen Mitten zur Wehr setzen würde“, gab Mina zu bedenken.

Minas Handy beendete das Gespräch. „Herr Kramer, was gibt's?“, fragte sie und Urs wusste, dass der Landhandel anrief. „Oha. Ohhhh-haaaa. Wir kommen runter! Bis dann!“ Und an Urs gewandt: „Die Schneefräse ist da.“

„Was?! Jetzt schon?! Okay. Ich düse los.“ Urs bat die Hunde, gut auf Mina aufzupassen, und fuhr mit Max runter in den Ort.

„Wir waren ja selbst ganz erstaunt“, erklärte der Verkäufer. „Normalerweise kommen die erst Ende September zur Auslieferung. Und weil Ihre Bestellung oberste Priorität hat, habe ich gleich angerufen.“

„Was man hat, das hat man“, sagte Urs mit einem Schulterzucken und ließ sich in die Funktionen einweisen. Dass er mitten im Sommer für ordentlich Aufsehen sorgte, war zu erwarten gewesen. Breit grinsend steuerte er das ungewöhnliche Gefährt durch die Urlaubergruppen. Er filmte die Aktion sogar mit seinem Handy, um die Abendnachrichten zu bereichern. Mina hielt die Ankunft auf der Alm im Bild fest.

Urs stellte die große Maschine vorerst neben der Käserei ab. „Es war die einzig richtige Entscheidung, sie als Zusatzgerät für Max zu nehmen, wenn es das, was uns vorschwebte, gar nicht gibt", sagte Urs. „Ich hätte echt keinen Bock, bei winterlichen Extremtemperaturen zu Fuß die vier Kilometer hin und wieder zurück zu trotten. Selbstfahrend hin oder her."

„Das glaube ich dir aufs Wort!", rief Mina. „Ich glaube aber auch, dass wir irgendwann einen zweiten Traktor brauchen werden. Nur nicht in diesem Jahr. Den bekäme ich nicht mehr in unseren Finanzplan."

„Dann sollte ein zweiachsiger Hänger mit Bordwandaufsätzen dabei sein, damit wir die Heupakete mit ein bisschen Geschick gleich reinwerfen können", regte Urs an.

„Aber sicher! Wenn, dann komplett." Mina legte ihren Kopf an Urs Schulter, um einen letzten Blick für heute auf die Schneefräse zu werfen.

Die Hunde schnüffelten sie neugierig, aber äußerst vorsichtig an. Technik war meist mit Gefahr verbunden, das hatten inzwischen auch Astor und Brutus gelernt. Das Ding sah aus, als könne es einem richtig wehtun.

Urs postete zum Feierabend ein Bild, dessen einziger Text lautete: heute angekommen. Fabian schrieb darunter: Grübel. Sieht einer Schneefräse ziemlich ähnlich. Auch Andreas kommentierte: Schneefräse?

Ist eine, wir haben genau so verdattert geschaut, verriet Mina mit einem Lachtränensmiley.

Max sieht schick damit aus, gab Urs bekannt, worauf Andreas anrief. „Wolltet ihr nicht eine zum drauf setzen?"

„Das war der Plan", bestätigte Urs. „Aber die eierlegende Wollmilchsau war leider nicht zu haben. Max mit Schneeketten hat zudem mehr Schubkraft als alle Geräte, hinter denen man mühsam her trotten muss."

„Eine gute Entscheidung", sagte Andreas erleichtert. „Mir ist wohler, wenn ihr mit schwerer Technik räumt. Alles andere hatte den Anschein, als wolltet ihr mit einem Zahnstocher gegen einen Lanzenreiter vorgehen."

„Drastisch ausgedrückt, aber wahr", gab Urs zu.

„Ach, Brüderchen ..."

„Oha, wenn sie so beginnt, wird's brenzlig", schnappte Andreas.

Mina lachte ausgelassen. „Kannst du einfach mal schauen, ob du in der alten Quelle ein Zwillingsbrüderchen für Max findest? Farbe egal. Wir wollen im nächsten Jahr die Heupakete gleich auf den daneben fahrenden Hänger werfen."

„Und ihr werdet ihn Moritz nennen", grinste Andreas vergnügt.

„Wie sonst?", lachte Urs. „Wichtig ist, dass er soweit baugleich ist, dass wir alle vorhandenen Zusatzgeräte ankoppeln und sicher betreiben können."

„Bruno wird froh sein, mal wieder was anderes als Yachten und Luxusschlitten vor die Nase zu bekommen", witzelte Andreas und wünschte ihnen eine gute Nacht.

VI.

Der kleine Umzugscontainer von Peter und Grit kam bei strömendem Regen an, sodass Urs genug Zeit blieb, ihn in die ideale Position unterhalb der Käserei stellen zu lassen, damit die beiden beim Ausladen keine langen Wege hatten.

Die Herden und Hütehunde hielten sich bevorzugt im Stall auf. Urs hatte ihn wegen Toni sogar mit dem Elektrozaun teilen müssen, um die Böcke zu trennen. Er brachte es einfach nicht übers Herz, Toni in eine Box zu sperren, bis der Regen nachließ. Die beiden Glucken führten ihre nun schon recht großen Küken direkt ins Hühnerhaus, wo es schön warm und gemütlich war. Karli, Sepp und Struppi teilten sich eine Box, wie in guter alter Zeit. Die Katzen lagen auf dem Heuboden.

„Verdammt ungemütlich", brummte Urs, die Regenjacke an den Haken hängend. „Wenn es ja wenigstens warmer Regen wäre!"

„Da sagst du was! Sogar alle Ziegen haben Reißaus genommen. Dann ist es wirklich grottig", erwiderte Mina.

„Ich kann nicht bauen, ich kann nicht mähen. Steine schubsen, wäre auch glatter Irrsinn", brummte Urs. „Aber ich könnte Schüttelbrot backen!"

Mina räumte wie auf Kommando den Küchentisch leer. Urs brachte den kleinen

Handmühlstein ins Haus und die gesammelten Körner von wildem oder durch Anflug gewachsenem Getreide. Mina stellte Wiesenkümmel und Anis bereit, um verschiedene Sorten machen zu können.

„Das liebe ich dann wieder an solchem Wetter", blinzelte Urs.

„Hm, hm, es bringt sofort eine entspannte Atmosphäre in die vier Wände", strahlte Mina. „Bin gespannt, wie es sich mit dem Elektroherd anlässt!"

Propangasherd und -kühlschrank, die jetzt gut verpackt für den schlimmsten Notfall auf dem Speicher unterm Dach standen, waren in den letzten Monaten modernen elektrischen Geräten gewichen. Die Windräder waren bisher auch bei hohem Schnee immer zuverlässig gelaufen. Für kurze Flauten konnte man gespeicherten Strom nutzen. Aber das kam äußerst selten vor.

„Es war gut, dass du darauf bestanden hast, Speichertechnik einzubauen", gab Mina zu, das bereits fertige Mehl mit Wasser und Gewürzen mischend. Als alles verarbeitet war, schauten sie zu, wie die dünnen Fladenbrote in der Backröhre trockneten und langsam dunkler wurden. Es duftete herrlich und beider Mägen forderten eine Kostprobe. Und weil das schon immer so gewesen war, gab es auch immer ein winziges Brot aus Restteig, das sie sich nun schmecken ließen.

„Perfektes Timing", schmunzelte Urs, auf die ersten blauen Tupfen am Himmel deutend. Mina nickte.

„Die Ziegen haben es auch schon bemerkt. Oh, und wohl noch andere!" Denn es klopfte an der Haustür. Es war einer der Urlauber, der bat, ein paar Eier fürs Mittagessen kaufen zu dürfen. „Grüne oder weiße?", fragte Mina und musste lachen, als völlig begeistert hieß: „Dann bitte grüne!" Mina sortierte eine Packung voll, kassierte und verriet, dass die Schwanzlosen und mit ihnen aus Kreuzung entstandenen Hühner die Erzeuger der ungewöhnlichen Farben waren. „Sie können mir die leeren Schalen auch gern wieder vor die Tür legen", erklärte sie noch. „Die kommen zerkleinert mit ins Futter, auf dass unsere Hennen immer schöne feste Schalen produzieren können." Dass die Urlauber sofort im Internet recherchieren würden, konnte sie sich an den Fingern einer Hand abzählen. Und sie freute sich sehr, als die Schalen später in einer Papierserviette tatsächlich neben der Tür lagen. Darunter steckte ein Zettel mit einem lachenden Smiley: Vielen Dank, für Ihre Wetterwarnung!

„Na, gerne doch!", schmunzelte Urs, als ihm Mina die Notiz reichte. „Dafür haben sie die nächsten zwei Wochen trockenes Wetter."

Das war auch hilfreich, als am späten Freitagnachmittag Peter und Grit ankamen. Die Urlauber waren noch nicht zurück und so begannen sie nach herzlicher Begrüßung, Kisten zu tragen. Urs half ein bisschen mit. Peter schüttelte immer wieder verblüfft den Kopf, mit welchen Gewichtsklassen der Bergbauer scheinbar mühelos jonglierte. Grits strahlendes Lächeln, als sie das erste Mal die frisch umgebaute Wohnung betrat, hing noch den ganzen Abend wie festgenietet in ihren Mundwinkeln.

„In einer halben Stunde gibt es Abendbrot!", gab Mina bekannt, als sie die letzten Kisten davontrugen und den Container schlossen.

„Sie sind gemeint!", lachte Urs, als die beiden nicht wirklich auf die Ankündigung reagierten. „Wir können Sie doch nicht verhungern lassen, nachdem Sie schon eine derart lange Fahrt und die Schlepperei hinter sich haben. Also reintragen und rüber kommen."

Mina tafelte auf, dass man es glatt schon Ankunftsparty nennen konnte. Ein gemeinsames Bild mit fröhlich lachenden Gesichtern kam in die Abendnachrichten mit dem Titel: Grit und Peter sind da! Team Schüchthof hat zwei neue Mitglieder.

Andreas rief sofort per Video-Chat an. „Dann steht ja einer fantastischen Hochzeitsfeier nichts mehr im Wege!"

„Dass wir in ein paar Tagen hier auf dem Hof ganz groß unsere Hochzeit feiern werden, haben wir noch gar nicht verraten", schmunzelte Mina und lachte herzlich, als Grit und Peter zeitgleich beide Daumen hoben, worüber sich Urs und Andreas genau so amüsierten.

„Brenda ist wohl gar nicht zu Hause?", fragte Mina.

„Sie hat noch einen Geschäftstermin", seufzte Andreas. „Ein Konkurrent hat ihr seine Kletterhalle zum Verkauf angeboten, weil er den Angestelltenstatus als sicherer erachtet. Sie ist mit ihrem Stellvertreter dort vor Ort, um herauszufinden, wo der Pferdefuß zutreten könnte."

Am nächsten Tag erfuhren sie, dass Brenda wegen baulicher Bedenken die Halle nicht gekauft hatte.

„Ich katapultiere mich doch nicht selber ins Abseits, nur weil es dann einen Konkurrenten weniger gibt", schnaufte sie. „Der ist buchstäblich auf Dummenfang gegangen. Ein Typ der Frauen generell jegliches Urteilsvermögen abspricht. Hat Spaß gemacht, ihn abzuwatschen. Weil er laut getönt hat, ich sähe mir seine Halle an, werden nun auch alle anderen das Angebot etwas genauer unter die Lupe nehmen, wenn sie wissen, dass ich abgelehnt habe. Glattes Eigentor, würde ich sagen. Und bei euch alles im grünen Bereich?"

„Aber sowas von!", freute sich Mina. „Der ständige Zeitdruck ist weg, seit wir zu viert anpacken. Mit Grits Hilfe kann ich nun vieles machen, ohne dass Urs seine Arbeit unterbrechen muss."

Grit wusste immer einen Rat. Auch, als Franz mit den Edelreisern für den Baumstumpf erschien. „Ich habe genau aufgeschrieben, wie du es machen musst", sagte er, Mina Reiser und Zettel in die Hand drückend. „Ach herrje! Ich habe die Paste vergessen!", rief er, seine Jackentasche abtastend.

„Ist nicht schlimm", warf Grit ein. „Ich habe ein komplettes Okuliermesserset mit Paste, Band und Rindenheber." Sie eilte davon, um es zu holen.

„Punkt für Grit", blinzelte Mina. „Sie hat Floristin in einem Gartenbaubetrieb gelernt. Da war auch Veredeln im Programm."

Grit kam zurück und klappte ihre Holzbox auf.

„Ich ziehe meinen Hut, junge Frau!", staunte Franz. „Viel Spaß und gutes Gelingen!"

Struppi gesellte sich zu ihnen, als Grit den Stumpf fachmännisch untersuchte. „Ich würde hier nur drei Reiser ansetzen. Das Vierte hingegen an dem kniehohen Stumpf, wo ganz sicher Leben ist. Dann ist die Enttäuschung nicht so groß, wenn hier nichts anwächst."

„Ich bin Laie. Ich schaue nur zu", kicherte Mina.

Grit lachte herzlich und machte sich gekonnt ans Werk. Sie erklärte genau was, und warum sie es so, tat. Und weil Struppi auch neugierig zuschaute, merkten sie gar nicht, dass die Männer herangekommen waren. Erst der Schatten machte sie stutzig.

„Stören wir?", fragte Urs.

„Nicht wirklich", meinte Grit, das letzte Reis zuschneidend und unter die Rinde am ganz sicher lebenden Stumpf setzend. Sie dichtete die gepfropfte Stelle mit Baumwachs ab. „So, nun heißt es: hoffen." Sie reinigte ihre Werkzeuge, sortierte sie in die Box und klappte diese zu. „Ist manchmal ganz hilfreich, nicht alles wegzuwerfen."

„Goldstaub hat Franz früher zu solchen Schätzen gesagt", erzählte Urs.

„Das war, was er gemurmelt hat!", rief Mina. „Wir hatten es beide nicht verstanden, weil er es fast hauchte. Für einen, der jegliches Werkzeug kennt, mit dem man lebendes oder totes Holz bearbeiten kann, war Grits Schatztruhe ganz sicher eine Offenbarung."

„Deswegen trage ich den Schatz sofort wieder in den Tresor, sprich Werkzeugschrank", kicherte Grit, beschwingt davoneilend.

„Wenn sie sowas macht, kommt bei mir Ehrfurcht auf", gab Peter bekannt, die Baumreste betrachtend. „Sie hat bei einem Freund im Garten vier weitere Obstsorten an eine niedrige Apfelspindel gezaubert und die ganze Nachbarschaft lief zusammen, als diese im Folgejahr das erste Mal an allen Zweigen Früchte trug."

„Und dann lässt man so ein Talent im Gartenmarkt zwischen genormten leeren Blumentöpfen versauern! Unglaublich!" Mina schüttelte den Kopf.

„Ich musste dort schleunigst weg, sonst wäre ich depressiv geworden", seufzte Grit.

Als Peter und Grit die zweite Woche da waren und wussten, wie alle Arbeiten zu laufen hatten, fuhren Urs und Mina in die Stadt, um ein bequemes Brautkleid auszuwählen, das die wachsende Babykugel nicht einengte. Mina entschied sich für etwas locker Fallendes, das eine Handbreit unterm Knie endete. Dazu suchte sie sich weiße Schuhe mit fünf Zentimetern Keilabsatz aus, die mit Swarovski-Kristallen verziert waren. Der hüftlange Schleier ging optisch in die Spitze des Kleides über. Urs' Muskelberge zu bekleiden, dauerte wieder etwas länger, dafür sah er absolut umwerfend aus.

Bei den Trauringen waren sie sich schon vorher einig gewesen, schlichte schmale Goldringe für den Alltag und brillantgeschmückte breite Repräsentationsringe für die Trauung und alle gesellschaftlichen Ereignisse zu kaufen. Nach einer halben Stunde passten die gewählten Modelle und wurden sofort graviert.

Ehe Mina Einwände erheben konnte, hatte Urs perfekt dazu passenden Brillantschmuck entdeckt und gleich mit einpacken lassen. „Das brauche ich für mein Ego", gab er lächelnd bekannt. „Es wird fantastisch zu deinem Kleid aussehen." Er wählte die einzelnen Stücke sehr sorgfältig aus, damit sie optisch die perfekte Einheit bildeten. Tropfenförmige Ohrringe, ein breites Collier mit drei Brillanttopfen an der Spitze und rundum eingelassenen runden Brillanten, ein Armband und natürlich ein Diadem mit aufrecht stehenden Tropfen, das den Schleier halten sollte. „Ich hoffe, deinen Geschmack getroffen zu haben", murmelte Urs irritiert, weil Mina gar nichts sagte.

„Ich bin im Schockzustand", flüsterte Mina. „Diese Kunstwerke sind einmalig schön."

„Das Einmalige kommt auch noch dazu. Alles auf diesem Samtkissen waren Unikate", strahlte Urs.

„Ich war so mit Staunen beschäftigt, dass ich das nicht mal bemerkt habe", gab Mina zu.

Urs rieb sich zufrieden die Hände. „Das geht dann wirklich runter wie Öl. Da gehe ich das erste Mal im Leben Schmuck kaufen und lande einen Volltreffer."

Mina lachte herzlich. Bei Andreas' Hochzeit war tatsächlich sie der treibende Keil gewesen, weil Urs im Schockzustand verharrt hatte. Und seitdem war Schmuck auch kein Thema mehr gewesen, weil es deutlich wichtigere Dinge gab. Den Tieren auf dem Hof war durchweg egal, ob sie sich mit Kunststoffperlen oder Brillanten behängte.

„So, wie Sie beide strahlen, haben Sie alles bekommen", stellte Peter lächelnd fest.

„Oh jaaaaaa!", sagten Mina und Urs völlig synchron, sodass Peter und Grit vergnügt kicherten.

Urs schmunzelte. „Und nicht vergessen, dass Sie beim Mittagessen und nach dem Feierabend als Gäste mit am Tisch sitzen!"

„Vielen lieben Dank! Wir schreiben es uns ganz dick hinter die Ohren", freuten sich die beiden.

„Wir sind fein raus", blinzelte Grit, als sie wieder allein waren. „In unseren Nobelklamotten hat uns hier noch keiner gesehen. Wir können also ganz entspannt sein."

Peter wischte sich symbolisch den Schweiß von der Stirn.

Urs hatte alle Hochzeitsgäste, und besonders die Damen, noch einmal persönlich darauf hingewiesen, dass man auf einem Bauernhof feiere und bitte nicht in bodenlangen Kleidern und Highheels erscheinen möge. Er wollte keinerlei Risiko eingehen, obwohl das Festzelt auf einem nivellierten Holzboden stand und ausreichend breite Stege zu den Toilettenhäuschen in der neuen Scheune führten. Aber irgendwie mussten die Gäste ja von den Parkplätzen und Schlafzelten zum Festplatz gelangen.

Marlies erschien zwar im wadenlangen Kleid, trug aber Pfennigabsätze, was sie nach wenigen Sekunden schon bitter bereute. Ramona grinste schadenfroh, zumal Marlies ja die Örtlichkeiten kannte. Martin verdrehte entnervt die Augen. Aber die holde Gattin hatte es ja wieder mal besser gewusst.

Grit nahte als rettender Engel mit Lappen, Spülmittel und blauen Kunststoffüberzügen für die Schuhe, die auf dem weiteren Weg zum Festzelt wirklich hilfreich waren und Grit von Herzen kommenden Dank von Marlies, Urs und Mina einbrachten.

„Ich habe noch 98 Stück im Schrank. Die sollten für heute reichen", verriet sie Mina flüsternd. „Ich lege sie am besten direkt hinter Ihre Haustür."

„Grit, Sie sind ein Schatz!", erwiderte Mina, „Die Dame ist Marlies Hellenborn, eine bekannte Zahnärztin der High Society. Das wird Sie Ihnen nie vergessen."

Grit eilte davon, um das Päckchen zu holen.

„Und sie wird nun auch nicht die Nase rümpfen, wenn die beiden bei Tisch erscheinen", raunte Urs Mina zu.

Mauds Adlerblick war auch das nicht entgangen. Mina und Urs hatten bezüglich ihrer Mitarbeiter keinesfalls übertrieben. Die sahen tatsächlich, wo die Säge klemmte, und fanden eine Lösung.

Allerdings waren die beiden, durch die Homepage des Hofes, auch bestens informiert, wer die umtriebige Single Dame war, die hier und da Gespräche führte und ihre Augen buchstäblich überall hatte. Grit und Peter fungierten als Ansprechpartner, hielten beinahe unbeobachtet die Miettoiletten blitzsauber und leerten die Körbe der Papierhandtücher aus. Beinahe unbeobachtet, weil Maud auch das nicht verborgen blieb. Sie spähte sogar hinter die Toiletten, wo sie in einer Kunststoffwanne Putzmittel, Desinfektionslösung und Einmalhandschuhe entdeckte. Auch Händedesinfektion, die beide nutzten, wenn sie alles andere entsorgt hatten.

Endlich kamen die letzten Gäste an und die Zeremonie begann. Mina und Urs bekamen riesengroße Augen, als alle drei Hunde mit Girlanden aus bunten Wiesenblüten, erschienen, um sie als ‚Blumenkinder' der besonderen Art zu begleiten.

„Och, ist das süß!", seufzte Brenda. Alle reckten die Hälse, filmten und fotografierten.

Die drei blieben brav neben dem überglücklichen Brautpaar sitzen und erhoben sich erst wieder, als sich Mina und Urs das Wort gegeben, unterschrieben hatten und zu ihren Plätzen zurück schritten. Dort angekommen, hörte Urs nur ein leises Schnalzen, dem die drei nach draußen folgten, wo sie von Peter und Grit geknuddelt und mit den feinsten Leckerchen belohnt wurden.

Maud schmunzelte. Die heutige Story stand fest. Sie werde sich um dienstbare Geister und pfiffige Hunde drehen. Das Tüpfelchen auf dem i war dabei, als die jungen Leute pünktlich zum Mittagessen erschienen. Er frisch rasiert im Anzug und mit Binder, sie im himmelblauen Etuikleid mit Bolerojäckchen, mit dezentem Make-up und hochgestecktem Haar. Sie gratulierten Mina und Urs herzlich, ehe sie am Tisch zwischen Fabian und Marianne Platz nahmen.

Das Fünf-Gänge-Menü ließ beide staunen, und es dämmerte ihnen, was wohl erst in einem Hotel bei einer Millionärshochzeit los sein mochte.

„Nicht uninteressant", murmelte Maud. „Da hat mich mein Spürsinn doch genau auf die richtige Story gestoßen." Als sie nach dem Essen ein Interview mit den beiden führen wollte, waren sie verschwunden. Sie tauchten allerdings schnell wieder auf, in Jeans und karierten Hemden, um ihren Job weiterzumachen.

„Stopp! Keinen Schritt weiter!", rief Maud sofort.

Mit einem erschreckten „Huch!", drehte sich Grit herum.

„Flucht zwecklos! Jetzt schlägt die neugierige Zeitungstante zu. Mein Name ist Maud Jansen und ich möchte mich gern ein wenig mit Ihnen unterhalten. Am besten auf der Bank an der Quelle."

„In Ordnung", sagte Peter und Grit nahm im Vorbeigehen eine Decke mit, damit sich Frau Jansen bequem hinsetzen konnte, was ihr sofort wieder Pluspunkte auf Mauds Skala einbrachte.

Andreas rieb sich mit breitem Grinsen die Hände, was nur Mina und Urs sehen konnten, die mit einem verschmitzten Lächeln antworteten.

Grit und Peter gaben fast nichts über ihre alten Jobs preis, aber umso mehr darüber, wie sie zu einer Anstellung auf dem Schüchthof gekommen waren. Und sie verrieten, wie sie die cleveren Hunde heimlich für den Auftritt als Blumenkinder trainiert hatten, die ja auch bei den Sagenfeuern eine Rolle spielten.

Maud gab ihre Beobachtungen des Tages bekannt und die beiden jungen Leute bestätigten dies mit wenigen Worten. Sie eilten auch nach dem Interview sofort wieder zu den Toiletten-häuschen, um für picobello Sauberkeit zu sor-gen. Es war für sie eine Herzenssache, ihren Wohltätern einen perfekten Tag zu garantieren.

Als es am Nachmittag Eis mit Früchten gab, winkte Urs Peter und Grit zu. Er gab Zeichen, zum Tisch vor dem Haus zu kommen, wohin er ihnen ein Tablett mit zwei großen Bechern und zwei Tassen Kaffee brachte. Natürlich fanden sich sofort alle drei Hunde ein, denen die beiden schmunzelnd Waffelstückchen überließen.

Karli war sauer. Er machte seinem Unmut über die Sonderbehandlung der bellenden Vier-beiner lautstark Luft.

Die Hochzeitsgesellschaft lachte herzlich über den missmutig meckernden Bock. Sogar Sepp kam heran, um zu schauen, warum Karli so jam-merte.

Peter holte drei Möhren aus dem Lager. Mit der Größten beruhigte er Karli, die beiden ande-ren bekamen Sepp und Tim, die den Ziegenbock aus großen, verwunderten Augen beobachteten.

„Und schon herrscht Ruhe", lachte Andreas. „Peter kennt halt die Macken der Schüchtschen Pappenheimer."

Der hatte die Worte gehört, und grinste vergnügt.

„Habe ich das heute richtig vernommen, dass Sie und Ihre Frau sich mit Peter und Grit siezen, und mit Vornamen ansprechen?", fragte Maud.

„Das ist exakt", bestätigte Andreas. „Wir haben vor einigen Wochen gemeinsam mit ihnen und ihren Freunden Heuballen auf den Traktor geladen, als sie und wir im Urlaub hier waren. Wir haben diese Art der Anrede damals so vorgeschlagen und keinen Grund, plötzlich eine andere einzufordern."

„Das war dann also der Urlaub, in dem die beiden kurzerhand hier anheuerten", überlegte Maud laut.

„Auch richtig", sagte Andreas, worauf Maud schmunzelte: „Hier wird es wirklich nie langweilig. Nicht einmal die Berichterstattung."

Die wurde sogar noch interessanter, als Grit und Peter nach Feierabend wieder im teuren Zwirn erschienen und regelrecht professionell das Tanzbein schwangen. Schließlich kam heraus, dass Klettern nur eine von zwei großen Leidenschaften war.

„Unten im Ort gibt es einen Tanzclub", verriet Marianne. „Der kommt auch immer erst 19:30

Uhr zusammen, weil die meisten Mitglieder Landwirte sind."

„Danke für den Tipp!", freuten sich Peter und Grit.

Kurz nach Mitternacht kamen die Taxis für alle, die unten im Ort oder der weiteren Nähe wohnten. Der Caterer packte zusammen und im Lauf des Tages sollte das gesamte Equipment abgeholt werden. Die Übernachtungsgäste suchten Betten oder Schlafsäcke auf. Maud wäre die Einzige gewesen, die hätte im Zelt übernachten müssen, weil sie sich kein Zimmer unten im Ort nehmen wollte. Sie hätte ja sogar bei Marianne und Anton unterschlüpfen können. Urs hatte sie daraufhin zum Sofa im Wohnraum verurteilt und Maud hatte das Urteil schmunzelnd angenommen.

Peter, Grit und Mina, die keinen Tropfen Alkohol getrunken hatten, waren im Morgengrauen munter.

„Guten Morgen, Frau Schücht", wünschten Peter und Grit.

„Das klingt gut", strahlte Mina. „Guten Morgen!" Urs war, als sie sich auf den Familiennamen festlegen mussten sehr erstaunt und überaus erfreut gewesen, dass Mina sofort Schücht wählte und keinen Doppelnamen forderte.

Peter zählte die Tiere durch und begann auszumisten. Die Frauen sammelten die Hühnereier ein. Danach bekamen die Hunde ihre Näpfe gefüllt. Sepp und Karli standen direkt im Scheuneneingang. Sie waren auch noch müde von der vielen Aufregung und zögerten hinauszugehen.

Peter nahm beide in die Arme, um sie synchron zu kraulen. „Alles gut?"

„Mäh."

„Oh je, die Gäste haben getrunken und ihr habt, wie es scheint, den Kater", schmunzelte er. „Die Hähne haben es sogar komplett verschlafen. Na, lasst mich wenigstens mit der Schubkarre raus." Das taten die beiden und entschlossen sich, ihn bis zum Misthaufen zu begleiten.

Jetzt erst steckten auch die Hähne ihre Köpfe aus dem Geflügelhäuschen und begannen zu krähen. „Ihr seid Helden!", lachte Peter mit Blick auf die Uhr.

„Ich wahrscheinlich auch", sagte Urs hinter ihm und wünschte einen guten Morgen. „Ich habe zwar nicht wirklich viel getrunken, bin aber solche Mengen absolut nicht gewohnt. Mal schauen, wann das kleine Männlein in meinem Kopf den Presslufthammer weglegt."

Karli und Sepp, die noch frei herumliefen, kamen zu ihm und schauten fragend. Urs nutzte gleich die Gunst der Stunde, Sepp vor den Wagen mit den Milchkannen zu spannen.

Auf Minas prüfenden Blick grinste er jungenhaft. „Ich kann zumindest Name und Adresse schon wieder fehlerfrei aufsagen."

„Na immerhin!", lachte sie. „Ihr bringt die Milch in die Bottiche und auf dem Rückweg gleich die Essenboxen aus dem Keller mit. Grit und ich decken die Frühstücktafel."

Urs nickte. „Autsch. Ich glaube, jetzt habe ich ihm den Presslufthammer aus der Hand geschüttelt."

„Herr Schücht ist heute leidend", grinste Mina.

Urs verkniff es sich, noch mal zu nicken. „Das trifft es ziemlich gut", gab er zu.

Peter holte die vollen Transportboxen aus dem Keller, Urs stapelte sie sicher in den Wagen. Er vergaß auch nicht, Sepp zu entlohnen, wobei Karli, als Geleitschutz, etwas abbekam.

„Elf Teller!", rief Mina, als Grit nur neun abzählte. „Wäre ja noch schöner, gerade die auszuschließen, die gestern die unangenehmsten Arbeiten erledigt haben! Wenn gemeinsames Frühstück, dann für jeden Anwesenden."

Acht Uhr fanden sich alle bei Tisch ein. Mina hatte grüne Eier gekocht, Peter den Kaffeeautomaten in Gang gesetzt, der noch im Zelt stand.

„Schmeckt", gab Andreas nach dem ersten Schluck zufrieden bekannt.

„Stimmt", ließ sich auch Marlies vernehmen und das wollte wirklich was heißen.

Nach dem Essen trugen sie den immer noch recht ansehnlichen Rest der Speisen in Minas Küche, um ihn in eigenen Boxen und Kühlschränken unterzubringen.

„Nehmen Sie sich mit rüber, was immer Sie möchten!", forderte Mina Grit und Peter auf, worauf die beiden ihren Kühlschrank tetrisartig füllten. Bei Mina ging am Ende auch nichts mehr hinein. Die weniger verderblichen Sachen brachte sie hinüber in den Lagerkeller.

Als der Eventservice mit Abbau und Aufladen begann, verabschiedeten sich auch die Gäste. Brenda und Andreas fuhren als Letzte davon.

„Sie beide haben super Arbeit geleistet!", lobte Urs Peter und Grit. Dass die sich riesig freuten, stand außer Frage.

Wirklich Ruhe zog auf dem Hof erst wieder ein, als am nächsten Tag die Toilettenhäuschen abgeholt wurden. Nun konnten die Schneefräse und einige andere große Geräte in die fast fertige neue Scheune umziehen und auch die Schafe, damit sich die Böcke nicht ständig zofften.

Mina wendete Heu, die Männer nagelten die Dachschindeln fest und Grit zog mit dem Sammelkorb den Hang hinauf, um Kräuter zu suchen. Der Jubel war groß, als sie gleich noch Pilze mitbrachte, die für den Winter getrocknet werden konnten. Grit durfte die Hälfte der Pilze behalten, die sie abends ebenfalls zum Trocknen aufschnitt. Der Kühlschrank quoll über und es wäre albern gewesen, nicht erst den Inhalt zu verbrauchen. Zudem mussten sie umdenken. Es konnte trotz Schneefräse passieren, dass man für Tage oder Wochen einschneite. Urs stellte ihnen deshalb Lagerfläche in der Kellergrotte zur Verfügung.

Gegen Ende des Sommers hatten sie genügend Material für eine kleine Mauer beisammen und der Hang war weitestgehend steinfrei. Bis auf ein Edelreis waren alle angewachsen. Grit war glücklich, hatte sie doch bei dem Stumpf ohne eigenen Austrieb mit einem Totalverlust gerechnet. Der einzige Apfel, der eher durch Zufall überlebte, und den sie umsorgten, als sei er das Gold von Fort Knox, teilten sie durch vier, als er endlich reif war.

„Eigene Ernte", sagte Mina stolz. Klar war das Zelebrieren des Verspeisens ein Highlight der Abendnachrichten. Mit Grit planten sie den neuen Obstgarten.

VII.

Mina nahm die Nester aus und brachte den vollen Korb ins Lager, wo sie die Eier in die Pappen schichtete. „Ich fahre in einer halben Stunde in die Stadt zum Gynäkologen. Brauchen Sie irgendwas?"

„Im Allgemeinen nicht. Aber wären Sie so lieb, ihn zu fragen, ob er neue Patienten aufnimmt? Ich habe nur noch für vier Wochen die Pille", antwortete Grit.

„Dann fahren wir doch gleich gemeinsam", bot Mina an.

„Geht das mit Arbeitszeitverschiebung?", fragte Grit zaghaft.

„Nein. Per Auftrag von mir", kicherte Mina. „Ich sage Urs Bescheid. Zudem werden wir dann gleich noch die Post abholen und diversen Kleinkram im Landhandel kaufen."

Urs befürwortete Minas Ansinnen sofort. Also zogen die beiden Frauen mit dem Geländewagen los, um gegen Mittag wieder da zu sein. Und Grit hatte Glück, dass Mina sie sofort als ihre Mitarbeiterin vorstellte, sonst hätte man ihr abschlägigen Bescheid erteilt. So durfte sie gleich da bleiben und direkt nach Mina zu Untersuchung.

Mina freute sich über das neueste Ultraschallbild und sie hatte erfahren, dass sie einen Jungen unterm Herzen trug. Entsprechend glücklich nahm sie wieder im Wartezimmer Platz.

Bei Grit hätte es eigentlich eine Routineuntersuchung sein müssen, nur schaute Mina nach eine Viertelstunde irritiert auf die Uhr. Als sich endlich die Tür öffnete, erschien Grit leichenblass und mit Tränen in den Augen, begleitet vom Doktor persönlich.

Mina sprang beunruhigt auf. „Oh je, was ist passiert?!"

„Frau Schücht, vielleicht ist es besser, wenn Sie mit hereinkommen", schlug der Arzt vor und Grit trabte ihm mit hängendem Kopf hinterher.

Alle drei nahmen Platz und Mina schaute beide fragend an.

„Ich ... ich ... ich bin schwanger", flüsterte Grit als Eröffnung und begann hemmungslos zu weinen.

Mina atmete auf. „Das ist doch fantastisch! Ich dachte schon, es gäbe schlechte Nachrichten! Oder ist etwa irgendetwas medizinisch nicht in Ordnung?"

Arzt und Patientin schauten Mina überrascht an.

„Ich habe es wirklich nicht gewusst", flüsterte Grit. „Ich wollte Ihnen bestimmt keinen Ärger machen, oder mich vor der Arbeit drücken. Ich habe ja sogar die ganze Zeit die Pille genommen und meine Regel gehabt."

„Ich habe vorhin mit meinem Fachkollegen, der sie bisher betreut hat, telefoniert", erklärte der Arzt. „Er ist buchstäblich aus allen Wolken gefallen, weil er ja das Rezept für drei Monate ausgestellt hatte."

„So, jetzt Klartext", sagte Mina. „Es ist, wie es ist, und so wird es genommen. Unser Krümelchen wird einen Spielkameraden haben und das ist das Tollste, was es für ein Kind auf einem einsam gelegenen Bauernhof geben kann. Hoch lebe eine gute Nachricht! Alles klar?"

Grit nickte, nun eine Freudenträne wegwischend und auch in den Augen des Arztes schimmerte es verräterisch. Er hatte mit ernsthaften Problemen gerechnet, die Mina ihrer Angestellten bereiten werde. Stattdessen legte sie ihr beim Hinausgehen freundschaftlich den Arm um die Schulter. Sie ließ auch den nächsten Termin gleich zusammen eintragen.

Von unterwegs rief sie Urs an, dass sie eine große Pizza für alle mitbringe, weil es beim Doc ein wenig länger gedauert habe. Im Landhandel ging es rasch, denn das meiste war für Mina bereitgestellt worden. Ein kurzer Schwatz und schon düsten sie zur Pizzeria.

Die Männer beendeten die Bauarbeiten als das Auto auf den Hof fuhr. „Habt ihr was Schönes aus der Stadt mitgebracht?", fragte Urs.

„Eine Kinderüberraschung", lachte Mina, Grit vergnügt zublinzelnd.

„Spielzeug fürs Krümelchen?", vermutete Urs.

Mina kicherte. „Spiel passt zumindest. Einen Spielkameraden oder eine Spielkameradin."

„Wie jetzt?", murmelte Urs verdattert.

„Ich bin schwanger", klärte ihn Grit auf, nicht sicher, dass er es ebenso locker wie Mina sehen werde.

Urs strahlte auf. „Aber das ist ja super! Dann muss unser Krümelchen nicht allein spielen!"

Peter schaute Grit dann Mina und Urs mit offenem Mund an. Er glaubte es erst, als Grit den frisch ausgestellten Mutterpass aus der Tasche zog. Jetzt ließ er einen Jubelschrei hören, der in den Bergen mit mehrfachem Echo widerhallte. Sofort waren die Hunde zur Stelle, um zu schauen, ob alles in Ordnung sei.

Urs rieb sich vergnügt die Hände. „Sie ahnen ja nicht, was hier ein Spielkamerad wert ist! Und dann auch noch im passenden Alter! Das ist, wie alle Feiertage auf einem Mal! Und keiner wird ins Internat gesteckt, wie es mir angetan worden ist! Da fahre ich lieber höchst persönlich vier Mal am Tag runter in den Ort!"

„Und er hat es wohl wieder geahnt, als er die Wohnung mit den drei großen Zimmern ausbauen lassen hat", schmunzelte Mina.

Andreas lachte bei den Abendnachrichten Tränen. „Das ist so verrückt, dass es perfekt in Schüchts Kuriositätensammlung passt! Auf alle Fälle ist es prima, dass das Krümelchen jemanden zum Spielen haben wird. Habt ihr euch für euren Kleinen schon auf einen Namen geeinigt?"

„Wir werden ihn Leo nennen", gab Mina bekannt.

„Nicht übel!", rief Andreas. „Der junge Löwe wird sicher genau so stark und unerschrocken, wie sein Vater, der Bär. Onkel Andreas und Tante Brenda hocken zum Verwöhnen in den Startlöchern."

„Übertreibt es aber nicht!", dämpfte Mina den Tatendrang. „Wie sieht es bei euch mit Nachwuchs aus?"

„Der lässt sich Zeit", seufzte Brenda. „Wahrscheinlich sind wir zu sehr darauf fixiert und setzen uns selber unter Druck."

„Oh je", murmelte Mina. „Da wirst du wohl recht haben. Sowohl wir, als auch Grit und Peter hatten es noch lange nicht im Plan. Es waren buchstäblich Kinderüberraschungen."

„Was haben die werdenden Großeltern gesagt?", fragte Urs am nächsten Morgen zum Dienstbeginn.

Peter zog die Augenbrauen zusammen. „Wir haben es ihnen noch nicht gesagt. Es würde wieder ewige Vorwürfe geben. Wie immer, wenn wir irgendwie unsere Leben selbst bestimmt haben. Und zumindest für gestern wollten wir uns die Freude durch nichts und niemanden trüben lassen."

„Ich habe einen Plan", grinste Urs. „Kommt mal her, ihr beiden Hübschen!" Er nahm einer Glucke zwei Küken ab, setzte sie Mina und Grit in die Hand und machte, den in vielen Farben strahlenden Sonnenaufgang im Hintergrund ein Foto. Der direkt im Bild eingefügte Text lautete:

Gemeinsam darauf warten, dass die eigenen ‚Küken' in ein paar Monaten schlüpfen. Das Bild schickte er ihnen auf die Handys. „Weiterleiten!", kicherte er.

„Zu Befehl!", lachte Peter, es sofort weiterschickend, wie auch Grit.

Und genau wie Peter vorhergesagt hatte, meldete sich sein Vater sofort telefonisch, ganz nach dem Motto: Aber ihr könnt doch nicht, wenn ihr gerade erst den Job neu angefangen habt!

Urs nahm Peter schließlich das Smartphone aus der Hand. „Guten Tag, meine Name ist Urs Schücht. Wie Sie sehen, können sie es doch. Ich und meine Frau werden die beiden auch jetzt genau so unterstützen, wie wir es bei der Wohnung getan haben. Gute Mitarbeiter sind Gold wert und so werden sie auch behandelt. Also lassen Sie die Vorwürfe und freuen Sie sich einfach."

„Ich glaube, das hat er gebraucht", feixte Peter, weil seinem Vater nach dieser Ansage die Worte wegblieben.

Ähnlich verfuhr Mina mit Grits Mutter, die regelrecht hysterisch wurde.

„Sie ahnen jetzt sicher, warum wir lieber in einem winzigen Zimmer bei Peter gewohnt haben, obwohl im Haus meiner Eltern zwei große Zimmer mit Bad frei gewesen wären", stöhnte Grit. „Ich überlege manchmal, wie mein Vater sowas aushält."

„Ich kenne solche Spiele", winkte Mina ab. „Mein Leben war auch von Verboten und gerümpften Nasen geprägt, weil so beinahe alles, was junge Leute nun mal tun, gegen die Etikette verstieß. Hätten meine Eltern noch gelebt, als ich Urs kennenlernte, wäre ich vermutlich in eine Irrenanstalt eingewiesen worden, bei der Erklärung, ich wolle genau hier und so leben. Meine Mutter wäre in Ohnmacht gefallen, beim Anblick, wie ich am Spinnrad sitze. Oder erst beim Ziegenmelken! Eine Aristokratin mit Millionenhintergrund hat so etwas nicht zu machen! Sakrileg!"

„Oh je!", murmelte Grit erschrocken. „Ich dachte immer, bei so einem Hintergrund wäre das Leben als Kind angenehmer."

Mina hob die Schultern. „Ein weit verbreiteter Irrtum. Die einen passen sich an, die anderen rebellieren, auf verschiedenste Arten und Weisen."

Sie brachten die Eier in den Lagerkeller und begannen mit dem Melken. Grit hatte es sehr schnell gelernt. Sie musste jedes Mal lachen, wenn Karli zuschauen wollte und sie fast mit den Hörnern umschubste. Peter schirrte Sepp an, der natürlich auch von ihm ein Stückchen Möhre bekam. Karli sah das und meckerte anklagend, weil er nichts bekommen hatte.

„Okay, okay", grinste Peter. „Hier hast du auch was, weil du so ein Hübscher bist."

Das hocherfreute „Mähähääääääää!", ließ alle hellauf lachen.

Toni bekam von der Aktion nichts mit, der jagte schon wieder seinen Damen hinterher.

„Du schaust so nachdenklich", stellte Mina fest, als Urs den Platz neben der neuen Scheune betrachtete, welcher von einer kleinen Felsnase begrenzt wurde.

„Ich werde dort für die Kinder einen Spielplatz mit Kletterburg, Schaukel und Sandkasten einrichten", gab Urs bekannt. „Da ist es am sonnigsten, gut windgeschützt und liegt außerhalb der Zone, wo wir mit dem Traktor fahren. Den Kindern der Urlauber dürfte das auch gefallen."

„Oh, ja!", rief Mina begeistert. „Dafür gebe ich gern meinen Traum vom Gewächshaus auf."

„Darüber hast du nie gesprochen!", sagte Urs mit großen Augen.

„Weil wir genug andere Baustellen haben, die wichtiger sind", erklärte Mina.

„Glashaus. Hm." Urs schaute sich um. „Das baue ich dir in den Hang oberhalb der Apfelbäume. Es bekommt eine gemauerte Rückwand und die Glasflächen werden abnehmbar sein, damit es im Winter keinen Schaden durch die Last der Schneemassen erleidet."

„Du hast wirklich auf jeden Topf einen Deckel", rief Mina verblüfft.

Peter nickte heftig. „Ich bin verdammt stolz, so einen Chef zu haben!"

„Aber bitte keinen Altar zur Anbetung bauen. Der Heiligenschein reicht mir", kicherte Urs, worauf alle in Gelächter ausbrachen.

Am nächsten Tag sollte das letzte Heu des Jahres gepresst und eingelagert werden. Mina wurde als Traktorfahrerin eingetaktet. Grit bekam Kräutersuchdienst verordnet, um sie von den Heuballen fernzuhalten.

Struppi, der kaum noch laufen konnte, spitzte die Ohren. Dann schlugen die beiden anderen Hunde an.

„Das wird Franz mit den Dachschindeln für die Scheune sein", mutmaßte Urs.

Der war auch dabei, aber erst in zweiter Reihe. Vor ihm erklomm der ziemlich gut bekannte nachtschwarze Geländewagen von Andreas die Serpentine. Struppi stemmte sich auf die Beine und erwartete, wie die anderen fröhlich Schwanz wedelnd, die Ankömmlinge. Brenda teilte Leckerchen aus.

„Wir dachten uns, ihr könntet vielleicht Erntehelfer brauchen", schmunzelte Andreas, alle fröhlich begrüßend.

„Du meinst unserer gefüllten Täubchen wegen?", blinzelte Urs.

Mina klappte der Unterkiefer bis auf die Schuhspitzen, während sich Andreas vor Lachen fast nicht wieder beruhigen konnte. „Den Spruch kannte ich noch nicht!", prustete er. „Aber genau das ist der Punkt."

Franz grinste sich eins. Urs' flotte Sprüche trafen immer ins Schwarze.

„Vier Pakete?", staunte Urs, als Franz das Auto öffnete.

„Ist zweite Wahl. Mit ein bisschen Glück kommt die Menge von drei Paketen anstelle der bestellten zwei zusammen. Den Rest kannst du sicher im Kamin verfeuern oder damit basteln. Ich habe keine Lust, es herumstehen zu lassen, wenn es jemanden gibt, der mit einem Blick erkennt, was er vernageln kann und was nicht. Es gibt zu viele Leute, die mir noch die Prozente vorrechnen, die nicht verwendet werden konnten."

„Vielen Dank! Da sortiere ich sie doch gleich unten aus", freute sich Urs, der wirklich nichts verkommen ließ.

„Er war mein Boss, bei dem ich das Schreinerhandwerk gelernt habe", verriet er Peter, weil noch nie darüber gesprochen worden war, als Franz davon fuhr. „Seine Leute haben auch Ihre Wohnung wärmegedämmt. Walter vom Sägewerk war ebenfalls bei ihm Lehrling. Und bei ihm bestellt auch Franz, genau wie ich, das Holz, das hier verarbeitet wird. Da weiß jeder, dass er sich auf den anderen verlassen kann."

Nach der Mittagspause zog Urs mit Max den Heuwagen an den Wegrand, baute anschließend die Heupresse an und begann mit der Arbeit. Die Männer trugen die Ballen zu Pyramiden zusammen, um sie später bequemer auf den

Hänger laden zu können. Sepp schaute von Ferne zu. Er wartete ganz offensichtlich auf seinen Einsatz, bei dem es wieder Möhren geben werde.

„Ich werde heute am späten Nachmittag mit ihm das lose Heu vom Hang holen", erklärte Peter.

„Das pressen wir direkt vor der Scheune, um es stapeln zu können", sagte Mina. „Die Damen mir nach! Käse wenden!"

Grit mochte die Arbeit in der Käserei ganz besonders – wie jeder einzelne Laib in Handarbeit mit Liebe gefertigt wurde. Das Drehen und mit Salzlake Abbürsten hatte etwas Magisches. Das fertige Produkt konnte nur umwerfend schmecken.

In dem Augenblick stellte Brenda lächelnd fest: „Der verklärte Blick spricht Bände."

Grit nickte. „Der spiegelt das Innenleben wieder, wenn ich hier mitarbeiten darf. Solch himmlischen Käse machen, ist ganz großer Zauber."

Dann bekam Andreas einen Anruf und Brenda befürchtete, sie müssten wieder einmal ihren Kurzurlaub abbrechen. Sein schallendes Lachen deutete dann aber auf etwas ganz anderes hin.

„15 Uhr muss ein Absetzplatz für den Hubschrauber bereit sein. Bruno hat Max' Bruder gefunden."

Urs und Peter stürzten unter dem Gelächter der anderen davon, um das Zielkreuz für den Hubschrauberpiloten zu legen.

Mina trieb mit den Hunden Schafe und Ziegen zusammen, um sie vorübergehend einzusperren, damit es nicht zur Panik kam. Sie wusste ziemlich gut, welch gewaltiger Heli den Traktor bringen werde. Grit lockte die Hühner mit einer Handvoll Körnern in den Stall.

Pünktlich erklang das Wummern des gigantischen Fluggerätes. Urs und Peter fassten nach den Stangen mit den umgebogenen Enden, um die Kiste in Position zu ziehen.

„Ein imposanter Anblick!", murmelte Andreas, als der schwarze Heli mit seiner Last heranflog. Als die riesige Kiste einen halben Meter überm Boden schwebte, zogen sie die Männer in Position, der Pilot setzte sie ab, Urs löste die Ketten und der Heli verschwand, nachdem die leeren Ketten hochgezogen worden waren.

„Diesmal bauen wir zuerst das Häuschen auseinander", schlug Urs vor und machte sich mit Peter und Andreas an die Arbeit. Die Frauen ließen inzwischen die Tiere wieder ins Freie.

„Ohohoooo!", rief Urs erstaunt, als sie die Rampe nach unten klappten. „Zum Wiesenferrari haben wir nun ein Blaues Wunder. Herzlich willkommen, Moritz."

„Sie scheinen die Frontpartie neu designt zu haben, denn die Lampen sind größer", bemerkte

Mina sofort. „Ach, prima! Er hat sogar eine ‚Stirnlampe‘!"

„Damit steht fest, dass er der Schneeschieber und -fräser wird", sagte Urs.

„Schieber? Ich dachte, das mit der Wanne funktioniert nicht", fragte Andreas.

„Ich bekomme nächsten Monat einen passenden gebrauchten Schiebeschild von einem Bauern aus dem Ort. Der lässt seit vorigem Winter von jemand anderem seinen Hof schieben. Mich kostet es nur ein Zicklein im kommenden Frühjahr", verriet Urs. „Eine gute Art, ein Böckchen abzugeben, weil ihm das Geschlecht egal ist. Die Metallstangen, um die Straßenbegrenzung zu markieren, liegen schon in der Scheune. Einen Erdbohrer, um sie tief und unverrückbar setzen zu können, kann ich mir im September ausleihen. Eher war es leider nicht möglich. Die Stangen sollen ganzjährig den Rand am Abgrund markieren, weswegen wir sie schon mit reflektierenden Ringen versehen haben."

Sie nahmen gemeinsam die letzte Wand vom Transportcontainer des Traktors. Nun konnte Urs bequem einsteigen und das Gefährt zwischen den Holmen hindurch auf die Wiese fahren. „Das Armaturenbrett ist auch etwas anders. Wahrscheinlich wegen der zusätzlichen Lampen. Er hat ja hinten sogar noch ein Strahler oben am Kabinendach."

„Feines Teil!", staunte Peter. Er hatte die Vorzüge der kleinen Traktoren auf den steilen Wiesen schnell schätzen gelernt.

Andreas rief Bruno an, um sich im Namen der Schüchts zu bedanken. „Bekommst ein Bienchen extra!", grinste er.

„Wenn wir einen gepflasterten Weg vor dem zukünftigen Gewächshaus entlangführen, dessen Fenster wir ja sowieso mit dem Traktor zum Einlagern zur Scheune bringen müssen, kommen wir zu einem Stück mit gutem Boden, das man als flach bezeichnen kann. Man könnte, so man wollte, eine Kleinigkeit zur Selbstversorgung anbauen, zumal dort keine Steine liegen", sinnierte Urs laut. „Früher wuchsen da Futterrüben und Gebirgskartoffeln und ein bisschen Kleinkram."

Mina begann zu lachen. „Du meinst, wir haben noch Platz in der Scheune, da passen ein Pflug, eine Saat- und Erntemaschine locker mit rein."

Urs nickte. „Warum teuer kaufen, wenn man es durchaus selbst erzeugen könnte?"

„Runkelrübensuppe schmeckt gar nicht mal so übel", murmelte Peter. „Sie ist sogar richtig lecker!"

„Das überzeugt mich, dass wir Rüben für den Winter brauchen", sagte Mina sofort. „Alles, was man selber auch essen kann, ist überlebenswichtig. Wir werden also mindestens Kartoffeln und Rüben anbauen."

Die Hunde begannen zu bellen. Urs eilte zur Weide, in der Annahme es habe sich wieder ein Adler zu nah herangewagt. Er kam gerade dazu, wie ein Mutterschaf ein Lämmchen trocken leckte.

„Na du hast dir ja eine komische Jahreszeit herausgesucht", schmunzelte er, die anderen heranwinkend.

„Oh, das bestätigt, dass diese Schafrasse zwei Mal im Jahr lammen kann und wir werden demnächst Schafskäse für den Eigengebrauch haben", freute sich Mina. „Dann können wir richtigen Feta machen."

In Ermangelung von Schafsmilch hatte sie immer wieder kleine Mengen Ziegenmilch als Salzlakenkäse angesetzt. Urs aß auch den mit Begeisterung.

Ein paar Tage später waren alle miteinander per du, weil sich jeder wirklich auf jeden verlassen konnte. Man begann mit den Vorbereitungen auf den langen Winter, den man in weiten Teilen gemeinsam mit Arbeiten im Haus verbringen werde.

„Braucht ihr irgendwas aus dem Ort? Ich fahre jetzt, den Schneeschieber holen", sagte Urs und startete Moritz.

Natürlich besuchte er Anton und Marianne, wo die Nachbarn fast wieder aus den Fenstern fielen, weil diesmal ein blauer Traktor auf dem Hof stand.

„He, he, wer bist du denn?", staunte Anton, den Kotflügel streichelnd.

„Das ist unser Moritz, der Spezialist für winterliche Straßenberäumung", grinste Urs. „Der ist uns vor ein paar Tagen zugeflogen, wie damals Max."

„Ach, dann war das wohl der schwarze Lastenhelikopter mit der Riesenkiste? Wir haben gedacht, das Heer macht irgendeine Übung oder der fliegt Bauteile in unwegsames Gelände", erklärte Marianne.

„Zumindest war es eine Übung für Industrieflieger", schmunzelte Urs. „Andreas hat also wieder das Angenehme mit dem Nützlichen verbinden lassen. Ich glaube, ich muss weiter, sonst regnet es Nachbarn vom Himmel."

Als er eine halbe Stunde später mit dem montierten Schieber wieder vorbei kam, war Anton zufällig an der Garage und Urs hupte. Sofort hingen wieder aus allen Fenstern Köpfe und starrten dem Schneeschieber verdattert hinterher.

Als er zu Hause ankam, meldete sich Anton am Telefon. „Du wirst es nicht glauben, aber die neugierige Bande links von uns hat tatsächlich gefragt, was du mit dem Schneeschieber machst."

„Und was hast du geantwortet?", fragte Urs.

„Dass du damit das Geld zusammenschiebst, das andere mit vollen Händen zum Fenster raus werfen."

Urs brach in schallendes Lachen aus. „Ich hätte die Gesichter sehen wollen!"

„Das war ja noch nicht mal alles", kicherte Anton. „Die sind ein paar Minuten später ums Haus geschlichen, ob wirklich Geld herumliegt!"

„Ach du großer Gott!" Urs fasste sich an den Kopf. „Denen ist echt nicht zu helfen!"

In den folgenden Tagen sanken die Temperaturen nachts schon fast auf den Nullpunkt. Urs bekam den Erdbohrer gerade noch rechtzeitig, um mit Peter den Verlauf der Straße markieren zu können und auch den Weg zum Haus, wo Peter und Grit wohnten. Am nächsten Morgen, als sie gerade die Schneefangzäune aufstellten, fielen die ersten Flocken. Urs säuberte den Erdbohrer und brachte ihn sofort zurück. Er kontrollierte noch einmal die Abfalltonnen, die seit ein paar Jahren am Eingang der Privatstraße standen. Diesmal ließ er sie dort, und es gab auch einen großen Briefkasten gleich daneben, den sie alle zwei Tage leerten. Die Namen der Mitbewohner waren schon vor deren Eintreffen angebracht worden und der Erhalt von Sendungen funktionierte einwandfrei. Die Paketverteiler waren dankbar, dass Urs noch einen Kasten für Päckchen installiert hatte und sie sich die acht Kilometer Weg sparen konnten. Großsendungen ließen sie in den Landhandel liefern, den sie sowieso regelmäßig anfuhren, um Futter für die Hunde zu kaufen. Heute erstand Urs noch einen Sack Winterfutter für die Hühner zusätzlich. Die

Rationen für die Hunde waren genau ausgerechnet und ein großer Sack wanderte als Reserve auf den Speicher.

Peter und Grit hatten ihr Vorratslager ebenfalls gut gefüllt, um einige Wochen Gefangenschaft im Schnee überstehen zu können.

Minas Geburtstermin war für Anfang Januar errechnet worden und Andreas fragte besorgt, ob sie nicht lieber für diese Zeit zu ihm und Brenda kommen wolle.

„Ich bleibe hier", erwiderte Mina rigoros. „Da Urs kein solches Ansinnen stellt, habe ich ganz sicher nichts zu befürchten. Wenn es soweit ist, wird die Hebamme bei uns sein, bis völlige Entwarnung gegeben wird. Wir sind auf eine Hausgeburt bestens vorbereitet."

„Ich treibe die Ziegen in den Stall", sagte Urs am späten Abend. „Wir werden einen Schneesturm kriegen." Er hakte eine Laterne los und pfiff nach den Hunden.

Peter kam gelaufen. „Was ist passiert?"

„Ein Schneesturm kündigt sich an", rief Urs. „Sichert eure Fensterläden!"

Das tat Mina auch gerade an ihrem Wohnhaus, dann verriegelte sie den Schafstall. Urs zählte die Ziegen durch, schaute nach Sepp und den Hunden. Die Hühner saßen schon lange auf ihren Stangen im Häuschen. Sogar die beiden Kater waren da. Sie schienen ebenfalls zu fühlen, dass sich etwas Unangenehmes zusammenbraute. Urs schob den schweren Riegel vor. Der letzte Weg führte zu den Fahrzeugen. Max versah er mit dem Schneeschieber und Moritz mit der Fräse. Der Geländewagen stand im Carport mit dem Spitzdach, das die Schneemassen abrutschen ließ. Peter brachte seinen Opel auf die wetterabgewandte Seite der Käserei, wo ihn das lange Schleppdach schützte.

„Unser erster Schneesturm im Gebirge", murmelte er, als er noch einmal kontrolliert hatte, ob auch die Türen der Ferienwohnungen fest verschlossen waren.

Augenblicke später ging es los. Peter nahm Grit schützend in den Arm, genau wie Urs Mina. Sie lauschten dem schrillen Jaulen des Orkans, der an den Fensterläden rüttelte. In den Ställen drängten sich die verängstigten Tiere aneinander.

Das Unwetter tobte bis in die Morgenstunden. „Weiß", sagte Grit nur, als sie die Fensterläden öffnete.

„Und schwer", gab Peter bekannt, weil die Tür komplett blockiert war.

Er musste sogar durch das kleine Fenster nach draußen auf den Außengang unterm Dach klettern, um die Schneemassen wegschaufeln zu können. Er verpasste die obere Stufe und rutschte auf dem Hosenboden die ganze Treppe hinunter. Grit stand oben und wusste nicht, ob sie lachen oder weinen sollte.

„Nichts passiert!", gab Peter Entwarnung. „Halt dich gut fest! Ich kehre dann die Stufen frei."

Er konnte gerade noch sehen, wie Urs ebenfalls aus dem Fenster kletterte, um gegen den halben Meter Schnee anzugehen. Als er vor der Tür geschaufelt hatte, rief er: „Feuertaufe", und startete die Schneefräse. „Ha! Ha, ha! Das nenne ich arbeiten!", frohlockte er, die Zugänge zu den Ställen, zur Käserei und dem zweiten Haus freilegend.

Mina schüttelte schmunzelnd den Kopf, weil Urs mit einem seligen Lächeln im Traktor hockte, wie ein kleiner Junge auf seinem ersten Spielzeugbagger.

„Ob wir ihn da jemals wieder raus kriegen?", lachte auch Peter bei diesem Anblick, auf den Handschneeschieber gestützt. Er legte die Tore endgültig frei. Die Hunde flitzten davon, um Häufchen zu machen. Ihnen folgten die Ziegen, die nach einem kurzen Blick lieber wieder im Stall verschwanden. Mina sammelte die Hühnereier ein. Grit begann mit dem Melken. Sepp stand an der Futterraufe und wartete geduldig, bis Urs kam, um sie aufzufüllen. Peter schöpfte Trockenfutter in die Hundenäpfe hinter der Scheunentür. Die vollen Milchkannen trugen die Männer zur Käserei. Sepp hätte mit seinem Wagen arge Probleme bekommen. Peter schippte die Treppe, dann aßen sie Frühstück. Er half anschließend Mina und Grit in der Käserei, während Urs das erste Mal die Straße freilegte. Die Markierungsstangen waren äußerst hilfreich. Trotzdem dauerte es eine Weile, bis er sich in die ungewohnte Tätigkeit eingespielt hatte. Unten wendete er, leerte die Postkästen und legte die Abfalltonnen frei. Bis zum Entbindungstermin musste alles reibungslos klappen, sodass im allergrößten Notfall auch ein Krankenwagen den Hof erreichen konnte.

„Die Straße ist mit Schneeketten befahrbar!", gab er äußerst zufrieden bekannt. „Heute Nachmittag fahre ich mit dem Schieber noch mal drüber, falls es bis dahin nicht wieder einen halben Meter am Stück runter wirft."

Dann tüftelten alle gemeinsam an einer Lösung, den Haufen loszuwerden, den er am Morgen mit der Fräse mitten auf den Hof geblasen hatte, als er die Runde zum Freilegen der Tore gefahren war. Der gemeinsame Nenner hieß: Es muss noch eine Handfräse her.

Mina rief sogleich im Landhandel an. Es waren zwei Stück am Lager.

„Dann muss ich sofort los!" Urs koppelte an Max mit dem Schiebeschild den Einachser an, zog die Schneeketten auf und tuckerte davon. Er hatte trotz der Eile sogar an die Markierfahnen des überbreiten Schiebers gedacht, die er auf den öffentlichen Straßen zwingend mitführen musste.

„Na, wie ist der erste richtige Wintertag?", fragte Mina.

Grit und Peter waren sich einig: „Ziemlich aufregend!"

„Ich kann mir sehr gut vorstellen, wie ihr hier bisher per Hand gerackert habt, wenn der Schnee so oder noch höher lag", fügte Peter hinzu.

Urs war nach einer Stunde wieder da. Er hatte die Fräse mit Kettenantrieb genommen, die sich wie ein Panzer durch jedes Terrain arbeiten konnte. Nach einer dreiviertel Stunde lag der riesige Haufen da, wo er keinen störte. Die Ziegen und Sepp konnten zwischen den Ställen spazieren gehen und die beiden jungen Hunde wälzten sich begeistert im Schnee. Struppi blieb im warmen Stall. Die Kälte war nichts mehr für seine morschen Knochen. Mina nahm ihn schließlich mit in die Küche, wo er sich unter der Eckbank verkroch, um seine Ruhe zu haben. Sie nähte ihm aus einer alten Decke einen Mantel, damit er seine Gassigänge unbeschadet überstand.

Karli kam zu ihm, schnüffelte und machte irritiert: „Mäh?" Er schaute beinahe traurig hinterher, als Struppi wieder ins Haus schlich.

In der Mittagspause bauten Grit und Peter einen riesigen Schneemann. Mina spendierte einen alten Eimer als Hut, Urs Holzscheiben als Knöpfe und Augen. Es fand sich sogar ein Besen, um den Dickbauch zu komplettieren.

„Irgendwas fehlt", murmelte Peter, ihr Werk mit zusammengekniffenen Augen betrachtend.

„Die Mohrrübennase", grinste Urs, weil sie wirklich nicht drauf kamen. „Aber die klauen euch die Ziegen oder Sepp. Wie wäre es mit einem Holzscheit?" Er behaute es sogar mit der Axt, bis es eine langgezogene Pyramide ergab, die wenigstens ein bisschen an eine Möhre erinnerte.

Dass sie sich unter viel Gelächter mit dem Schneemann fotografierten, um es in die Nachrichten zu setzen, war vorauszusehen gewesen.

„Ich habe gerade überlegt, wer runder ist. Mina oder der Schneemann?", sagte Andreas lachend, der sofort anrief.

„Viel nehmen wir uns nicht mehr", gab Mina zu.

„Nur gut, dass du sofort die wichtigsten Nachrichten postest! Ich wäre sonst vor Sorge vergangen, weil sie regelrechte Horrormeldungen über den Schneesturm in eurem Gebiet verbreitet haben", seufzte Andreas.

„Da weißt du noch nicht mal alles!", rief Mina, das Handy so haltend, dass Andreas die Dächer sehen konnte. „Wir haben in dieser Nacht wirklich einen halben Meter Schnee bekommen. Urs ist mit der großen Fräse die Straße abgefahren und dann noch mal mit dem Schieber bis zum Landhandel, weil wir dringend eine kleine Handfräse für die Feinarbeiten brauchten. Heute Morgen mussten die Männer sogar aus den Fenstern springen, um die Türen freizulegen. Grit und ich sind aus dem Rennen, wenn es darum geht, die Schneemassen zu schaufeln. Aber wie du siehst, hat sich die Anschaffung der ganzen Technik schon gelohnt. Es bleibt Zeit, um Spaß zu haben."

„Den gönne ich euch allen von Herzen", strahlte Andreas.

„Die nächste Neuanschaffung von irgendwas darf nun wirklich erst im Januar kommen, sonst haben wir ein Problem", sagte Mina, als sie das Telefonat beendet hatte. „Das gilt auch für dich, du verrückter Bock", lachte sie, Karli streichelnd, der sie sanft mit den Hörnern angestupst hatte.

„Mähähäääääää!"

„Knuddeln?", schmunzelte Grit, als er auch sie stupste, und begann, seine Flanken kräftig durchzuwalken.

„Mäh, mäh, mäh, mäh, mäh."

„Na klar, was hab ich anderes erwartet?", lachte sie über die selig verdrehten Augen.

Die Männer spannten zwischen den Gebäuden orangefarbene Schneefangzäune aus Kunststoff, um für die Tiere eine einfache Begrenzung zu setzen. Der Elektrozaun war bei diesen Schneehöhen nicht unbedingt sinnvoll. Es klappte ganz gut. Die ein oder zwei vorwitzigen Ziegen trieben die Hunde schnell zurück. Meist war Trine mit dabei, die immer wieder austesten musste, wie man die Schwanzwedler am besten ärgern konnte.

Der Schnee blieb liegen und es kamen täglich ein paar neue Flocken dazu. An manchen Tagen fuhren die Männer gemeinsam zwei Mal mit den Traktoren, um die Straße freizuhalten. Urs mit der Fräse vornweg und Peter mit dem Schieber hinterher. Sie tankten im Landhandel nach und brachten auf Max' Einachser noch ein zusätzliches Fass Diesel auf den Hof. Sie nahmen für die Abendnachrichten inzwischen fast alle Aktionen mit Dashcam auf und wählten dann die besten Aufnahmen aus. Urs filmte aus der Sicht des Wegmachers und Peter als Nachfolgender, wo die fliegenden Schneemassen der Fräse besonders spektakulär aussahen.

Das Räumen lief fast immer reibungslos. Der ruhige Urs wurde nur einmal stinksauer, aber das richtig. Es war kurz vor Weihnachten, als der kommunale Schneeschieber die Berge des weißen Zeugs fast einen Meter hoch direkt in seine Straßenmündung schob, und diese komplett blockierte. Urs rief im Rathaus an. Am nächsten Morgen lagen die Massen immer noch. Urs und Peter rückten mit Schneeschieber und Schiebemulde an, um in zweistündiger Plackerei die Straße wieder freizulegen. Sie kippten dem verantwortlichen Leiter des Bauhofs bis zum letzten Krümel alles über den Gartenzaun ins private Grundstück. Die halbe Nachbarschaft stand dazu Spalier und applaudierte. Maud bekam Bilder und Filme von der Aktion.

Als die siegreichen Feldherren nach Hause zurückkehrten, sagte Urs lapidar: „Kommt selten vor, dass ich ausraste, aber wenn, dann können meine Hörner mit denen von Karli konkurrieren."

„Ich wusste gar nicht, dass du überhaupt vor Wut explodieren kannst!", staunte Mina.

Peter lachte. „Und ich hätte nie gedacht, dass ich mal als Akteur an einer Protestaktion mit Traktoren teilnehme."

Sie amüsierten sich noch den ganzen Tag über die Posse.

Im Dorf flogen derweil sprichwörtlich die Äxte. Jeder in der Verantwortungskette suchte beim anderen die Schuld. Die Schüchthofbewohner interessierte das nicht. Sie schmückten die Krone einer abgebrochenen Fichte, die dem Schneedruck nicht standgehalten hatte, mitten auf dem Hof als Weihnachtsbaum. Es hatte den Männern viel bedeutet, gemeinsam die Krone zu bergen, um den Frauen eine Freude zu machen.

Die wasserdichte Lichterkette stammte aus Peters Zeltausrüstung und tat das erste Mal in ihrem mehrjährigen Einsatzleben das, wozu sie gefertigt worden war – einen Weihnachtsbaum erleuchten.

Den Heiligabend feierten die vier abends mit den Tieren. Sie hatten Fackeln in den Schnee gesteckt und besondere Leckereien vorbereitet. Zudem gab es unterm Tannenbaum für die Männer Glühwein, für die Frauen Kinderpunsch und natürlich sangen sie auch Weihnachtslieder, weil es einfach Spaß machte. Mina hatte die Kamera auf das Fensterbrett gestellt und alles war so arrangiert worden, dass es richtig professionell und trotzdem so ungezwungen aussah, wie es war. Im nächsten Jahr werde man das Fest mit den Kindern feiern und darauf freuten sie sich schon heute.

Die letzten Tage im Jahr gingen sie besonders ruhig an. Es schneite nicht, die Straße war geräumt und sie nahmen sich die Zeit, sie mittels Sand abzustumpfen. Peter hockte auf dem Hänger und warf mit einer Schaufel Sand. Auf dem Rückweg nach oben deckte er ab, was er auf dem Weg nach unten nicht erwischt hatte.

Die Silvesternacht war sternenklar und eisig, kein Lufthauch rührte sich. Milliarden Sterne funkelten am samtschwarzen Himmel und alle waren sich einig, dass das viel schöner war, als jedes Feuerwerk.

VIII.

Am Sonntag der ersten Januarwoche, es war noch nicht einmal vier Uhr, setzten bei Mina die Wehen ein. Urs rief die Hebamme an. Nach den ersten Worten zog er die Stirn in Falten und sagte: „Danke für die Information. Alles Gute!"

„Ich ahne Schlimmes", sagte Mina beunruhigt.

Urs nickte. „Ich muss dich in die Klinik bringen, sie hat einen absoluten Notfall zu betreuen, gibt dort aber schon Bescheid."

„Deine Ruhe gibt mir Kraft", seufzte Mina, rasch das Nötigste in eine Tasche packend.

Urs machte den Geländewagen startklar. Er trug die Tasche zum Auto, half Mina beim Einsteigen. Sie schickte Peter eine Nachricht, dass er sich mit Grit allein um die Tiere kümmern müsse, weil sie in die Klinik musste, und dass sich Urs von da melden werde.

Peter erschrak. Er quittierte die Nachricht und weckte Grit.

„Oh, mein Gott! Hoffentlich geht alles gut! Warum ist die Hebamme nicht gekommen?"

„Wir werden es erfahren", erwiderte Peter.

Grit sammelte die Eier ein, fütterte Hühner, Hunde und Katzen. Peter füllte die Raufen der großen Tiere und mistete aus. Da rief Urs an, um einen Lagebericht zu geben. „Ich bleibe hier, bis mein Sohn das Licht der Welt erblickt hat", fügte er noch hinzu.

„In Ordnung und alles Gute. Wir kümmern uns hier", erwiderte Peter. „Mina hat Grit einen kompletten Notfallplan für die Käserei gegeben. Es sollte also reibungslos laufen."

Pünktlich 12 Uhr meldete sich Urs wieder und schickte diesmal sogar ein Bild. Leo war 11:45 Uhr auf die Welt gekommen, Mutter und Kind wohlauf. 13 Uhr parkte Urs den Geländewagen auf dem Hof. „Ich hole Mina und Leo übermorgen nach Hause. Hat mich ziemliche Überzeugungsarbeit gekostet, sie nicht noch einen Tag länger dort zu lassen."

„Kommen Unwetter?", fragte Peter sofort.

„Nein, aber starke Schneefälle, die man hier ja nicht wirklich als Unwetter bezeichnen kann", schmunzelte Urs. „Ich denke, wir werden wieder einmal an die drei Meter in der Höhe erreichen, wie schon so oft. Jedenfalls werden sämtliche Straßen zu sein und ich will Frau und Sohn hier in relativer Sicherheit wissen, wo alles auf solche Extreme ausgerichtet ist."

Sämtliche Freunde hatten schon zur Geburt des Stammhalters gratuliert. Andreas und Brenda hatten es logischerweise als Erste erfahren. Sie wären am liebsten zum Schüchthof gekommen, weil doch die Straße perfekt geräumt war. Als Urs verriet, warum er Mina eher aus der Klinik holen wollte, stockte ihnen der Atem.

Urs chattete am nächsten Morgen ausgiebig mit Mina, schaute per Video nach seinem Söhn-

161

chen und schob, nach den üblichen Arbeiten zum Tagesbeginn, mit Peter Schnee von allen Dächern, während Grit Käse wendete.

Andreas meldete sich. „Gerade haben sie die Wetterwarnung für eure Region rausgebracht. Du hattest wieder mal in allen Punkten recht."

Urs postete ein paar Bilder von den Vorbereitungen, die Schneefälle gut zu überstehen. Andreas war beruhigt. Er hatte selber miterlebt, wie Urs die Dachlasten durch Schnee berechnet und bestmögliches Holz für die nötigen Konstruktionen eingesetzt hatte. Zu Urs' Bauwerken hatte er vollstes Vertrauen.

Als Urs mit Mina nach Hause kam, schleppte sich sogar der altersgeschwächte Struppi auf den Hof, um sie und das Baby gebührend zu empfangen. Er durfte Leo beschnüffeln. Dann legte er sich neben die Wiege und wedelte mit dem Schwanz. Er hatte nur noch auf diesen einen Moment gewartet, denn am Morgen des nächsten Tages, hatte er diese Welt bereits über die Regenbogenbrücke verlassen. Mina und Urs wickelten ihn unter Tränen in ein großes Tuch und begruben ihn hinter der Käserei in der Nähe der Apfelbäume. Peter half, Schnee wegzuschaufeln und mit der Spitzhacke den tief gefrorenen Boden zu lockern. Sogar Martin wischte Tränen weg, als er in den Abendnachrichten davon las. Mina legte um den Rand des kleinen Grabes Steine, damit sie es im Frühjahr nicht versehentlich zerstörten.

„Da waren es nur noch zwei", murmelte Urs, Astor und Brutus streichelnd, die sich hier ebenfalls von Struppi verabschiedeten.

Am Nachmittag begann es, in Riesenflocken zu schneien, und die Männer wechselten sich ab, mit der Schneefräse Wege und Zugänge freizuhalten. So ging es mehrere Tage. Es wäre Selbstmord gewesen, im dickten Flockentreiben, die Straße zu räumen. Bald türmten sich tatsächlich die von Urs prophezeiten drei Meter hohen Schneewände. Die kleine Fräse schaffte es gerade noch so, das lose Material über die weißen Mauern zu blasen.

Die Männer werkelten an den Holzkästchen für den Verkauf, Mina verzierte sie und Grit lernte Spinnen. Hin und wieder fragte jemand nach Schafwolle und warum sollte man die Verdienstmöglichkeit außer Acht lassen.

„Wow. Da bin ich ja fast neidisch, wie dünn und gleichmäßig bei dir der Faden wird!", rief Mina schon nach kurzer Zeit.

„Vielleicht kann man ja noch dünne farbige Beifäden aus Baumwolle oder Synthetik mit rein wickeln, wenn es eines Tages zum Knäuel werden soll", überlegte Grit laut. „Dann kann man es vielleicht auch ohne Kratzen auf der Haut tragen."

„Das probieren wir!", rief Mina. „Und wenn es gut wird, stricken wir uns erst mal selber was Schönes daraus, damit wir bei späteren Verkäufen Auskunft über alle Eigenschaften geben können!"

Die Schneefälle hörten langsam auf und Urs beschloss, die Straße freizulegen. „Ich fahre allein mit der Fräse und auch zeitig am Morgen, damit ich die Stangen von Weitem im Scheinwerferlicht leuchten sehe."

„Aber Frühstück isst du ordentlich!", forderte Mina.

„Auf jeden Fall, weil ich nicht weiß, wie lange die Prozedur dauern wird."

Urs brauchte mit der Schneefräse länger als zwei Stunden, bis er das Ende der Privatstraße erreichte. Er schaltete die Maschine ab und wollte gerade wenden, als er im Lichtkegel der Scheinwerfer etwas aus dem hohen Schnee ragen sah. Einen großen Karton oder eine Box. Urs konnte es nicht genau erkennen. Weil um diese Zeit die Straßen im Ort noch nicht geräumt waren und er niemanden behindern konnte, öffnete er die Tür der Kabine, um genau hinzusehen. Er glaubte, ein Fiepen vernommen zu haben, und sprang aus dem Traktor, um die merkwürdige Pappkiste zu untersuchen, aus der tatsächlich leise Töne zu hören waren. Er klappte den Deckel hoch und erschrak. Vor ihm lagen vier neugeborene Hundewelpen, von denen drei bereits erfroren waren. Der Vierte war schon halb erstarrt und fiepte jämmerlich.

Urs machte rasch ein paar Bilder von der Situation, steckte den noch lebenden Welpen direkt an seine Brust unters Hemd und rief die Polizei. Er erklärte, was er, wo gefunden habe, und dass er den lebenden Welpen mit nach Hause nehme. Dann weckte er die Bewohner des nächsten Hauses und bat sie, die irgendwann eintreffende Polizei zu dem Karton mit den toten Hunden zu führen. Im nächsten Augenblick tuckerte Moritz die steile Straße wieder hinauf.

Alle kamen ihm entgegen, mit riesengroßen Fragezeichen im Blick.

„Mit Moritz und mir ist alles in Ordnung! Kommt mit rein, dann erfahrt ihr, was geschehen ist. Ach, Peter, ich brauche sofort ein Viertelliterchen ganz frisch gemolkene Ziegenmilch."

Peter eilte in den Stall und war wenige Augenblicke später mit einem Töpfchen Milch in der Küche der Schüchts. Mina half Urs beim Stiefel ausziehen, weil der sich bewegte, als habe er einen Bandscheibenvorfall. Was sie so genau auch sagte.

„Vorfall ist gut", lachte Urs, seine warme Jacke mitten auf dem Tisch ausbreitend. Dann angelte er nach etwas unter seinem Hemd. „Na, wo ist er denn? Ich glaube, ich muss von unten ran!"

Die anderen schauten erst ihn, dann sich an.

Urs zog den Pullover ein wenig hoch, das Unterhemd aus der dem Hosenbund und förderte den Welpen zutage, der sich nicht mehr rührte.

„Oh, mein Gott!", flüsterte Mina entsetzt.

Urs legte den Winzling in die Jacke. „Sag irgendwas, Kleiner!", wisperte er, seinen warmen Atem auf das winzige Ding hauchend.

„Das Herz schlägt", stellte Grit fest.

„Gott sei Dank!" Urs begann, dem Welpen mit einem Strohhalm tropfenweise Ziegenmilch zu verabreichen, als er ihnen erzählte, wie er den schockierenden Fund gemacht hatte.

„Ich hole eine Wärmelampe!" Peter eilte noch einmal in den Stall, während Mina ein Holzkistchen mit einem flauschigen Handtuch ausstaffierte, das in der Ecke der Sitzbank seinen Platz erhielt. Urs zog rasch ein Kabel und befestigte die Lampe mit zwei Schraubzwingen am Regal. Er prüfte sogar mit einem Thermometer die richtige Einstellung nach.

Plötzlich zuckte Blaulicht durch die Dunkelheit. Peter ging hinaus, um die Hunde zu beruhigen, die Beamten zu empfangen und hinein zu führen.

„Ach herrje!", sagte einer beim Anblick des winzigen Geschöpfs in dem Kistchen. „Ich habe nicht daran geglaubt, dass Sie ihn lebend bis nach Hause bringen."

„Ich auch nicht, meine Herren", erwiderte Urs und gab die Anzeige gegen unbekannt auf. „Die anderen waren schon steif, als ich die Kiste öffnete. Der hier scheint ein kleiner Kämpfer zu sein. Ich bin sicher, er wird durchkommen, auch wenn es mir erst mal unruhige Nächte verschaf-

166

fen wird, weil er ständig gefüttert werden muss. Aber die haben wir im Augenblick sowieso", schmunzelte er, als Leo in Minas Tragetuch zu weinen begann.

Diesmal gab es Morgennachrichten vom Schüchthof. Urs postete die ganze Story der ausgesetzten Hunde mit mehreren Bildern bis hin zum Kistchen unter der Wärmelampe. Die Fangemeinde wünschte dem Findelkind alles Gute und feierte Urs, der wieder mal zur rechten Zeit am rechten Ort gewesen war. Und sie rätselten, was der dunkel gefärbte Welpe wohl für eine Rasse sein möge.

Aus einem ladenneuen unbenutzten Plastikölfläschchen bastelte Urs ein Mininuckelfläschchen, mit dem er das neue Familienmitglied leichter füttern konnte, als mit dem scharfkantigen Trinkhalm. Der volle Bauch des Welpen zeigte an, dass ordentliche Mengen Milch da ankamen, wohin sie sollten. Er schien die Ziegenmilch auch recht gut zu vertragen. Am dritten Tag waren sich alle einig, dass es sichtbar aufwärtsging und es Zeit wurde, ihm einen Namen zu geben.

„Felix, der Glückliche", regte Mina an und alle fanden, dass das am besten zu ihm passte.

In der dritten Woche öffnete er die Augen und reagierte auch deutlich auf Geräusche. Mina legte ihn oft stundenweise mit in Leos Stubenwagen, wo die beiden Rücken an Rücken aneinandergekuschelt schliefen. Und sie stellte ihn auch den anderen Hunden vor, die von dem Zwerg sichtlich angetan waren.

„Wenn ich mir die Pfoten anschaue, scheint was Großes drin zu stecken", stellte Urs eines Tages fest. „Die Fellfarbe erinnert mich stark an einen Schäferhund."

„Das dachte ich auch schon", erklärte Mina. „Der dunkle Rücken und der hellere Rest drängen geradezu in diese Richtung."

„Ich fahre mal runter in den Ort. Der Kleine muss geimpft und entwurmt werden und anmelden müssen wir ihn auch", gab Urs bekannt.

„Ich habe in der Zeitung von Ihrem neuen Hund gelesen", verriet der Tierarzt. „Herzlichen Glückwunsch und vielen Dank, dass Sie wieder eine hilflose Kreatur gerettet haben. Wie geht es den anderen und vor allem Struppi?"

„Struppi hat wohl nur noch gewartet, bis unser Sohn geboren war. Er hat ihn schwanzwedelnd begrüßt und ist einen Tag später von uns gegangen", seufzte Urs. „Astor und Brutus geht es blendend. Die haben klein Felix schon als ihresgleichen angenommen."

„Ich denke, Felix dürfte etwas größer werden als Brutus. Er scheint ein reinrassiger Deutscher Schäferhund zu sein. Vielleicht nicht vom besten Vater, weshalb man die Welpen ausgesetzt hat, weil man sie nicht mit Stammbaum verkaufen konnte. Ich hasse solche Leute!"

„Na, ich erst!", brummte Urs. Er rief die Bilder am Handy auf.

„Oh, die waren ja wirklich erst wenige Stunden alt! Da kann ich Ihnen wenigstens ein echtes Datum in den Impfausweis eintragen."

Beim Amt, wo er wegen der Hundemarke vorsprach, erlebte Urs eine Überraschung – die Rettung des Welpen hatte so hohe Wellen geschlagen, dass er für drei volle Jahre steuerfrei gestellt worden wäre. Mit der Bescheinigung vom Tierarzt, dass es sich um einen Schäferhund handele, konnte er ihn auch problemlos als Hütehund dauerhaft steuerfrei anmelden. Klar wollte jeder den Kleinen sehen und so holte ihn Urs aus dem Auto.

„Absolute Zuckerschockgarantie", blinzelte eine Beamtin beim Anblick des niedlichen Fellknäuels.

Als Urs vom Hof fuhr, meinte eine andere: „Den würde ich auch mit nach Hause nehmen."

„Der ist verheiratet", grinste die Erste, genau wissend, dass das Herrchen und nicht der Hund gemeint gewesen war.

„Ein echter Gänsehauttyp", schwärmte die Nächste. „Ich war mal beim Sagenfeuer. Mir läuft es noch heute wohlig den Rücken runter."

„Man munkelt, er habe besondere Sinne", warf jemand ins Rennen.

„Das ist verbürgt! Ich kenne etliche Leute, die absolut vertrauenswürdig sind, die voll auf seine Fähigkeiten setzten!", rief die Erste. „Wie hätte er sonst da oben überleben sollen?"

„Ich bekomme gerade wieder Gänsehaut", erklärte die vom Sagenfeuer, ihren Arm vorweisend.

„Genug geträumt. An die Arbeit!", grinsten sie alle zugleich.

Seit Urs nach Andreas' Hochzeit den neuen Look beibehalten hatte, bekam er öfter zweideutige Angebote und wurde angeflirtet, was das Zeug hielt. Mina nahm es mit Humor. Urs sagte dazu selbst: „Appetit holen, ist kein Verbrechen, solange zu Hause gegessen wird."

Sohn Leo hatte genau die gleichen blauen Augen und auch das rabenschwarze Haar, wie sein Papa.

Andreas witzelte beim Videotelefonat immer wieder: „Noch ein paar Jahre, dann wird es heißen, Mütter, schließt eure Töchter weg, Schücht-Junior ist im Dorf."

„Ich zieh ihm die Ohren lang, wenn er mit den Mädchen Schindluder treibt", schwor Urs und verriet im gleichen Atemzug: „Peter und Grit erwarten übrigens eine Tochter."

„Oho, dann hat er die Versuchung ja direkt vor der Nase!", lachte Andreas.

Mina drohte ihm mit dem Finger.

Urs schmunzelte. „Warte nur ab, bis du einen Sohn hast und nach jedem Treffen mit einem Mädchen eine Schwangerschaft witterst!"

„Mach mir keine Angst!", rief Andreas erschrocken. „Wenn du sowas in dem Tonfall sagst, wird es eintreten!"

„Die Vermutung oder die Schwangerschaft?“, grinste Urs. „Und denk daran, Geld zieht stärker als Aussehen.“

„Hoffentlich der Sohn und dann nur das Erste vom ersten Satz“, seufzte Andreas. „Der zweite Satz ist durch nichts zu widerlegen, das habe ich am eigenen Leib erfahren.“

Grits ehemalige Kollegin Marie kam mit ihrem Lebensgefährten im Mai für fünf Tage auf Besuch. Sie war erstaunt, wie gut es Grit und Peter wirklich ging. Dass Nachwuchs unterwegs war, der in den nächsten vier Wochen auf die Welt kommen werde und sich die Arbeitgeber auch noch darüber freuten, werde zu Hause bestimmt keiner glauben.

„Es wird mir Spaß machen, die neuesten Fotos in der Mittagspause herumzureichen“, lachte Marie. „Und ich werde mir grüne Eier für zu Hause kaufen, die auch mittags ganz genüsslich geschält werden.“

Für die lustigsten Bilder sorgte aber Karli, der immer wieder unbemerkt als Fotobomber mit vor die Linse schlich. Marie hatte ein Selfie mit Karli im Hintergrund machen wollen, aber nicht bemerkt, dass der Bock direkt auf Tuchfühlung herankam. Auf das plötzlich geschmetterte „Mähähäääääää!“, genau neben ihrem Ohr, warf sie vor Schreck sogar mit ihrem Handy nach ihm.

Urs brach in schallendes Lachen aus, dem sich Karli scheinbar anschloss, denn sein „Mähähääääää! Mähähäääääää! Mähähäääääää!", klang überaus schadenfroh.

„Na, du bist mir ja einer!", grinste Marie, den stattlichen Bock streichelnd, worauf das Gemecker in seliges Grummeln überging.

„Ich habe es gefilmt!", verriet Mina. „Ich schicke Ihnen das Video aufs Handy."

„Das wird der ultimative Mittagsknaller", kicherte Marie.

Als sie wieder nach Hause fuhr, nahm sie nicht nur wundervolle Erinnerungen und unzählige Fotos mit, sondern auch noch Tee, Käse und die begehrten grünen Eier.

„Alles Gute für euch und euer Töchterchen! Melde dich, wenn es da ist und auch sonst mal, du Zeit hast!"

Gleich am Montag packte sie Brot mit Ziegenkäse und grüne Eier auf den Mittagstisch und brühte sich Minas Kräutermischung auf. Der beste Rahmen, um die Bilder und Videos zu zeigen. „Liebe Grüße an alle!", fügte sie noch hinzu. Die Wirkung war wie erwartet: Ah und oh von den Kollegen, verkniffene Gesichter bei der Obrigkeit. Also Volltreffer.

Als Peters und Grits Tochter geboren wurde, strahlte die Sonne von einem postkartenblauen Himmel. Mina hatte in der Privatklinik angerufen, wo auch sie entbunden hatte und geklärt, dass sie die Kosten übernehme, die über das Kassenmaß hinausgingen. Die beiden waren immer zur Stelle, wenn jemand gebraucht wur-

172

den, es war 100 Prozent Verlass auf sie und das war die beste Gelegenheit, ihnen etwas Gutes zu tun.

Die Kleine ließ sich viel Zeit, auf die Welt kommen. Urs kommentierte Peters Meldung aus dem Kreißsaal mit: „Es ist halt ein Mädchen und muss sich ein bisschen putzen, ehe es ausgeht."

Am späten Nachmittag war es dann soweit und der glückliche Papa durfte sein Töchterchen das erste Mal im Arm halten. „Sie hat ganz helles Haar, seegrüne Augen und heißt Dana", meldete er.

„Wer hat bei euch grüne Augen?", staunte Mina, als er abends auf den Hof zurückkam.

„Meine Großmutter. Sie waren so strahlend grün, dass ich sie in der Intensität fast mit Urs' Blau vergleichen möchte", gab Peter Auskunft, ein Bild seiner Oma hervorsuchend.

„Unglaublich!", staunte Mina. „Das ist wirklich eine aparte Farbe. Einfach wundervoll!"

Peter holte seine Lieben am fünften Tag nach Hause, wo sich Grit endlich wirklich erholen konnte.

„Krankenhäuser sind nichts für mich. Da schiebe ich permanent Panik und kann vor lauter Angst nachts nicht mal schlafen", stöhnte sie.

„Und du bleibst ganz brav die gesetzliche Zeit weit von der Arbeit weg!", forderte Mina, weil Grit gleich wieder fragte, ob sie helfen könne. Und damit es wirklich so blieb, gab sie jeden

Tag für zwei Stunden Leo zu Grit und Dana, worüber sich Grit ganz besonders freute. Mina nicht weniger, denn sie wusste ihren Kleinen in allerbester Obhut und konnte beruhigt in der Käserei arbeiten.

Auf einer Tour in den Landhandel entdeckte Urs einen gebrauchten Zwillingswagen für wenig Geld am Schwarzen Brett, den er sofort besorgte. Die Mütter nahmen diesen mit großem Jubel entgegen. Nun war es ein Leichtes, mit beiden Kindern spazieren zu gehen, Sepp zu besuchen oder sie gemeinsam an der frischen Luft schlafen zu lassen.

„Urs, du bist der Größte!", strahlten sie.

Beide entwickelten sich prächtig, und Leo sorgte für Lachanfälle, als er schließlich sitzen und Bällchen werfen konnte. Die flogen am Anfang sonst wohin, nur nicht nach vorn und Felix kroch unter den Möbeln herum, um sie wiederzubringen. Das war auch die Zeit, wo Leo im Zwillingswagen am liebsten zu Dana hinüber schaute, die bei seinem Anblick kicherte und ihm die Ärmchen entgegenstreckte. Sie wuchsen wie Geschwister auf. Oft sorgte Leo für Gelächter, als er endlich auf allen vieren kriechen konnte und versuchte, schneller als die Hunde zu sein. Die trösteten ihn sofort, wenn er dabei auf der Nase landete.

Als Dana ein Vierteljahr alt war, kamen Peters Eltern für eine Woche auf Urlaub und verstanden schnell, dass die jungen Leute wirklich ihre

Träume lebten. Die Schüchts brachten sie, weil es hin und wieder schon schneite und nachts empfindlich kalt wurde, kurzerhand in ihrem gut geheizten Gästezimmer unter, statt in einer Ferienwohnung. Sie nutzten den zweiten Treppenaufgang, der von außen erreichbar war, und konnten jederzeit hinüber zu den Kindern gehen, ohne durch die Wohnung der Schüchts zu müssen.

„Haben sich deine Eltern endlich mit der aktuellen Situation angefreundet?", fragte Peters Mutter schließlich Grit.

Die schüttelte den Kopf. „Meine Mutter hat auch gar nicht vor, sie begreifen zu wollen. Wenn wir telefonieren, beginnt jeder zweite Satz mit dem Wort aber. Ich kann es bald nicht mehr hören. So, wie ich mir immer auf die Zunge beiße, um bloß kein Unfrieden zu stiften, müsste sie inzwischen dick wie ein Kürbis sein."

„Ich hätte zwar gern bei Grits Vater um die Hand seiner Tochter angehalten", sagte Peter, „aber ihre Mutter gibt nie das Telefon an ihn weiter und mit ihre rede ich darüber nicht. Also mache ich es kurz", er ging vor Grit auf die Knie, „willst du meine Frau werden?"

„Oh jaaaaa!", jubelte Grit, ihm um den Hals fallend.

„Dann werden wir im Juni heiraten, wenn es schön warm ist.", sagte Peter. „Ich werde mit Urs sprechen, ob wir ein Bierzelt aufstellen dürfen."

„Frag am besten gleich, nicht dass sie schon eine Feier im Plan haben", bat Grit und Peter lief los, um Urs zu holen.

Mina kam auch gleich mit und so stand schnell fest, dass einer zünftigen Feier nichts im Wege war. Der Plan für das kommende Jahr war noch nicht öffentlich, sie konnten den Sagenfeuertermin jederzeit verlegen, wenn Peter in den nächsten Tagen den Termin beim Standesamt bestätigt bekommen hatte.

Festzelt, Stühle, Tische, Cateringservice, DJ – das waren die Rahmenbedingungen, die sie absteckten, und natürlich Platz für die Schlafzelte für Familien und Freunde der beiden.

„Wer zuerst mahlt, bäckt zuerst", schmunzelte Mina, eine Ferienwohnung für die Bräunigs reservierend. Eine weitere war bereits von anderen Gästen vorgebucht. Falls sich Grits Eltern nach der Einladung, die noch heute telefonisch erfolgen sollte, ehe man es schriftlich zusätzlich tat, nicht sofort entschieden, mussten sie versuchen, im Ort eines der raren Zimmer zu ergattern. Zelt stand schon jetzt außerhalb jeder Diskussion.

„Ich glaube, dann würden sie lieber gar nicht kommen", murmelte Grit, worauf Peter sie fest in den Arm nahm.

Grit hätte abends aus Verblüffung fast das Telefon aus der Hand fallen lassen, als ihre Mutter, wenn auch nach langem Zögern, ohne einen Aber-Satz zusagte. Sie konnte nicht ahnen, dass

Maries Mutter, die in der Nachbarschaft wohnte, fleißig herumerzählt hatte, wie blendend es Grit ging. Die einzige, die nichts zur Unterhaltung beitragen konnte, war Grits Mutter, und die wurmte das inzwischen gewaltig.

Leo lernte bereits Laufen, indem er sich in Felix' dichtem Fell festkrallte. Dana klatschte vergnügt in die Hände und machte es ein paar Monate später ganz ebenso. Der sanfte Felix hatte nichts dagegen. Er bewachte Dana genau so intensiv wie Leo, weil sie ja zum Rudel gehörte. Bei den großen Hunden genossen die Kinder Welpenschutzstatus und durften deshalb auch mal etwas unsanfter zufassen.

Oft spielte Leo stundenlang mit Dana und seinem Hundekumpel Felix Ball, wobei sich auch Astor und Brutus manchmal beteiligten. Sepp und Karli standen oft hinterm Weidezaun und schauten zu.

„Die Linienrichter sind wieder da!", lachte Urs.

Der Schnee war noch nicht ganz weggetaut, als Andreas und Brenda zum Blitzbesuch kamen.

„Ich glaube da erfüllt sich gerade ein ganz großer Wunsch!", sagte Urs, als er die glücklichen Gesichter sah.

„Dir kann man wirklich nichts verheimlichen", lachte Brenda. „Das ist unfair."

Andreas grinste vergnügt. „Spitzboden wird erlaubt sein, sich mit ganz normalen Leuten treffen kein Tabu ...“

„Ach herrje! Dann darf uns der Nachwuchs in den Ferien wohl gar nicht besuchen kommen!“, rief Urs theatralisch.

„Verrückte habe ich doch gar nicht ausgeschlossen“, kicherte Andreas, worauf alle in schallendes Lachen ausbrachen. „Wo steckt eigentlich Leo?“

„Da, wo es rumpelt. Dana kann ja noch nicht laufen, so kutschiert er sie im Kipplaster herum, damit sie überall dabei sein kann.“ Mina deutete zum Spielplatz, wo Leo gerade mit seinem Gefährt aufbrach, begleitet von Felix, der generell die Kinder bewachte, kaum dass sie aus den Türen traten.

Es sah lustig aus, wie der Hund auf den ersten Metern immer wieder mit einer Pfote an die Kippmulde stieß, um das Spielzeugauto überhaupt ins Rollen zu bringen.

„Habt ihr ihm das beigebracht?“, staunte Brenda.

Mina schüttelte den Kopf. „Das macht er von allein. Wir warten schon auf den Moment, wo Leo seinen vierbeinigen Kumpel anschirren will, weil er sieht, wie Sepp den Wagen zieht. Aber keine Sorge, Grit ist immer in unmittelbarer Nähe der Kinder, falls Felix sie mal nicht allein bändigen kann. Als perfekter Hütehund treibt er die Kleinen ausreichend weit von der Mauer weg, um sicher zu sein, dass sie nicht in den Abgrund stürzen. Dana, die ziemlich schnell darauf zu krabbelte, hat er schon mal am Hosenboden zurückgehalten, und zu Grit getragen. Ich hege immer öfter Groll gegen die Leute, die diesen Prachthund verrecken lassen wollten."

„Hat man denn herausbekommen, wer es war?", fragte Andreas.

„Hat man. Jemand aus einem Nachbarort. Die Kiste, die aus unserem Landhandel stammte, hat ihn verraten", gab Urs Auskunft. „Es hätte aber auch zu dem Kerl gepasst, der Sepp misshandelt und Struppi ausgesetzt hat. Wobei es ausgesetzt ja nicht trifft − er ist davon geprügelt worden. Anton hat vor wenigen Wochen beim Skatabend in der Dorfkneipe zufällig herausbekommen, dass Struppi tatsächlich von da stammte. Der Bauer hatte im Suff damit geprahlt, als es um die ausgesetzten Welpen ging. Anton hat es sich natürlich nicht verkneifen können, daraufhin zu erzählen, dass er den verwahrlosten Hund eine Nacht im Schuppen beherbergt hatte, ehe der mit seinem neuen Herrchen nach Hause gegangen sei. Zudem zeigte er ein paar Bilder auf dem Handy herum, was Struppi für ein Prachtkerl geworden war, und berichtete, dass er in den ganzen Jahren, als von den Behörden anerkannter Herdenschutzhund gearbeitet habe. Er setzte noch eins obendrauf, indem er verriet, dass Felix, der überlebende Welpe, nun die Arbeit von Struppi übernommen hat. Dann hat der Wirt gefragt, wie viele Hunde ich aktuell beschäftige, und für jeden der drei einen Ochsenziemer zum Herumknabbern eingepackt. Anton war gleich am nächsten Morgen hier, um sie zu überbringen."

Andreas schmunzelte. „Eine besondere Art, zu zeigen, was man sowohl über den einen als auch den anderen denkt. Ich schätze, inzwischen wissen alle, was passiert, wenn man euch auf die Zehen tritt."

Mina lachte auf. „Spätestens seit der Schneeaktion im Vorgarten. Da sind so einige bemüht, kein Missfallen bei uns zu erregen, denn es könnte ein Echo geben. Wir räumen Erde und Steine weg, wenn heftiger Regen sie unten auf die Dorfstraße spült, und die Kommunalen machen uns aus Faulheit das Leben schwer."

„Ihr habt sogar die Querrinnen für den Wasserablauf verbreitert, ist mir heute aufgefallen", warf Brenda ein.

„Sogar auf das dreifache Maß", erklärte Urs. „Je schneller das Wasser nach der Seite abfließt umso besser. Denn was weg ist, kann nichts mehr runter ins Dorf spülen und auch kein Glatteis auf unserer Fahrbahn werden."

„Was habt ihr an dem Felsblock rot markiert, wo ihr damals den großen Baum geborgen habt?", fragte Andreas. „Wollt ihr den sprengen?"

„Ganz im Gegenteil! Der ist fest im Grund verankert, sodass wir planen, dort eine Metallkonstruktion als eine Ausweichstelle für Fahrzeuge zu installieren. Er soll als zusätzlicher Pfeiler fungieren", verriet Urs. „Von da kann man perfekt die ganze Straße einsehen und zeitig genug die Bahn für jene freimachen, die schon näher heran sind. Die Stelle soll, der Sicherheit wegen, sogar ein Geländer bekommen."

„Ihr plant also noch?", hinterfragte Andreas.

„Wir haben schon beantragt", seufzte Mina. „Aber du kennst ja den Amtsschimmel. Der lahmt auf allen vieren. Und am Ende frisst er nicht immer, was man ihm vorsetzt."

„Wie wahr, wie wahr!", rief Brenda.

„Im Gegenzug ziere ich mich erst mal, den untersten Teil meiner ungenutzten Wiese, direkt neben der Dorfstraße, als Rodelbahn freizugeben. Sobald die Baugenehmigung da ist, darf auch gerodelt werden", erklärte Urs mit einem Schulterzucken. „Nichts ist umsonst. Nicht mal der Tod. Den muss man mit dem Leben bezahlen."

Leo hatte es geschafft, Dana im Kipper über den Hof zu schieben, und lachte vergnügt, als ihn Onkel Andreas hochhob und im Kreis schwenkte. Felix stand daneben und beobachtete Andreas ganz genau. Urs nahm Dana auf den Arm. Brenda knuddelte den treuen Wachhund, worauf es hinterm Weidezaun; „Mähä-

häääääää! Mähähääääääää! Mähähääääääää!",
erklang.

„Du wirst schon nicht zu kurz kommen!",
schmunzelte Andreas, mit Leo zu Karli hinüber
gehend.

Leo wusste, dass er den Bock nur anfassen
durfte, wenn ein Erwachsener dabei war. Nun
freute er sich, ihn streicheln zu können. Sepp
kam heran und den mochte Leo noch lieber,
weil er nicht so streng roch, wie der Ziegenbock.
Auch ließ er sich besser kraulen, als Ziegen und
Schafe. Der große, starke Esel imponierte ihm,
weil er auf ihm schon einmal bis zur Käserei reiten durfte. Papa hatte ihn auf dessen Rücken gut
festgehalten. Am allerliebsten hatte er aber die
Hunde, mit denen man richtig, und vor allem
stundenlang, spielen konnte.

In Sachen Geduld, schien Leo ebenfalls das
originalgetreue Abbild seines Vaters zu sein.
Wenn ihn Dana umriss, weil sie sich für ihre
Stehübungen an ihm hochziehen wollte, rappelte
er sich eben wieder auf und der Spaß begann
von vorn. Leos erste Worte waren: „Mama,
Papa und Hauhau." Ob Hauhau oder Wauwau,
war völlig egal, wenn Leo rief, war Felix zur Stelle. Die Sache mit dem W konnte man später klären, stellte Urs grinsend fest. Dana musste auf
ihr D schließlich auch noch warten. Sie nannte
er „Ana".

Und Ana bekam von Leo alles, was sie begehr-
te. Da rückte er sogar seinen himmelblauen

Plüschteddy zum Spielen heraus, den er von Onkel Andreas und Tante Brenda bekommen hatte.

„Ich werde noch einen für Dana besorgen", schmunzelte Andreas. „In so wundervollem Grün, wie Danas Augen sind."

Besorgen hieß: In Wunschfarbe anfertigen lassen, wie auch den von Leo. Mina wollte lieber gar nicht wissen, was Andreas für dieses ungewöhnliche Geburtstagsgeschenk auf den Tisch gepackt hatte.

„Bekommt ihr jetzt schon Feriengäste?", fragte Brenda, als die Hunde anschlugen und kurz darauf deutlich Fahrgeräusche zu hören waren.

„Nicht heute. Wir erwarten einen Käsekäufer und einen der zwei Schaflämmer haben möchte", erwiderte Mina.

Der Letzte war es auch. Beim Anblick von Karli bekam er große Augen. „Wow, ein Prachtexemplar! Wenn Sie mal ein Böckchen übrig haben, nehme ich es mit einem Freudentanz."

„Dann beginnen Sie schon mal damit", schlug Urs schmunzelnd vor. Er schnalzte mit der Zunge, worauf die Hunde und Sepp die Herde zusammentrieben. Urs tauchte unterm Weidezaun durch und griff gezielt zu. „Da haben wir schon eins im verkaufsfähigen Alter. Das da ist seine Mutter. Bei ihrem gewaltigen Kopfputz ist durchaus zu erwarten, dass der Kleine imposante Hörner haben wird."

Peter hatte die Aktion beobachtet, kam heran und übernahm das Tier auf der anderen Seite des Weidezauns.

„Das ist, wie alle Feiertage auf einmal!", freute sich der Käufer. „Nur bei den Schafen möchte ich ausschließlich weibliche Tiere."

Die waren schnell gefunden, denn es war in diesem Jahr nur ein Böckchen geboren. Mina schrieb die Rechnung aus, Peter half beim Verladen und schon fuhr der stolze neue Besitzer vom Hof.

Wenig später kam der Käsebesteller. Er hatte eine Schrecksekunde hinter sich, als ihm nach 100 Metern auf der schmalen Straße das Auto mit dem Anhänger entgegenkam und er rückwärts den Berg wieder hinunter musste.

„Genau das ist der Grund, warum wir gern einen Ausweichplatz hätten", seufzte Mina.

„Was wäre die Alternative?", fragte Brenda.

„Eine Ampel", gab Urs bekannt.

Andreas überlegte laut: „Das dürfte sich von den Kosten nicht viel nehmen. Warum pfeift ihr nicht einfach auf die Genehmigung und errichtet die Lichtsignalanlage, wie es so schön heißt? Fabian kann sie installieren und Ramona die Steuerung programmieren. Ist doch komplett euer Bier, wie ihr sie gestaltet."

Mina nickte kaum merklich. Urs wechselte einen Blick mit ihr. „Ich fahre morgen zum Rathaus und ziehe den Bauantrag zurück. Ade Rodelberg. Den üblichen Spruch, wir hätten nächste Woche darüber entschieden, können sie sich diesmal auch sonst wohin schieben", legte er fest. „Ich werde stattdessen Lisas Vater gestatten, für einen minimalen Obolus, und Selbstsorge für die Sicherheit von Vieh und Mensch, seine Kühe da weiden zu lassen. Die Brache, die er von der Gemeinde gepachtet hatte, erschließen sie gerade zum Bau. Die armen Viecher müssen sonst das ganze Jahr im engen Stall bleiben. Das werde ich ihm auch gleich morgen mitteilen, wenn ich schon mal unterwegs bin."

„Das Wohlergehen der Haus- und Nutztiere, die dem Menschen auf Gedeih und Verderb ausgeliefert sind, ist wichtiger, als Rodelspaß, den man hier fast überall gratis haben kann", fügte Mina hinzu. „Sie rodeln doch auch so auf dem Hang, weil wir es nie verboten haben."

Als am Montagmorgen Andreas und Brenda wieder nach Hause fuhren, schloss sich ihnen Urs bis zum Rathaus an, um den Bauantrag löschen zu lassen. Er hatte selten solche Ratlosigkeit in jemandes Blick gesehen, wie in dem Moment, als er sein Anliegen vorbrachte.

„Wollen Sie es sich nicht doch noch einmal überlegen?", fragte der Beamte unschlüssig.

„Gern, wenn Sie die Kosten für den Bau übernehmen", sagte Urs schulterzuckend und verabschiedete sich. Er lachte erst lauthals, als er um die Straßenecke fuhr. Nächster Stopp war der Hof von Lisa Eltern. Die standen gerade mit betrübten Gesichtern am Tor zum Kuhstall und lebten geradezu auf, als Urs mitten auf dem Hof hielt.

„Welcher Wind weht dich denn her?", fragte der Bauer.

„Ein Gegenwind!", grinste Urs und erzählte, was er soeben getan hatte und was das für Folgen haben sollte.

Der Bauer fasste sich völlig perplex an den Kopf. „Das ist ein Drittel von dem, was die Gemeinde für die kleine Brache genommen hat!"

„Ich weiß", erwiderte Urs. „Und du kannst sie noch heute hintreiben. Da werden sie es gut haben, denn es ist wirklich bestes Gras mit Wiesenkräutern, die hoch und saftig auf hungrige Mäuler warten. Du wirst es aus der Milch herausschmecken."

„Oh, das glaube ich dir aufs Wort!", freute sich die Bäuerin.

„Führt sie über den Beginn meiner Straße, da könnt ihr auch gut mit dem Traktor das Wasser hinbringen", schlug Urs vor.

Das Bauernpaar rieb sich die Hände. „Schon fast unterwegs! Aber erst bekommst ihr noch ein Dankeschön!" Die Bäuerin lief los, um selbst gemachte Butter und zwei Würste zu holen. „Wir haben neulich ein Schwein geschlachtet", erklärte sie, Urs den Beutel in die Hand drücken. „Lisa wird sich am meisten freuen, dass die

Kühe aus dem Stall dürfen. Sie leidet regelrecht mit ihnen."

„Grüßt Lisa ganz lieb von uns", bat Urs und begab sich rundum zufrieden auf den Heimweg.

Als er zu Hause ankam, konnte er in der Ferne deutlich erkennen, dass sich auf der Wiese bereits etwas tat.

„Sie stecken schon den Weidezaun", sagte er mit Fingerzeig zum Dorf hinunter und dem breiten Grinsen eines Siegers, als ihm Mina mit Leo zum Auto entgegenkam. „Und hier drin ist leckeres Mamam!" Er öffnete den Beutel, der herrlich frischen Wurstgeruch verströmte.

„Oh! Mamamamamam!", seufzte Leo, sich in Vorfreude den Bauch reibend.

„Ganz der Papa", kicherte Mina, die Würste luftig der kühlen Speisekammer und die Butter im Kühlschrank verstauend.

„Schade, dass ich die entgleisenden Gesichtszüge nicht wirklich beschreiben kann!", lachte Urs, als Andreas am Abend nachfragte, wie es im Rathaus gelaufen sei. „Die Kühe stehen jedenfalls schon auf der Weide und eine ganze Familie ist mit ihnen zusammen glücklich darüber. Ich frage dann gleich noch bei Fabian und Ramona wegen eines Kostenvoranschlags an."

„Bis 2000 Meter reicht es bei einer Baustellenampel", überlegte Fabian laut. „Wir nehmen eine Funkampel mit 100 mm Durchmesser LED rot und grün und setzten auf den Felsblock eine feste Zwischenstation zur Signalweiterleitung.

Ich habe zwar nicht wirklich Ahnung von Ampeln, aber ich mache mich schlau, auch was die Schaltung betrifft, dass immer auf beiden Seiten grün ist, bis ein Fahrzeug ein Signal auslöst, damit in der Gegenrichtung die Ampel rot wird."

„Das wird auf jeden Fall erheblich preiswerter, als ein 4000 Meter Kabel wasserdicht durch ein 4000 Meter Rohr zu ziehen", atmete Urs auf. „Gefahren werden kann ja eh erst, wenn die Straße geräumt ist, und wer räumt, muss gleich die Sender mit schneefrei halten. Einen großen Besen hat jeder unserer Traktoren an Bord."

„Wie sieht es im August aus? Da wollen wir sowieso Urlaub machen und könnten wieder das Angenehme mit dem Nützlichen verbinden", erklärte Fabian.

„Passt", sagte Urs sofort. „Peter und Grit heiraten nächsten Monat, dann sind zwei Sagenfeuerwochenenden. Im August ist sogar eine Ferienwohnung frei, die ich sofort für euch reservieren werde."

IX.

Einen Tag vor der Hochzeit von Peter und Grit wurde das Festzelt aufgebaut. Sie hatten Glück gehabt, den Standesbeamten für einen Sonnabend buchen zu können und so konnten auch wirklich all ihre Freunde an der Feier teilnehmen. Die ersten Gäste waren schon am Vortag angereist, unter ihnen Peters Eltern, die sich auf die Idylle hier oben auf dem Berg freuten und auf Enkelin Dana.

Dana hatte die beiden sogar sofort wiedererkannt. Sie genoss es, auf Opas Arm herumgetragen zu werden. Leo ließ sich von Felix trösten, der ihm keinen Schritt von der Seite wich.

Von Grits Eltern war weit und breit nichts zu sehen. Es kam nicht einmal eine Nachricht, ob sie es sich anders überlegt hätten und fernbleiben wollten. Dafür tauchten am sehr späten Abend noch Andreas und Brenda ohne Vorwarnung auf.

„Wir sind die Überraschungsgäste", schmunzelten sie.

„Das hätte ich jetzt gar nicht bemerkt", lachte Mina, ihnen die große Schlafcouch im Wohnzimmer herrichtend, weil die Zimmer im Haus belegt waren.

Peter hatte das Scheinwerferlicht gesehen, und war, in der Annahme, Grits Eltern kämen, zu den Parkplätzen gegangen. „Das sind Andreas und Brenda!", berichtete er völlig aufgeregt, als er wieder zurückkam. „Ich hoffe sehr, dass nichts Schlimmes passiert ist, und sie morgen vielleicht an unserer Hochzeit teilnehmen werden."

„Oh, das wäre schön", seufzte Grit. „Das würde alles um ein Vielfaches aufwiegen, was uns meine Eltern mit ihrer Ignoranz antun."

Als Grit am frühen Morgen beim Melken helfen wollte, war Brenda schon da, begrüßte sie herzlich, drehte sie an den Schultern Richtung Wohnung und sagte schmunzelnd: „Abmarsch, ihr habt zwei Tage Urlaub, soweit ich weiß!"

Mina kam gerade mit den Eiern aus dem Stall und lachte herzlich über Grits verblüfftes Gesicht.

Karli schickte ein schallendes: „Mähähää-ääää!", hinterher, das man fast als: „Richtig so!", übersetzen konnte.

Kaum war Grit weg, erschienen Peters Eltern, um zum Auto zu gehen, wo die Festkleidung in Foliehüllen hing. Mina stellte den Eierkorb ab, wünschte guten Morgen und flüsterte ihnen blinzelnd ein paar Sätze zu, worauf beide heftig nickten. Vergnügt setzte Mina ihren Weg zum Lagerkeller fort. Urs war noch beim Ausmisten und Andreas fegte den Hühnerdreck zusammen.

„Gibts für die keine Windeln?", grinste er, als fünf Minuten später ganz genau wieder da, wo der Hauptweg war, die meisten Kleckschen lagen.

„Ich kann versuchen, ihnen Kaffeefiltertüt-
chen anzukleben", grinste Urs zurück. „Und
danach kreieren wir daraus direkt Hühnerkaffee.
Wieselkaffee gibt es doch auch."

Andreas lachte derart schallend, dass die
Hunde angerannt kamen, um zu schauen, ob
alles in Ordnung sei. Brenda und Mina fielen in
das Gelächter ein, als ihnen Andreas unter Lachsalven erklärte, worum es gerade gegangen war.

Klar wussten beide, wie Wieselkaffee entstand
und dass er der teuerste Kaffee weltweit war.
Denn dafür werden Wiesel mit Kaffeekirschen
gefüttert, die sie verdauen. Die ausgeschiedenen
Kaffeebohnen werden eingesammelt, gereinigt
und für ein halbes Jahr getrocknet. Enzyme im
Wieseldarm sorgen für eine spezielle Fermenta-
tion, die nach dem Rösten einen unvergleichli-
chen Geschmack beim Aufbrühen erzeugen.

„Mein Hühnerkaffee wäre die Fast-Light-Ver-
sion ohne Kaffeebohnen", kicherte Urs, worauf
die anderen erneut losprusteten.

Sie stellten sich vor, dass Urs die so bereits
komplett fertig gefüllten Filtertüten nur ein paar
Tage trocknen müsse, um das volle Aroma zu
erhalten.

„Es ist schön, wenn ein Tag mit Frohsinn
beginnt!", schmunzelte Peter, als das Lachen bis
zu ihnen herüberklang. „Und wenn es genau
dieser Tag ist, ist es noch schöner. Oh, schau
mal! Da kommen der Catering-Service, der DJ

und noch ein kleiner PKW!" Peter eilte hinunter, um die Fahrzeuge einzuweisen.

Am schnellsten war die junge Frau aus dem letzten Auto ausgestiegen. „Guten Morgen, ich möchte zum Brautpaar."

Peter erwiderte neugierig den Gruß. „Ich bin ein Teil des glücklichen Paares. Die hübschere Hälfte ist im Haus." Er deutete die Richtung an.

„Prima. Ich bin schon fast unterwegs." Die Fremde nahm einen kleinen Koffer und begab sich schnurstracks zu Grit. Als es klopfte, warfen sich Peters Eltern, die sich um Dana kümmerten, damit sich Grit ganz in Ruhe vorbereiten konnte, einen schnellen Blick zu. Grit öffnete und sah ein strahlendes fremdes Gesicht.

„Guten Morgen, ich bin Erika, die Stylistin, die Frau Schücht für Sie gebucht hat."

„Gu ... guten Mo ... Morgen", stotterte Grit überrascht. „Treten Sie ein!"

In der nächsten Dreiviertelstunde bekam Grit ein professionelles Make-up und eine wundervolle Hochsteckfrisur. Dann schlüpfte sie in ihr Kleid, damit Erika Schleier und Kranz befestigen konnte.

„Die Blumen des Kranzes passen nicht", sagte sie nach einem kritischen Blick zum Brautstrauß.

„Oh je. Das bestätigt meine Vermutung", erwiderte Grit traurig.

„Na, na, nicht den Kopf hängen lassen! Es gibt doch Frau Schücht und mich." Erika nahm eine lederbezogene Box aus dem Koffer, auf welcher das Logo eines Juweliergeschäftes in Gold eingeprägt war. Auf schwarzem Samt kam ein silbernes Diadem mit grünen Edelsteinen zum Vorschein.

„Oh, mein Gott, ist das wundervoll!", hauchte Grit.

„Es ist Silber mit grünem Turmalin", erklärte Erika, das ausgesprochen filigrane Kunstwerk feststeckend. Als sie ihre Arbeit beendet hatte, wünschte sie alles erdenklich Gute und verabschiedete sich. In einer halben Stunde sollte bereits die Zeremonie beginnen.

Oma und Opa Bräuning hatten inzwischen auch Dana ein entzückendes Spitzenkleidchen angezogen und ihr einen bunten Blütenkranz aufgesetzt. Sie warteten nur noch auf den Brautführer, wer auch immer das sein mochte, denn Grits Eltern blieben wohl endgültig fern. Umso größer war das Erstaunen, als Andreas erschien, um Grit und Dana zum Traualtar zu führen. Das toppte natürlich alles, was die Freunde des Paares erwartet hatten, und Grit ging ihren Weg mit Dana an der Hand in einem nicht endenden Blitzlichtgewitter und mit einem strahlenden Lächeln. Leo eilte als Blumenkind vornweg. Besonders herzerwärmend war es für alle, dass er die kleine Rosenblüte, die er zwischen den Blütenblättern fand, Dana schenkte.

Peter, der mit seinem Vater im Gefolge, schon vorher eingetroffen war, schaute Grit mit riesengroßen Augen an. Ein Hollywoodstar hätte nicht großartiger auftreten können.

Plötzlich erklangen Fahrgeräusche und Autotüren klappten, was alle ignorierte, weil die beiden Hauptakteure sich gerade anschickten, das Jawort zu geben. Aber alle gewahrten aus den Augenwinkeln Grits Eltern, die wohl auf das Betreiben ihrer Mutter hin, ganz absichtlich zu spät kamen. Als sie sich näherten, keiner reagierte und sie dann die Festgewänder der Versammelten sahen, wäre Grits Mutter am liebsten sofort umgekehrt. Sie hatte sich demonstrativ in etwas gekleidet, das einem grauen Arbeitskittel glich und Gummiregenschuhe angezogen. Der Schuss, Grit sogar an ihrem Ehrentag demütigen zu wollen, war komplett nach hinten losgegangen. Nun schlichen sie sich auf die letzten beiden Plätze, die freigehalten worden waren. Als sie dann noch begriff, wer die Trauzeugen waren, wäre sie am liebsten im Boden versunken. Die Herren Schücht und von Trachenberg hatte sie auf Bildern gesehen und wusste um die finanziellen Hintergründe. Die dazugehörenden Gattinnen zeigten diesen hier auch deutlich, denn beide trugen Brillantschmuck mit auffallend großen Steinen.

In der kurzen Pause, wo im Zelt die Sitzreihen in die Festtafel umgewandelt wurden, nutzte das frisch vermählte Paar, um Grits Eltern zu begrüßen.

Vater nahm Grit fast unbemerkt an der Hand und flüsterte. „Du siehst wundervoll aus. Das war der letzte Tropfen, der gefehlt hat, um das Fass überlaufen zu lassen. Ich reiche am Montag die Scheidung ein."

„Besser wäre es für dich", wisperte Grit zurück, fest seine Hand drückend.

Das machte natürlich ganz schnell die Runde, ohne dass es die Mutter mitbekam. Sie hätte es sich auch nicht vorstellen können, dass er plötzlich aufmüpfte. Sie wurde nur stutzig, als er mit Dana und Leo auf den Armen Karli und Sepp besuchte. Mina, Grit und Brenda wechselten einen langen Blick. Ihm schien die Opa-Rolle ausnehmend gut zu gefallen. Er unterhielt sich auch glänzend mit Peter und all den anderen Gästen. Die Mutter hatte sofort noch einmal ein Taxi gerufen und ließ sich zum Hotel fahren, um sich vernünftige Kleidung anzuziehen.

„Klassisches Eigentor würde ich sagen", grinste Andreas.

„Und der Beweis, dass ich eher untertrieben habe, wenn ich von ihr erzählte", seufzte Grit.

„Ich habe nicht erwartet, dass sie eine derartige Schau abziehen würde", gab Mina zu. „Aber wir waren ja alle vorgewarnt und auf irgendwas gefasst."

Vater Schmieder hatte sich inzwischen mit den Hunden bekannt gemacht, kraulte sie hinter den Ohren und freute sich beinahe wie ein Kind, endlich etwas tun zu dürfen, dass ihm sein

Hausdrache ständig verboten hatte. Urs gesellte sich dazu und beantwortete unzählige Fragen. Brenda war in Fachgespräche mit den Kletterfreunden vertieft, die sich herzlich bedankten, alle Bestellungen bevorzugt ausgeliefert zu bekommen. Da kam das Taxi mit Mutter Schmieder zurück und wenige Augenblicke später rief Peter zu Tisch. Urs beeilte sich, mit Vater Schmieder zu Wasser und Seife zu kommen, damit sich alle den Bocksgeruch wegwaschen konnten. Er signalisierte Grit, dass er sich um Dana kümmern werde, die es immer spannend fand, im Wasser planschen zu können.

Urs sagte nur einmal: „Nein." Die Kinder gehorchten sofort, worüber Grits Vater völlig erstaunt war. „Wir leben in einem gefahrvollen Terrain", erklärte Urs, „da ist es zwingend erforderlich, dass Aufforderungen prompt befolgt werden. Alles andere könnte tödlich enden. Es reicht bis dahin, dass es eine imaginäre Linie gibt, welche die Kleinen nicht überschreiten dürfen, um nicht in den Abgrund zu stürzen. Meist reagieren die Hunde, bevor die Kinder diesen Punkt X überhaupt erreicht haben." Er fügte blinzelnd hinzu: „Die Herdenwächter sind auch etwas schneller als wir zu Fuß, um noch rechtzeitig eingreifen zu können, falls die beiden im Spiel vergessen, wo für sie das Ende der Wiese festgelegt ist."

Als der Kellner den Sekt in die Gläser füllte, beäugte Peter überaus erstaunt die Flaschen – es war Champagner. Er warf Urs und Mina einen prüfenden Blick zu, den die beiden mit einem richtig breiten Grinsen beantworteten. Nun war es Peter auch klar, dass er sich Änderungen am Menü nicht nur eingebildet hatte. Die Augen von Grits Mutter konnten inzwischen mit Schüchts großen Käselaiben konkurrieren. Das Tüpfelchen auf das i setzte Dana, die an Andreas' Ärmel zupfte, prompt auf den Schoß genommen wurde und sich ungeniert an seiner Eiswaffel beim Nachtisch bediente. Er blinzelte Grit zu, die sich das Lachen verkneifen musste, weil ihr der Gesichtsausdruck ihrer Mutter auch nicht entgangen war.

Felix, der neben der ausgebreiteten Spieldecke der Kinder saß und die Hühner wegjagte, bis die beiden zurückkämen, erhielt für seine Geduld von Brenda einen Kauknochen. Und schon tauchten Astor und Brutus auf, um sich ebenfalls beköstigen zu lassen. Das leise Rascheln der Tüte hatte genügt und schien, trotz Stimmengewirr, bis auf die Weide hörbar gewesen zu sein.

„Ich liebe es, wenn alle glücklich sind", sagte Urs mit tiefer Zufriedenheit.

„Apropos glücklich sein!", sagte Brenda. „Jetzt bekommt das frisch vermählte Paar erst mal unser Hochzeitsgeschenk."

„Wie? Was?", Grit und Peter schreckten zusammen.

„Wir schenken euch eine Woche geführte Klettertour mit geringem Schwierigkeitsgrad, mit uns gemeinsam, in den Himalaya. Dana, Leo und unser Sohn werden nämlich auch mitkommen. Deswegen ist es etwas, auf das ihr noch zwei Jahre warten müsst und wegen der Kinder minimales Risiko."

Grit und Peter sprangen auf, um Brenda und Andreas hocherfreut zu danken, während die anderen noch geschockt staunten und applaudierten. Mutter Schmieders Unterkiefer klappte bis auf den Schoß. Peter wandte sich Mina und Urs zu. „Euch möchte ich auch ganz, ganz herzlich für das wundervolle Geschenk danken, das Menü geradezu fürstlich aufgewertet zu haben."

„Und ich für die Überraschung durch Erika!", rief Grit. „Sie hat mich in höchster Not gerettet."

Mina lachte übermütig. „Komm ja nicht auf die Idee, das Turmalin-Diadem zurückgeben zu wollen. Es ist Teil unseres Geschenks."

„Oh ... mein ... Gott", hauchte Grit, in Freudentränen ausbrechend.

„Wenn die Sonne darauf scheint, leuchten sie fast so geheimnisvoll wie Danas Augen", stellten die Kletterfreunde fest, die immer wieder die ungewöhnlichen Augen der Kleinen, von Leo Urs oder Astor bestaunten.

Die Hunde hoben die Köpfe. Brutus schlug an.

„Was ist denn nun los?", erschreckte sich Urs. Er stand auf und lief zur Straße. „Na, prima", murmelte er, als ausgerechnet jetzt der Interessent für zwei Schaflämmer auftauchte, der schon hatte am Dienstag kommen wollen. Peter sprang auf.

„Du bleibst sitzen!", gebot Mina, im Laufen ihren Schmuck abnehmend. Als sie wieder aus dem Haus kam, trug sie Gummistiefel und einen derben Kittel überm Festkleid. Sie pfiff den Hunden den Befehl zu, die Schafe zusammenzutreiben. Sepp machte ihnen vom unteren Ende der Wiese sofort Beine, die anderen nahmen die Herde in Empfang und drängten sie in der oberen Ecke zusammen. Urs, ebenfalls mit Arbeitskittel, griff sich das erste Lamm, welches er sofort zum Käufer trug, der sich tausend Mal entschuldigte, die Feier gesprengt zu haben.

„Das kommt auf Bauernhöfen schon mal vor", erwiderte Mina lapidar, eilte ins Haus und fertigte rasch die Rechnung aus. Eine halbe Stunde später saßen beide wieder am Tisch, als sei nichts geschehen. Nur dass sie jetzt denen, die sich über Sepp wunderten, erklärten, warum er schon lange als Hund ehrenhalber zum Rudel gehörte und wie es dazu gekommen war.

Inzwischen machten es sich die Kater Tom und Jerry auf der Decke der Kinder bequem. Die ließen sich nicht einfach von Felix wegjagen und denen ging er, besonders wenn sie im Doppelpack agierten, ganz weit aus dem Weg. Leo fasste nach Danas Hand und lief mit ihr hinauf zur Quelle. Felix folgte ihnen. Natürlich hoben einige die Handys, um die drei zu fotografieren.

Besonders, als sie wieder zurückkamen, denn es sah zuckersüß aus, wie die Kinder fröhlich miteinander lachten. Der große stattliche Hund ließ das gut Behütete richtig zur Geltung kommen.

„Wenn Dana drei Jahre alt wird, sollen beide unten im Ort in den Kindergarten gehen, um sich mit Gleichaltrigen langsam auf die Schule vorzubereiten", verriet Mina den Großeltern. „Dann können wir wieder ruhig arbeiten, ohne Sorge haben zu müssen, es könne trotz aller Vorsichtsmaßnahmen etwas passieren. Ein Landwirtschaftsbetrieb ist nun mal kein Dauerspielplatz, mag er auch noch so idyllisch wirken. Da sind solche Sachen harmlos", schmunzelte sie, auf Dana zeigend, die ein Araucana-Küken gefangen hatte, welches ihr vor Schreck einen großen Fleck auf das Kleid machte.

„Du hättest ihnen doch die Filtertüten ankleben sollen", grinste Andreas, worauf Urs, Mina und Brenda gleich wieder zu lachen begannen.

„Ich werde wohl nie wieder eine Tasse Kaffee trinken können, ohne den Gedanken an Urs' Hühner", kicherte Brenda.

Grit wusch an der Quelle mit einem Taschentuch den Fleck aus Danas Kleid. Die kleine quietschte vergnügt, weil das kalte Wasser ihren Bauch hinunterlief.

„Was ist mit den Hühnern und dem Kaffee?", fragte Peter irritiert, worauf Andreas noch einmal den ganzen Spaß zum Besten gab.

„Den Wieselkaffee gibt es wirklich!", rief einer der Kletterfreunde, weil sich die anderen ratlos anschauten. „Den habe ich vor zwei Jahren in Vietnam gekostet. Er schmeckt richtig gut. Ich habe sogar Bilder von der Kaffeewieselfarm auf meinem Handy!" Er zeigte sofort die Fotos herum.

Mit diesem Hintergrundwissen wirkte auch erst der Joke mit dem Hühnerkaffee und immer wieder flammte Gelächter auf, wenn sich ein pickendes Huhn dem Festzelt näherte. Ganz nach dem Motto: Jetzt kommt der Nachschub!

Vater Schmieder hatte wohl in den letzten 30 Jahren zusammengenommen nicht so viel gelacht, wie an diesem Tag. Es interessierte ihn nicht mehr, dass die Gattin mit pikiertem Gesicht neben ihm saß. Die Schüchts und von Trachenbergs zeigten, dass man auch herzlich über Unfug lachen konnte, wenn man nicht nur besser, sondern sehr gut betucht war, und ihn sogar ausheckte.

Nach dem Abendbrot brachten Grit und Mina die Kleinen zu Bett. Dergestalt, dass sie zusammen im großen Doppelbett der Schüchts lagen und Felix daneben, um sofort zu melden, wenn einer der beiden auf Wanderschaft gehen wollte. Aber dazu waren die beiden viel zu müde, sie schliefen wie die Steine und bekamen nicht einmal mit, dass draußen der Tanzabend vorbereitet wurde. Urs ließ Sepp und Karli von der Weide, weil beide immer die Nacht im Stall verbrachten. Klar musste der neugierige Bock erst einmal die Hochzeitsgesellschaft von Nahem betrachten, was wieder für kräftiges Gelächter sorgte.

Dann tanzten Grit und Peter ihren Hochzeitswalzer. Auch wenn sie schon fast zwei Jahre nicht mehr trainiert hatten, sah es absolut professionell aus. Als Tanz für alle angesagt war, wartete Grit mit einem im Kleid eingearbeiteten Trick auf – sie schlüpfte mit wenigen Handgriffen aus dem einzeln gearbeiteten Rock. Nun stand sie in strahlend weißem, hoch geschlitztem Lateinkleid auf der Tanzfläche und amüsierte sich über die verblüfften Blicke.

„Oha, jetzt müssen wir wieder schauen, eine halbwegs vernünftige Figur zu machen", schmunzelte Andreas. Dabei war er sehr bedacht, Brenda nicht zu überanstrengen, die sich trotz durch die Schwangerschaft schnell anschwellender Knöchel den ganzen Tag tapfer hielt. Punkt Mitternacht endete die fröhliche Feier. Das Taxi kam, um Grits Eltern zum Hotel zu bringen. Als DJ und Cateringservice abfuhren, krochen auch Urs und Peter in die Betten, die bis zuletzt alles im Auge behalten hatten, wobei Peter die fest schlafende Dana nach Hause zu ihrem Bettchen trug.

Mina wurden vom Krähen der Hähne wach. „Kann man die nicht abschalten?", fragte sie gähnend.

„Bleib noch ein bisschen liegen, ich gehe den Schalter suchen", schmunzelte Urs. Er wusch sich und wollte nach dem Eierkorb fassen. „Häh? Wie jetzt? Wo ist er hin?" Kopfschüttelnd trabte er zum Stall, aus dem ihm Grit frisch, fröhlich und quietschvergnügt mit vollem Korb entgegenkam. „Habt ihr nicht ein freies Wochenende?", fragte Urs erstaunt.

Sie drückte ihm kichernd den Korb in die Hand. „Du hast mich aus gar nicht gesehen." Dann begann sie die Ziegen zu melken. Urs half sofort. „Ehe die anderen wach sind, bin ich wieder drüben und hier habe ich, wie geplant, um acht Uhr das gemeinsame Frühstück im Zelt fertig. Und wenn du die Filtertüten ordentlich festgeklebt hast, sogar mit Kaffee."

Urs grinste vergnügt. „War ja fast klar, dass heute sowas kommt."

Grit lachte. „Sowas kommt eben von sowas."

Mina erschien. „Hast du kein Zuhause?"

„Ich wollte Filtertüten für den Morgenkaffee sammeln, aber Urs hat mich erwischt. Da musste ich schnell so tun, als ob ich melke", sagte Grit todernst.

„Au weia. Brenda hat recht. Die Filtertüten werden keinen mehr loslassen", stöhnte Mina gut geschauspielert. Sie kraulte Sepp, der ein wenig auf dem Hof herumwanderte und spannte ihn vor den Milchwagen. Karli wartete ungeduldig darauf, zu seinen Damen auf die Weide zu dürfen. Urs erbarmte sich schließlich, den Zaun zu öffnen, weil Karli gar so jämmerlich meckerte. Leo kam im Schlafanzug aus dem Haus, Felix im Schlepptau, der in der Nacht mit ins Kinderzimmer umgezogen war.

„Geht gleich los, Großer", versprach Urs und half noch schnell, in der Käserei die Milch in die Bottiche zu kippen. „Heute hat Papa Kinderdienst", blinzelte er, Leo Zahnpasta auf die Bürste drückend.

Leo strahlte über das ganze Gesicht, als er T-Shirt und Latzhose anziehen durfte, statt Frack und Zylinder, wie es Papa gestern lachend genannt hatte.

„Hast du großen Hunger?", fragte Urs.

„Ja, ganz großen", gab Leo bekannt, mit einer Schnute seinen Bauch streichelnd.

„Hältst du es noch aus, bis alle im Zelt am Tisch sitzen?", blinzelte Papa.

„Dana auch?", fragte Leo zurück und nickte heftig, als Urs die Frage bejahte.

„Mach dich nicht schmutzig", bat Urs, Leo die Tür öffnend.

„Ich passe ein bisschen auf", schmunzelte Andreas, seinen süßen Neffen an die Hand nehmend. „Laufen oder getragen werden?"

„Tragen." Leo streckte die Arme hoch.

Andreas hob ihn auf seine Schultern. „Gut festhalten, kleiner Mann. Oh, schau mal! Ein Wanderer!"

Urs lugte um die Ecke. „Tatsächlich. Ich möchte fast meinen Hintern verwetten, dass das

Grits Vater ist." Er deutete auf die Wedel-schwänze der Hunde, die einen bekannten Geruch signalisierten.

Peter hatte ihn auch erspäht und lief ihm mit Dana auf dem Arm entgegen. „Meine Güte! Was ist passiert?"

„Die alte Leier, mein Junge", seufzte sein Schwiegervater. „Aber, aber, aber und ich muss noch die Nachrichten fertig hören. Die Ziegen riechen und überhaupt ... Sie ahnte nicht, dass ich mir Wanderschuhe eingepackt habe, und guckte vorhin ziemlich dumm aus der Wäsche, als ich loslief, um nicht schon wieder zu spät zu kommen. Aber sei versichert, es war ein herrli-cher Spaziergang und ich freue mich darauf, ein paar nette Stunden mit euch zu verbringen. Da sie ja nicht mitkam, bestand keine Notwendig-keit, das Auto zu nehmen. Sie muss sich halt ein Taxi rufen, wenn sie es sich irgendwann überle-gen sollte, doch noch zu erscheinen."

Peter hob beide Daumen. „Dann dürfte das Frühstück jetzt ja gerade zur rechten Zeit kom-men."

„Geflohen?", fragte Urs verschmitzt, bei der Begrüßung.

Vater Schmieder lachte: „Das trifft es ziemlich gut."

Leo entdeckte Dana und rannte, was die Beine hergaben, zu ihr hinüber. Hand in Hand kamen sie schließlich, von Felix begleitet, zum Tisch.

„Die beiden sind einfach putzig", stellte eine Wanderfreundin fest. „Sie scheint es buchstäblich nur im Doppelpack zu geben."

Andreas sprang auf. „Doppelpack war das Stichwort!" Alle schauten erschreckt hinterher, als er zum Auto hastete. „Wir haben doch gestern glatt das Geschenk für Dana vergessen!" Er zauberte den versprochenen grünen Plüschbären aus einem Hochglanzbeutel und drückte ihn Dana in die Arme.

„Und das musste vor dem Essen sein?", fragte Brenda.

„Äh ... ja ... nein ... oh Mann", stammelte Andreas, Grit um Verzeihung bittend anschauend.

Grit schüttelte aus einem ganz anderen Grund den Kopf. „Der war doch sicher ein Vermögen wert!"

„Aber das ist gut angelegt!", strahlte Andreas, weil Dana das unverhoffte Geschenk fest an sich drückte.

Urs huschte ins Haus, um Leos Bärchen zu holen. Dann durften beide Bären mit in den Hochstühlchen der Kinder sitzen, die ganz brav aßen, weil Onkel Andreas sonst sehr traurig gewesen wäre, wie Mina betonte.

Klar dass auch hier wieder alle fotografierten, weil es kaum zu glauben gewesen wäre, wie perfekt die Farben der Plüschtiere zu den Augen ihrer kleinen Besitzer passten. Am Ende gab es das ultimative Bild: Andreas mit beiden Kindern samt Bären auf dem Arm, das die Tagesnachrichten zierte. Unterschrift: Onkel Andreas, der Superheld!

Im Lauf des Vormittags verabschiedeten sich fast alle Gäste, Festzelt sowie Inventar wurden abgeholt und es wurde auf dem Schüchthof ruhig. Nur Peters Eltern und Grits Vater blieben noch.

„Ich ziehe morgen aus. In eine Pension mit Selbstversorgung, bis ich eine passende Wohnung gefunden habe", erklärte er.

Grit kratzte sich am Ohr. „Aber das Haus gehört doch allein dir."

„Ich werde es verkaufen. Ich werde reisen und all das tun, auf das ich 30 Jahre lang verzichtet habe. Und ich werde regelmäßig kommen, um nach euch zu schauen. Versprochen." Am Abend wanderte er wieder zum Hotel zurück. Er brauchte dieses Stück Freiheit im Augenblick, wie die Luft zum Atmen.

Auch Peters Eltern trugen schon einen Koffer zum Auto. Sie wollten gegen vier Uhr am Morgen losfahren.

Karlis Abschiedsgruß: „Mäh!", als das Auto schließlich abfuhr, war kurz und klang traurig. Keiner mehr da, der ihn stundenlang knuddelte.

X.

Grit und Peter schauten seinen Eltern nach, bis das Scheinwerferlicht endgültig verschwand. Dana schlief friedlich und beide hatten das Babyphon auf ihre Handys geschaltet, um sofort da sein zu können, wenn sie erwachte. Mina und Urs hatten es ebenso getan, da Leo nun schon seine beiden Zimmer in der ersten Etage bewohnte und Felix sich langsam daran gewöhnte, bei den anderen im Stall zu schlafen.

Grit nahm mit einem vergnügten Lächeln die Eier aus den Nestern. Die Hochzeitsgäste hatten buchstäblich das Lager leergekauft, weil die grünen Eier eben immer etwas Besonderes waren. Beim Käse war es nicht anders. Man konnte sich mit eigenen Augen überzeugen, dass die Milch von glücklichen, gesunden Ziegen stammte, deren Fell glänzte und die beste Gebirgskräuter fraßen. Minas Feta aus der Schafsmilch war genau so schnell ausverkauft gewesen. Dabei achtete sie sehr darauf, dass das private Lager ausreichend bestückt wurde, um selbst keinen Mangel zu leiden. Grit wusste genau, dass sie Feta bekam, wenn sie welchen brauchte.

„Diesen Winter möchte ich gern mit dem Rad spinnen lernen", bat Grit, beim Ziegenmelken. „Ich habe nämlich schon mit der Handspindel Erfahrungen und fange nicht ganz bei null an."

„Du überraschst mich immer wieder!", freute sich Mina. „Wenn die Männer mit Holz werkeln

208

und die Kinder spielen, werden wir der Woll-Lust frönen. Ich habe wieder drei Säcke braune Wolle bekommen, die sonst untergepflügt worden wäre."

„Oha! Ich höre Wolle!", rief Urs. „Die muss ja auch noch gereinigt und kardiert werden."

„So ist es, mein Lieber", flötete Mina zuckersüß, weil sie hoffte, Urs würde wieder tatkräftig mithelfen.

„Ich hasse es, wenn sie das tut", grinste er Peter zu. „Ich kann dann immer nur ja sagen."

Mina kicherte vergnügt. „Falls jemand am Schwarzen Brett ein gutes Spinnrad für Grit entdeckt – bitte sofort mitbringen."

„Darum kümmere ich mich", versprach Urs. „Ich habe mich ja nun jahrelang damit beschäftigt und weiß, worauf es ankommt. Also nur sofort Bescheid geben, ich schaue es mir umgehend an. Wobei es die ja auch im Internet mittlerweile für einen Apfel und ein Ei gibt. Ich recherchiere heute Abend mal ein bisschen."

„Die Wollverarbeitung zum Verkauf können wir uns auch nur leisten, weil wir die Quelle haben", verriet Mina. „Man braucht hunderte Liter Wasser. Aber das verbrauchte Wasser ist ein prima Dünger. Wir waschen am besten in der Schubkarre vor und erst die letzten beiden Male in einer Kunststoffbox nach."

„Ich habe ein Kardiergerät besorgt, damit ihr nicht mit der Hand kämmen müsst und ewig braucht", ließ Urs die Katze aus dem Sack.

„Wirklich?!", fragte Mina freudig überrascht.

Urs hatte in den letzten Wintern immer wieder den Kopf geschüttelt, wenn er zusah, wie sie spinnbares Material gewann. Aber da war es ausschließlich Hobby gewesen. Jetzt hatten sie vor, Wolle zu verkaufen. Er holte es sogar aus seiner Werkstatt.

Mina begann zu lachen. „Das habe ich seit Wochen auf dem Regal stehen sehen und dachte, es sei Werkstattzubehör. Von unten konnte ich nämlich die Kammbahnen nicht erkennen. Ist was dran, dass man Dinge am besten versteckt, indem man sie frei zugänglich stehen lässt."

„Genau das war mein Plan", grinste Urs. „Und er ist aufgegangen."

Leo schaute von Papas Schoß aus über die Tischkante. Er entdeckte die spitzen Nadeln der Kammbahn, biss sich auf die Unterlippe und machte erschrocken: „Hmmmmmm!"

„Richtig erkannt mein Großer", lobte Urs. „Das gibt aua. Also nicht anfassen!"

Leo nickte heftig. Er versteckte sogar beide Hände hinter dem Rücken, um das Vorhaben deutlich zu machen. Somit war klar, dass er auch Dana beschützen werde, wenn das piksende Ding auf dem Tisch stände.

Am Ende der Touristensaison kamen Fabian und Ramona mit dem Firmentransporter, der randvoll mit Material für die Ampelanlage war.

Urs hatte die benötigten Baumaschinen gemietet.

„Wir haben nach einer Google Earth Luftaufnahme ein bisschen hin und her gerechnet", erzählte Fabian. „Wenn wir die untere Ampel nicht direkt an die Dorfstraße setzen, sollte der Abstand zur mittleren Funkstation reichen."

„Das wäre auch mein Vorschlag gewesen, weil da unten ja jetzt eine Querung zur Weide ist. Warum soll ich es meinem Pächter unnötig schwer machen, auch mit großen Fahrzeugen Wasser zu seinen Kühen zu bringen. Die Ampel muss auf jeden Fall dahinter stehen. Da hat man fast 20 Meter Platz zum Ausweichen, wo wir den Hang etwas geebnet haben."

„Siehst du, ich hatte doch recht!", triumphierte Ramona. „Du hast behauptet, dass Stück da unten sei nie steiler gewesen!"

Urs klopfte Fabian auf die Schulter. „Ignoriere nie die Hinweise der Dame mit den Adleraugen. Es könnte beim Ausmisten enden."

In Erinnerung an Marlies' verlorene Wette lachte Fabian herzlich. „Damit ziehen wir sie immer wieder auf, wenn sie vorwitzig ist."

Noch am selben Tag begannen sie mit der Erprobung. Peter stand unteren Ende der Straße, Urs in der Mitte am Felsblock, Ramona oben, Mina und Grit spielten Autofahrer.

„Es stört den Radioempfang", stellten beide sofort fest.

Fabian blies die Wangen auf. „Handytest!"

„Auch nicht besser", war die einhellige Meinung.

„Das ist gar nicht gut", murmelte Fabian. „Dann ist der nämlich auch auf den Wiesen gestört und ihr könnt im Notfall nicht kommunizieren." Er bekam es gleich selber zu spüren, als er den Hersteller der Ampeln anrief, um nach Rat zu fragen. Eine Stunde später liefen die Tests reibungslos. Wenn eines der Fahrzeuge rückwärts aus dem Bereich der Ampel fuhr, wartete das System fünf Minuten, bis es die Straße in beide Richtungen freigab. Das war der Zeitpunkt, wo die Mittelstation hätte ein Signal empfangen müssen, um der anderen Seite weiter rot zu signalisieren.

„Morgen setzen wir die Masten!", legte Urs zufrieden fest.

Am dritten Tag brachte er die gemieteten Maschinen wieder weg und für Grit ein Spinnrad mit. Lisas Eltern hatten das der verstorbenen Großmutter auf dem Speicher stehen, welches seitdem keiner mehr benutzt hatte. Und es fand sich auch noch ein Karton voller Spindeln. Lisa bekam einen 50 Euro Schein in die Sparbüchse.

Grit freute sich riesig. „Was bekommst du von mir?"

„Nichts", schmunzelte Urs. „Du willst ja damit schließlich auch für den Verkauf arbeiten. Ich muss es nur noch reinigen und wieder zum Laufen bringen."

„Herrliche Spindeln!", freute sich Mina. „Genug, um sogar dreifädiges Garn zu verdrillen. Verrätst du uns trotzdem, was es gekostet hat?"

„Nichts. Ich habe aber einen Fuffi für Lisas Sparbüchse spendiert", erklärte Urs.

„Sehr gut!" Mina hauchte ihm einen Kuss auf die Wange.

„Leo auch!", meldete sich Sohnemann aus der Sofaecke und bekam natürlich ebenfalls ein Küsschen.

„So klein und schon eifersüchtig", kicherte Ramona.

„Er ist Kampfschmuser Nummer eins", grinste Urs. „Es wird alles geknuddelt, was nicht bei drei auf dem Baum ist."

„Wo er das wohl her hat?", überlegte Mina blinzelnd.

Urs treuherziger Hundeblick ließ alle schallend lachen. Leo war am liebsten unterwegs, wenn er an der rechten Hand Dana hielt, während die linke auf Felix' Rücken lag. Mochten auch noch so viele Kinder auf Urlaub hier sein, seine beiden liebsten Spielkameraden bekamen die meiste Aufmerksamkeit. Dana durfte sogar seine blaue Gießkanne benutzen, die er am Tränkbecken mit Wasser füllte, damit sie die jungen Apfelbäume gießen konnte. Peter brachte für Dana schließlich eine rote, fast gleich aussende Kanne mit. Nun machte es beiden noch mehr Spaß, ihren Müttern beim Gießen zu helfen.

Als der erste Schnee fiel, war der Schüchthof bestens auf den bevorstehenden Winter vorbereitet. Urs hatte ihn als eher mild klassifiziert, genau so kam es auch. Es lagen nie mehr als 2,50 Meter Schnee. An manchen Tagen mussten sie nicht einmal mit den Räumfahrzeugen raus.

Die Kinder spielten zusammen im großen Arbeitszimmer der Schüchts, wo die Mamas mit ihren Spinnrädern saßen. Grit hatte aus ein paar, zum Spinnen unbrauchbaren, kardierten Resten kleine Tiere gefilzt und mit wasserfestem Stift bemalt, mit denen der Nachwuchs oft stundenlang hantierte.

„Ich glaube, ich wiederhole mich. Aber du überraschst mich immer wieder!", staunte Mina.

„Du hast ja meine Mum erlebt", seufzte Grit. „Ich durfte, wie du auch, alles nur heimlich machen. Umso lieber habe ich es getan. In unserem kleinen Zimmer bei Peters Eltern war dann einfach kein Platz für individuelle Betätigung, deswegen sind wir Klettern gegangen, um irgendetwas Besonderes zu erleben. Du hättest das Gezeter hören sollen, als es meine Mutter herausfand!"

„Wie geht es deinem Vater?", fragte Urs.

„Blendend! Er hat sich eine kleine Eigentumswohnung in einer Parkanlage gekauft, reist, wie er es prophezeit hatte, und wartet auf den Tag der Scheidung. Einen Hauskäufer hat er gefunden und Madame packt schnaufend Kisten. Sie kann es sich nämlich nicht leisten, das Haus zu mieten. Aber das kommt halt davon, die Hand zu beißen, die einen füttert. Sein Anwalt ist von der pfiffigen Sorte. Der wird den Unterhalt schon auf ein Minimum runter handeln, wenn er alle Zeugen antraben lässt."

„Wir chatten zwei, drei Mal die Woche mit ihm", fügte Peter hinzu.

Die Abende verbrachten die beiden Familien auch fast immer gemeinsam, schon der Kinder wegen die keinen Augenblick getrennt sein mochten. Urs erzählte ihnen lustige Geschichten aus dem Stegreif, Peter las Märchen vor und alle sangen gemeinsam Kinderlieder. Grit genoss die heimeligen Abende sehr, denn so etwas hatte es bei ihrer Mutter nie gegeben.

Leo war stolz, als er das erste Mal helfen durfte, Vlies zum Kardieren vorzubereiten. Logisch, dass das in den Abendnachrichten die Runde machte. Sogar als Kurzvideo, weil sonst niemand geglaubt hätte, dass er wirklich so geschickt war, die Fasern in einem bearbeitbaren Verbund zu halten. Er schaffte es ja sogar, die Eier nicht zu zerdrücken, die mit aus den Nestern nehmen durfte. Er gab sie aber Mina, weil er Angst hatte, sie zu zerbrechen, wenn er sie selbst in den Korb legte.

Andreas staunte immer wieder und meinte: „Er wird ganz sicher ein guter Landwirt. Da steckt doch jetzt schon Leidenschaft dahinter."

„Nicht nur bei ihm", erwiderte Urs. „Dana schaut sich bei ihm alles ab und er gibt Hilfestellung, wenn es nicht gleich klappt. Das halbe Jahr Altersunterschied ist nur an der Körpergröße zu erkennen."

Andreas' und Brendas Sohn Eric wurde im Januar geboren und das Glück der beiden war endlich perfekt. Nun kamen sie mindestens ein Wochenende im Monat zum Schüchthof, damit Eric, die Gesellschaft seines Cousins und seiner kleinen Freundin genießen konnte. Leo avancierte zum großen Beschützer, der mit Argusaugen darüber wachte, dass niemand dem Baby zu nahe kam. Nur Felix durfte heran und natürlich Dana.

Schließlich nahte der große Tag, an dem Leo und Dana das erste Mal in die Kindertagesstätte gingen. Leo fand es ziemlich spannend, während Dana Heimweh bekam. Leo tröstete sie, indem er mit ihr sang, wie sie es von zu Hause gewohnt waren, was für große Augen bei den anderen sorgte. Wenn jemand Dana ärgerte, war Leo sofort zur Stelle, um ihr beizustehen. Recht schnell hatte er den Borgen raus, dem Stänkerer eins auf die Nase zu geben, ohne dass es die Erzieherin merkte. Sein Satz: „Keine Angst, Dana, Leo ist da!", genügte daraufhin meist, dass sie unbehelligt spielen konnte. Urs grinste vergnügt, als er es erfuhr.

Leo legte sich sogar mit Karli an, der Dana aus Übermut mit den Hörnern umgeschubst hatte. Er packte den Bock am Bart, sah ihm ganz tief in die Augen und schimpfte: „Böser Karli!"

„Mäh?", machte der Ziegenbock irritiert und bettelte um Streicheleinheiten.

„Karli war böse!", grollte Leo, ihm den Rücken zuwendend.

„Mähähäääääää!" Der Bock steckte ihm von hinten den Kopf über die Schulter und kuschelte sich an.

Leo nahm huldvoll die Entschuldigung an und knuddelte Karli, der mit selig verdrehten Augen: „Mäh, mäh, mäh, mäh, mäh", machte.

Mina und Urs tauschten belustigte Blicke.

„Kann kaum über die Tischkante schauen und verschafft sich Respekt wie ein Großer!", schmunzelte Peter.

Als Eric zweieinhalb Jahre war, begab sich etwas, das das den großen Cousin Leo in den Bereich der Superlative rücken sollte, wie seinen Papa.

Es hatten sich alle Freunde der Schüchts für eine volle Woche angesagt, um wieder einmal gemeinsam Spaß zu haben, abends mit einem guten Wein oder Sekt unter sternenklarem Himmel zu sitzen und die Seele baumeln zu lassen. Grit und Peter gehörten fest mit dazu, denn Marlies vergaß wirklich nicht, wer ihr einen Tag gerettet hatte.

Am zweiten Nachmittag, Peter hatte die Kinder gerade aus der Tagesstätte abgeholt, bereiteten alle einen Grillabend vor. Leo und Dana gesellten sich sofort zu Eric, der froh war, nicht mehr allein spielen zu müssen. Zwar hatte Felix

Ausdauer beim Ballholen, er sabberte ihn aber an, wenn er ihn herbei brachte, und das mochte Eric nicht sonderlich.

„Ein typisches verwöhntes Stadtkind", brummte Andreas meist, mit einem verloren wirkenden Schulterzucken. Vor allem dann, wenn Eric ständig zur Quelle trabte, um sich die Hände zu waschen, weil er ein Tier gestreichelt oder einen Stein angefasst hatte.

„Ich weiß auch nicht, wo er diesen übertriebenen Reinlichkeitsfimmel her hat", seufzte Brenda. „Das Kindermädchen ist schon ganz ratlos."

Die Erwachsenen trugen Tische und Bänke herbei, während die Kinder Sandburgen bauten. Weil Felix stets in der Nähe war, konnte man sie durchaus auch ein paar Minuten allein lassen. Das schien jemandem sehr gut zu gefallen, denn in dem Augenblick, wo sich Eric nach einem Sandförmchen bückte, fiel aus dem Nichts ein Adler wie ein Stein vom Himmel und versuchte, ihm die Krallen in den Rücken zu schlagen.

Er hatte nur nicht mit Leo gerechnet, dessen Schrecksekunde nur einen Wimpernschlag dauerte, und der sich in seiner Verzweiflung mit wahrem Kampfgebrüll auf den Angreifer stürzte, und ihm im Gerangel einige Schwung- und Schwanzfedern herausriss.

Der herbeigeeilte Urs hatte mehr zu tun, die Hunde vom Geschehen wegzuhalten, als Eric zu befreien, den der Adler leicht verletzt losgelassen hatte. Dana saß, am ganzen Körper zitternd, wachsbleich im Sand und beobachtete mit unnatürlich großen Augen das Geschehen.

Urs sperrte den Adler unter einen Korb, Andreas und Brenda kümmerte sich um ihren Sprössling und Mina rief das Vogelschutzzentrum an. Grit versuchte, Dana zu beruhigen, während Peter Leo ganz fest drückte und einen echten Superhelden nannte.

Urs kam gerade mit dem Verbandskasten aus dem Haus, als Brenda Erics Oberkörper freigemacht hatte. Dank des Jeansoveralls hatte der Kleine nur ein paar Schrammen in der Haut, die nicht einmal bluteten, aber umso heftiger schmerzten. Bergkind Leo hätte in so einer Situation Wunddesinfektion und Pflasterspray bekommen. Eric erhielt das komplette Programm mit Auswaschen, Desinfektion, Wundsalbe und einer großen selbstklebenden Kompresse. Leo stand daneben und zog die Augenbrauen hoch.

„Warum hat er gerade Eric geschnappt?", überlegte Brenda laut.

Ehe jemand eine Vermutung äußern konnte, sagte Leo im Brustton der Überzeugung: „Das kommt vom vielen Händewaschen. Der Adler wusste, dass Eric deshalb besonders gut schmecken muss."

Das einsetzende Gelächter war unbeschreiblich. Sogar Marlies lachte Tränen. Die Nächsten, die mit einstimmten, waren die Mitarbeiter der

Vogelwarte, ehe sie sich dem Delinquenten widmeten, der missmutig unter dem Korb hockte.

Sie kontrollierten den Ring und gaben bekannt: „Die Dame kennen wir schon!"

„Das ist doch nicht etwa ...?!" Urs bekam ein Nicken zur Antwort.

„Und nun?", stöhnte Mina.

„Nehmen wir den Laser erneut in Betrieb", erwiderte Urs. „Sicher ist sicher. Sie wird es wieder versuchen."

„Vielleicht auch nicht, nachdem sie so einstecken musste", meinte einer der Vogelschützer. „Jetzt wird es eine Weile dauern, bis ihr neue Federn wachsen und dann sehen wir weiter. Möglich, dass wir sie nicht mehr auswildern können, wenn sie kleine Kinder angreift."

Leos Worte von der Sauberkeit gaben Eric sehr zu denken und fortan genügte es ihm, nach dem Toilettengang und vor dem Essen, gründlich die Hände zu waschen. Und mit Beschützer Leo an seiner Seite, ging er nun sogar Sepp, Karli und Toni besuchen. Es machte auch gar nichts mehr, wenn Felix den Ball voll sabberte. Die Tatsache, dass ihm Leo sehr wahrscheinlich das Leben gerettet hatte, ließ ihn fortan mit Stolz zu seinem großen Cousin aufblicken. Der Adler hätte ihn zwar nur mühsam tragen, aber in den Abgrund werfen können. Und einen Sturz von der fast senkrechten Felskante, hätte er ganz sicher nicht überlebt.

„Wie der Vater so der Sohn", freute sich Andreas. „Da wird nicht gefackelt, da wird hingelangt, um zu helfen." Er richtete klammheimlich noch am selben Abend ein Konto für Leo ein, auf das er in Dankbarkeit monatlich einzahlen wollte. Zum 18. Geburtstag sollte es der hilfreiche kleine Berggeist bekommen. Er zweifelte keine Sekunde daran, dass Leo einen ähnlichen Weg wie sein Vater gehen werde.

Beim abendlichen Umtrunk sprachen sich alle Beteiligten ab, dass man im Mai des Folgejahres die Tour in den Himalaya unternehmen wolle. Mina und Urs gaben zu allem ihren Segen. Sie wussten, dass Leo die Anweisungen der Erwachsenen strikt befolgen werde. Und wegen des Hofs mussten sich die Bräunigs auch keine Sorgen machen, Urs wollte zwei oder drei Praktikanten einstellen.

„Die Ausrüstung für die Kinder suchen wir einen Tag vor dem Abflug in meinem Warenlager zusammen", dämpfte Brenda Grits Sorge, nicht alles pünktlich zusammenzubekommen.

Mina und Urs hatten auch nichts dagegen, dass Peter mit Leo und Dana nun ganz gezielt das Klettern übte. Einen Blick für loses Gestein hatten die Kinder schon lange, weil sie ja mitten im Gebirge lebten. Nun trainierten sie, mit Seil und Haken umzugehen, um sich im allergrößten Notfall selbst helfen zu können. Dass Leo ein kräftiges Bürschlein war, hatte schon der Adler zu spüren bekommen, nun staunte Peter, dass

Leo Freeclimbing aus dem Stegreif praktizierte. Der kleine Felsüberhang lag zwei Meter über dem Weg, auf dem Peter stand, der jederzeit zufassen konnte, sollte Leo abrutschen. Aber Leo bewegte sich mit fast affenartiger Geschwindigkeit seitwärts über mehrere Meter Distanz, ohne die frei baumelnden Füße einzusetzen. Hätte Grit nicht von Ferne gefilmt, hätten es Mina und Urs kaum geglaubt. Brenda und Andreas erspähten das Video in den Abendnachrichten und waren hellauf begeistert.

Es war beschlossene Sache, dass Leo hin und wieder die Ferien bei ihnen verbringen sollte. Da konnte er sich nach Herzenslust an den Kletterwänden in Brendas Halle austoben.

Dana stand eher auf das, was Mama und Papa einmal pro Woche praktizierten – auf Tanzen. Die Schüchts schmunzelten, wenn sie Leo auf der Wiese erklären wollte, was er zu tun habe, um eine gute Figur zu machen. Einmal hatte sie sich völlig entnervt von Felix die Vorderpfoten auf die Schultern legen lassen und mit ihm ein paar Runden gedreht. „Der begreift doch auch, wie es geht!", hatte sie gerufen.

Leo konterte: „Du kannst nicht so gut klettern, wie ich, und Felix auch nicht. Ich nehme das nächste Mal Karli mit oder fange mir einen Steinbock, der das noch besser kann."

Klar war er zur Stelle, um sie zu trösten, als sie dann traurig auf der Bank hockte. Er wusste inzwischen ziemlich gut, dass man Dana mit

Schokolade ködern konnte. Die brachte er nun herbei und teilte mit ihr.

„Was hast du?", fragte Dana, als er immer wieder den Kopf hob und zum Plateau hinauf schaute.

„Ich glaube, da kommt was! Lauf ins Haus!" Er selber rannte ins Büro, wo Mutti und Vati die Abrechnungen des Monats machten. „Es kommt was! Von da hinten, wo es schlimm ist!"

Mina und Urs sprangen auf, wie von Stahlfedern getrieben. Grit und Peter eilten herbei, die von Dana gewarnt worden waren.

„Leo hat recht!", rief Urs. „Männer an die Fahrzeuge, Frauen an die Tiere!"

Die Herden hatten das Unwetter ebenfalls gespürt und gehorchte den Hunden, in die Ställe zu laufen. Die Frauen lockten die Hühner mit Körnern und verriegelten die Tore. Jetzt war das Rumpeln des Donners auch nicht mehr zu überhören. Die Felswände warfen es in mehrfachem Echo zurück. Leo beobachtete vom Fenster aus das Plateau. Als sich eine buchstäblich nachtschwarze Wolkenwand heranschob, drückte er seinen strahlend blauen Teddy schützend an sich. Urs ließ Felix ins Haus, der schnurstracks zu Leo lief und sich ankuschelte. Mina und Grit schlossen alle Fensterläden.

„Es kommt verdächtig langsam", murmelte Urs besorgt.

Er hatte den Satz gerade ausgesprochen, als es draußen prasselte, als verschütte jemand Split auf den Dächern.

„Hagel?"

Urs spähte durch einen Spalt in den Fensterläden. „Ja. Kirschengroß und viel."

Der nächste Donnerschlag kam zeitgleich mit dem Blitz und ließ das ganze Haus erzittern.

„Einschlag", sagte Mina erbleichend. „Hoffentlich nicht bei uns!"

„Ich weiß es nicht", murmelte Urs.

Leo presste die Lippen aufeinander und die Eltern wussten, was er dachte. Urs nahm das Handy. „Hallo Peter, bei euch alles okay?"

„Ja. Keine Ahnung, wo der reingehauen hat." Einen Wimpernschlag später hörte man Grit aus dem Hintergrund: „An der Felswand auf der anderen Talseite tut sich was. Da, wo die Felsnadel ist! Sieht aus, als neige sie sich ganz langsam! Ich filme es!"

Weil es die wetterabgewandte Seite war, hatten sie das kleine Badfenster nicht komplett verbarrikadiert. Urs konnte nun sogar hören, wie der Fels knirschte und schließlich krachend in die Tiefe stürzte. Das Poltern klang in dem engen Tal infernalisch. „Das war es dann wohl für meinen Steg."

„Ziemlich sicher", bestätigte Peter. „Wenn ich mich so umschaue, denke ich, wir sollten dann den Schneeschieber aktivieren."

„Hast recht! Da liegen bestimmt 40 Zentimeter Eis", seufzte Urs.

Sie warteten noch ein paar Minuten, als das Unwetter weitergezogen war, ehe sie die Schäden unter die Lupe nahmen. Dazu mussten Urs und Mina aus dem Fenster steigen, weil die Haustür blockiert war.

„Die beste Nachricht: Menschen und Tieren geht es gut", sagte Mina erfreut.

Die Mahd musste verschoben werden, das Gewächshaus war zusammengebrochen, das halb reife Obst im Apfelgarten war hinüber, am Unterstand auf der Weide baumelten zwei lose Bretter. Den Rest verbarg die dicke Schicht der Hagelschloßen.

Andreas meldete sich. „Ich habe gerade in den Wettermeldungen gehört, dass bei euch wieder ein schweres Unwetter war!"

„Exakt", antwortete Mina und schwenkte das Handy ringsum. „Der Blitz hat sogar die Felsnadel gefällt, die unserem Steg nun doch noch den Garaus gemacht hat. Wir müssen jetzt erst mal Winterdienst absolvieren. Ich melde mich später."

Peter hatte Dana durch die Eismassen zum Haus der Schüchts getragen. „Fensterln mal anders", grinste er, als er sie durch das Küchenfenster zu Urs hinaufhob, damit sie mit Leo spielen konnte.

„Ich sage dir, die Jugend heutzutage!", lachte Urs.

Mit einem erstaunten: „Mäh?", begleitete Karli das Öffnen des Scheunentors. Wo kam das weiße Zeug her? Und warum mitten im Sommer?

Die Fragen waren seinem Blick so deutlich anzuschauen, dass Mina schmunzelnd den Kopf schüttelte. Sie kraulte ihn zwischen den Hörnern. „Es dauert noch ein bisschen bis Weihnachten, mein Guter."

Die Tiere blieben freiwillig im Stall. Keins hatte Lust, sich kalte Füße zu holen. Tom und Jerry hatten das Unwetter gemeinsam auf dem Heuboden im Ziegenstall ausgesessen. Das war ihr angestammtes Revier und wegen des Hühnerfutters fand man eher eine leckere Maus als im Schafstall.

Urs schob nur direkt auf dem Hof Gehwege ins Eis. „Es ist mühselig und taut bis morgen von allein", war der ganze Kommentar.

„Hast recht. Wozu Kraft und Diesel verschwenden?", bekräftigte Peter.

Sie füllten die Futterraufen der Tiere, weil es mit Weidegang erst mal trübe aussah. Die Frauen werkelten in der Käserei und die Männer in der Schreinerwerkstatt. Teekästchen und Holzdosen konnten sie nie genug am Lager haben. Ein tiefes Grollen ließ alle die Köpfe heben und aus den Türen laufen.

„Du großer Gott!", entsetzte sich Mina, weil auf der anderen Talseite erneut ein Felsblock in die Tiefe stürzte, und Tonnen von losem Material mitriss. „Wenn das so weitergeht, haben wir bald kein Tal mehr!"

„Wir sind noch gut davongekommen", erwiderte Urs. „Laut Radioberichten tobt bei den Bauern unten im Ort das Chaos. Denen hat es die kompletten Felder verwüstet. Die Winzer, noch weiter südlich, beklagen ebenfalls Totalausfälle. Die Dachstühle zweier Häuser sind durch Blitzeinschläge in Flammen aufgegangen. Und die Sturmböen, von denen wir hier gar nichts gemerkt haben, haben nördlich von uns Schneisen in die Wälder gerissen."

Maud meldete sich und Grit versprach, ihr am Abend das Video des ersten Felssturzes zu senden. Mina hatte Bilder vom Eischaos und den relativ geringen Schäden aufgenommen, Urs den zweiten Felsrutsch auf dem Speicherchip. Sobald er gefahrlos bis an den Kletterweg kam, wollte er Bilder von der Talsohle aufnehmen.

Am nächsten Morgen war das Eis getaut und man konnte mit den Reparaturarbeiten beginnen. Die Dächer waren allesamt dicht geblieben, die Privatautos in Ordnung. Die beiden gebrochenen Bretter am Unterstand waren schnell ersetzt, dann ging es ans Bergen des Gewächshauses.

„Schwein gehabt, dass das Kunststoff ist, wir müssen nur neu montieren", frohlockte Urs. „Es hat eine einzige Gurkenpflanze zerdrückt. Alles andere könnte sich wieder erholen."

Die Kinder durften zu Hause bleiben, weil die Straße erst von Steinen und Erdabspülungen beräumt werden musste. Ihre Sicherheit hatte für Urs den höchsten Rang. Die beiden machten sich nützlich, indem sie mit ihren kleinen Spielzeug-Kipplastern die herabgerollten Steine an der Quelle entfernten. Urs hatte ihnen einen sicheren Platz zugewiesen, wo sie ihre Kippmulden ausleeren durften. Sie sammelten den ganzen Tag lang akribisch ein, was nichts auf dem Hof zu suchen hatte, und schliefen nachts wie die Steine.

„Unglaublich, was zwei so kleine Kinder im Spiel schaffen können", staunte Mina.

Leo schaffte noch ganz andere Sachen. Er sammelte nicht nur mit Dana morgens die Eier ein, er übte sich auch recht erfolgreich beim Ziegenmelken. Die sanfte Trudi war geduldig und schnell hatte er den Bogen raus, wie man es richtig machte. Mina musste am Anfang noch nachmelken, aber nach zwei Wochen packte es Leo ganz allein.

Kurz bevor er seinen ersehnten Bergurlaub mit Onkel Andreas und den anderen antreten durfte, war der junge Berggeist wieder einmal Retter in der höchsten Not. Die Erwachsenen waren abends noch alle auf den Wiesen bei der Mahd, als er ein Schaf entdeckte, das Probleme beim Lammen hatte. Das Baby kam mit den Hinterbeinen zuerst, wobei es auch noch stecken blieb. Leo hatte schon oft beobachtet, dass solche Lämmer erstickten, und rief: „Dana, hole bitte ganz schnell meine Mutti!"

Dana rannte los und winkte von der Straße aus wie wild, dem hin- und herfahrenden Traktor zu. Mina hielt an.

„Komm bitte ganz schnell! Leo sagt, sonst stirbt ein Lämmchen!"

Mina wendete den Traktor und tuckerte zum Hof. Als sie aus der Kabine sprang, konnte sie gerade noch sehen, wie Leo das Lamm an den Hinterbeinen aus dem Muttertier zog und die Fruchtblase von seinem Kopf entfernte. Mit den Fingern räumte er die Atmenwege frei und rieb es an den Flanken, bis es sich endlich bewegte und das erste Mal blökte. Das Mutterschaf begann, das Kleine sauber und trocken zu lecken.

„Du hast alles richtig gemacht!", rief Mina hocherfreut. „Schau mal, jetzt kommt noch ein Lämmchen!"

„Und noch eins!" Leo klatschte in die Hände.

„Die wären vielleicht alle gestorben, hättest du nicht bemerkt, dass was nicht stimmt", sagte Mina sehr ernst. „Du hast drei Babys und ihre Mama gerettet." Damit Leo das Wachsen seines Lämmchens verfolgen konnte, markierte Mina Mama und Baby mit einem blauen Farbstrich auf dem Rücken.

Die anderen hatten bemerkt, dass Mina die Arbeit auf der Wiese abbrach. Sie waren ihr sofort gefolgt, in der Annahme, es habe bei den

Kindern einen Unfall gegeben. Nun staunten sie, wie selbstverständlich Leo das vom Zuschauen gespeicherte Wissen genutzt hatte. Inzwischen stand das Lamm auf wackeligen Beinen, und Leo nahm es in den Arm. „Du musst groß und stark werden. Ich werde meinen Papa bitten, dass du nicht geschlachtet wirst."

Urs und Mina schauten erst sich an, dann das Lamm, um herauszufinden, ob es Männlein oder Weiblein war.

„Es ist ein Böckchen. Das kann man kastrieren. Du darfst es als dein eigenes Schaf behalten", versprach Urs.

„Juhuuuu, ich habe ein Schaf!", platzte Leo heraus, wie Rumpelstilzchen um das Feuer herumspringend. „Ich werde es Titus nennen."

Dass er nun begann, alle Arbeiten mit zu erledigen, hatte Mina erwartet. Sie musste ständig bremsen, was aber selten gelang.

„Ich muss mich doch um mein Schäfchen kümmern!", hielt Leo stets dagegen.

Eric versank in Ehrfurcht, als er in den Abendnachrichten von Leos neuerlicher Heldentat erfuhr. Leo konnte nur ein kleiner Berggeist sein, so wie auch Onkel Urs ein echter großer Rübezahl war. Denn Papa, Mama und deren Freunde sprachen stets mit Staunen über ihn.

„Was nimmst du an Spielzeug mit?", fragte Dana Leo.

„Nichts. Viel zu gefährlich. Ich könnte es verlieren", erhielt sie zur Antwort.

„Gut, dann bleibt mein Kuschelbär auch hier", sagte Dana, ihn wieder aus dem Rucksack ziehend.

„Ich habe aber eine kleine Kamera bekommen, die in die Brusttasche meines Overalls passt", verriet Leo. „Und zwei zusätzlich Speicherchips."

Mina und Urs brachten die Urlauber mit ihrem Sechssitzer zum Flughafen, wo sie Andreas' Privatmaschine erwartete. Die Ausrüstung für Dana und Leo hatte Brenda selber nach den Körpermaßen zusammengestellt. Man konnte also direkt in den Urlaub starten. Das Einchecken ging schnell und die Schüchts schauten zu, wie der kleine Silbervogel abhob und Richtung Nepal verschwand.

„Ich freue mich auf die Berichte, wenn sie wieder da sind", erklärte Urs lächelnd, als sie ins Auto stiegen, um nach Hause zu fahren. „Dass es Leo vergönnt ist, so etwas zu erleben, ist einfach grandios."

„Möchtest du nicht doch manchmal ...?"

Urs schüttelte den Kopf. „Ich lebe für meinen Hof und meinen Berg. Ich bekomme doch schon Sehnsucht, wenn ich mal einen Tag woanders bin."

„Ist schon verrückt, aber mir geht es auch so", schmunzelte Mina. „Ich vermisse mein ganz altes Leben kein bisschen."

XI.

Leo genoss inzwischen den ersten Flug seines Lebens. Er durfte Onkel Andreas, dem Piloten, über die Schulter schauen.

Er ist ein angenehmes Kind, das still beobachtet und keine nervenden Fragen stellt, dachte Brenda auf dem Copilotensitz. *Wenn ihm etwas nicht klar ist, diskutiert er es aus, sobald die gefährlichen Situationen vorbei sind. Er hat eben täglich vor Augen, was Gefahr wirklich bedeutet.*

Andreas kommentierte seine Handlungen natürlich extra für Leo, der immer mal „aha" sagte, weil es eine seiner Vermutungen bestätigte.

Dana klebte am Fenster.

„Ein Wunder, dass es hält!", schmunzelte Peter.

Eric schlief. Er war jünger als die anderen Kinder und fliegen gewöhnt.

„Da stellt er wenigstens keinen Unfug an", freute sich Brenda. „Wenn wir mit ihm allein unterwegs sind, muss ich Augen und Ohren überall haben."

Dass sie nicht übertrieb, merkte man gleich am ersten Tag. Eric hatte sich, weil er einfach nicht hören konnte, und heimlich unbekannte Beeren gegessen hatte, ernsthaft den Magen verdorben. Alle Ausflüge und sogar der ganze Urlaub standen auf dem Spiel. Brenda wandte sich an einen einheimischen Mönch, der ihr eine

Kräutermischung gab, die sie aufbrühen und zehn Minuten ziehen lassen sollte. Lauwarm abgekühlt musste der Sud komplett ausgetrunken werden.

Weil die Mischung unangenehm roch und auch bitter war, zog Eric eine Schau ab, als wolle man ihm ans Leben.

„Ich kann es nicht noch einmal aufwärmen", sagte Brenda ratlos, als alles Reden nichts half und auch angedrohte Strafen nicht zogen.

Leo schaute Eric finster an. „Adler fressen alte und kranke Tiere und den Rest holen sich die Geier. Siehst du die da oben? Die warten schon, dass du auch umkippst!"

Eric war mit einem Satz bei seiner Mutter, riss ihr den Kräutersud aus der Hand und trank den großen Becher in einem Zug aus. Einmal die Adlerkrallen gespürt zu haben, reichte aus. Obwohl er damals erst zweieinhalb gewesen war, hatte sich das Erlebnis eingebrannt.

„Geht doch", meinte Leo lapidar, während die Erwachsenen mit ihrem schallenden Lachen sogar die kreisenden Greifvögel vertrieben. Dana schaute Leo wertschätzend an. Er wusste immer einen Rat, selbst wenn die Situation noch so verfahren war. Und er teilte immer mit ihr. Auch als Eric am folgenden Tag heimlich ihre Schokolade aufaß, die sie sich zum Nachtisch aufgehoben hatte.

„Beim nächsten Mal bekommst du auf die Nase!", drohte ihm Leo an und Eric konnte sicher sein, dass er das auch tun werde. Denn Leo hielt jedes Versprechen.

„Wir sollten ihn als Erzieher einstellen", schlug Andreas amüsiert vor.

Brenda nickte. „Ihr ahnt nicht einmal ansatzweise, wie ich diese Tage genießen werde! Da sieht man überdeutlich, dass Einzelkind nicht gleich Einzelkind ist."

Abends am Lagerfeuer, als die drei Kinder schliefen, gestand Andreas: „Erics Sorglosigkeit wird wohl mein Erbteil sein. Ich bin erst vernünftig geworden, als mir Urs das Leben rettete."

„Gut, dass du es aussprichst", schmunzelte Brenda. „Ich bin ganz sicher, Leo wird in den paar Tagen einiges bei Eric bewirken. Es wäre schon ein Erfolg, wenn er ihm einen Teil der bunten Knete austreibt, die Eric an manchen Tagen ausschließlich statt eines Gehirns zu haben scheint."

„Darauf trinken wir!" Andreas holte eine Flasche Champagner aus dem Rucksack.

„Hattest du nicht gerade gesagt, du wärst vernünftig geworden?", grinste Brenda. „Dass, wo du die schwere Flasche tatsächlich mitgeschleppt hast und bis zum nächsten Mülleimer leer mitschleppen musst!"

Grit und Peter hatten Mühe, nicht schallend loszulachen. So glucksten sie verhalten vor sich hin, um die Kinder nicht zu wecken. Andreas zuckte kichernd mit den Schultern.

Leo wachte stets im Morgengrauen auf, wie er es von zu Hause gewohnt war und fotografierte die wundervollsten Sonnenaufgänge über dem Gebirge. So erwischte er auch eine Herde Argali, Riesenwildschafe genannt, die trittsicher die Felsen durchstreifte. Seine Bilder postete Andreas als Tagesmeldung mit dem Text: Frühaufsteher Leo hat die wundervollen Tiere entdeckt, während sie uns völlig verborgen blieben. Als Nächstes lädt er den Yeti zum Morgenkaffee ein.

„Würde mich kein bisschen wundern, wenn er den tatsächlich erspäht", blinzelte Urs, als sie die Posts lasen.

Einen Tag später fotografierte Leo etwas, das auf den ersten Blick wie ein Yeti aussah. Beim Näherkommen war es nur ein weißes Hausyak der Tibeter. Die seltenen Gäste wurden von den Dorfbewohnern herzlich willkommen geheißen und die Kinder durften sogar auf prachtvoll aufgezäumten Yaks reiten. Andreas drehte ein niedliches Video. Leo und Dana bekamen auf Grund ihrer ungewöhnlichen Augenfarben das besondere Wohlwollen der Einheimischen zu spüren.

Brenda, in der Sprache nicht ganz unbewandert, übersetzte für alle. Denn Leo erzählte, dass er zu Hause auch im Gebirge lebe, Schafe, Ziegen, Hühner, Hunde und Katzen habe.

„Kannst du schon melken?", fragte ein Einheimischer.

Leo nickte und nahm die Herausforderung an, ein Hausyak zu melken. Das brachte ihm gleich noch mehr Respekt ein, als die strahlend blauen Augen allein. Die frische Milch teilte er sich mit Dana und Eric. Zum Abschied bekam er eine kunstvoll verzierte dicke Quaste aus besonders langen Yakhaaren.

Auch hier zollt man einem echten Berggeist Verehrung, mag er noch so klein sein, stand unter dem Foto der fast zeremoniellen Übergabe. Das Video, wie Leo das Yak molk, bekam Dutzende Daumen nach oben, Herzchen und Umarmungs-Smileys.

Urs' Mundwinkel wanderten ganz weit hoch. Der Filius punktete fleißig mit Können und hatte ordentlich Spaß an allem.

Auf einer der letzten Etappen des weiten Rückwegs zum Ausgangspunkt der Reise mussten sie auf einer Hängebrücke einen Fluss überqueren. Brenda erklärte detailliert das Vorgehen. Sie nahm Eric auf den Rücken, Andreas Leo, Peter Dana und Grit sollte das Gepäck bewachen. Es musste auch jeder warten, bis der Vorgänger auf festem Boden stand, ehe er die Brücke betrat. Brenda bewachte die Kinder, als die Männer zurückliefen, um das Gepäck zu holen. Diesmal durfte Grit zuerst gehen. Peter machte den Schlussmann.

„Mein Papa hätte bestimmt eine richtige Brücke gebaut", murmelte Leo, das Geflecht aus allen Lagen fotografierend. „Vielleicht aber auch nicht. Hier gibt es ja kein Holz. Er hätte genau solche Seile nehmen müssen."

„Perfekt analysiert", lobte Andreas. „Seile herzubringen, ist einfacher, als Holz anzuschleppen, das man viele Kilometer auf einem Yakrücken transportieren müsste."

„Yaks sind toll!", strahlte Leo. „Aber mein Titus ist auch toll."

„Fehlt dir dein Titus?", fragte Brenda.

„Ein bisschen", gab Leo zu. „Der wird schon ganz sehr warten, dass ich zurückkomme und mit ihm schmuse."

Aus den Abendnachrichten wusste er, dass sein Kuschelschaf kräftig wuchs und fröhlich mit den anderen Lämmern herumsprang. Mina hatte ihm ein buntes Halsband geknüpft, an dem es schon von Weitem zu erkennen war. Denn die blaue Farbe hatte der Regen bereits vollständig aus dem weißen Fell gewaschen. Titus hatte auch schon die vorgeschriebenen Ohrmarken erhalten.

Am letzten Morgen vor dem endgültigen Abstieg ins Tal, war Leo besonders zeitig wach. Er hatte unruhig geschlafen, wie immer, wenn schlechtes Wetter nahte. Die Berge waren wolkenverhangen und ein unangenehmer Wind wehte. Peter war wach geworden, als Leo aus seinem Schlafsack kroch. Er wusste um dessen Wetterfühligkeit und folgte ihm hinaus. Mit gemischten Gefühlen gewahrte er die tief hängenden Wolken.

„Es wird bald losgehen", wisperte Leo statt eines Morgengrußes.

„Ich gehe rasch hinter den Stein, dann wecken wir die anderen. Je ehe wir verschwinden, umso besser", raunte Peter zurück.

„Hmm, das machen wir", sagte Leo.

Brenda hatte das Flüstern vernommen und schaute ebenfalls aus dem Zelt.

„Wir müssen weg!", erklärte Leo.

„Oh ja, das denke ich auch!", erwiderte Brenda und rüttelte die Schläfer wach. „Aufstehen und nichts wie weg!"

„Ich bin noch müde!", maulte Eric, während sich Dana mit fliegenden Händen anzog und den Nässeschutz über ihren kleinen Rucksack spannte.

Leo packte seine Kamera und die Yak-Quaste in einen Zipperbeutel. Er hielt kurz inne, musterte Eric und sagte: „Bist du wirklich so dumm, oder tust du nur so? Mach, dass du fertig wirst!"

Er jetzt kapierte Eric, dass Gefahr im Verzug war und sah zu, angekleidet zu sein, sobald die Erwachsenen die Zelte verstaut hatten. Leo nahm Danas Hand, wie immer, wenn das Wetter verrückt spielte. Sie hatte, seinem Beispiel folgend, ihren Regenmantel übergezogen. Leo irrte sich nie. Genau wie sein Papa. Wenn die beiden sagten: Gleich regnet es, dann tat es das auch.

Brenda und Grit wechselten sich ab, Eric zu tragen, der das schnelle Tempo nicht mithalten konnte. Leo und Dana schien es nichts auszumachen, die trabten, sich fest an der Hand haltend, in der Mitte der Gruppe.

„Waren die Rucksäcke auf dem Hinweg auch schon so schwer?", fragte Andreas nach einer halben Stunde.

„Ich fühle mich auch, als würde ich Tonnen schleppen", gab Peter zu. „Muss wohl am Luftdruck liegen."

„Na klar, auch das noch!", stöhnte Andreas, als es zu nieseln begann und nach einer Weile Sturzbäche aus den Wolken fielen.

„Wir müssen weiter!", trieb ihn Brenda an. „Schafft ihr noch ein Stückchen?", wandte sie sich an Dana und Leo.

„Geht schon", waren sie sich einig.

An einer abschüssigen Stelle rutschte Peter im Matsch aus und landete auf dem Rücken, oder vielmehr auf Rucksack und Zelt. Grit und Brenda halfen ihm auf. Sonst hätte er erst seine Last ablegen müssen.

„Da unten ist das Hotel!", rief Andreas plötzlich.

„Das schaffen wir!", versprach Leo, Dana besonders gut festhaltend, weil es matschig blieb.

„Ihr seid unglaublich tapfer", lobte Brenda. Triefend nass und mit Schlamm bedeckt erreichten sie nach einer weiteren halben Stunde das Hotel. Dort hatte man sich wegen der Kinder schon Sorgen gemacht, weil es noch immer wie aus Kübeln goss. Sie stellten das triefende

Zeltgepäck in einen Nebenraum und nahmen nur die Rucksäcke mit in die Suiten.

Andreas tippte Leo auf die Schulter. „Erster beim Duschen!"

Wie der Blitz war Leo im Bad verschwunden und schon rauschte das Wasser.

„Wie hat er denn das gemacht?", staunte Andreas.

„Ich habe eine Vermutung ..." Brenda spähte durch die Tür. „Treffer." Sie winkte Andreas heran. Leo stand, sowieso bis auf die Haut nass, mit Kleidung unter Dusche und zog sich erst jetzt aus, wobei er gleich die schlimmsten Flecke aus der Hose wusch. Zehn Minuten später kam er quietschvergnügt in ein Badetuch gewickelt heraus. „Der Nächste, bitte! Tante Brenda, wohin soll ich meine nasse Wäsche tun?"

„Darum kümmere ich mich."

Eric war noch immer am Nörgeln. „Ich will nicht duschen. Ich bin schon nass. Abtrocknen reicht."

„Willst du krank werden? Du hast gesehen, wie die Geier lauern. Und die gibt es hier überall!", rief Leo, der im Koffer nach seiner Lieblingshose fahndete.

„Wir sollten einen Geier als Haustier halten!", lachte Andreas, weil Eric fast einen Kondensstreifen hinterließ, als er zum Badezimmer rannte.

„Hilfreich wäre es", schmunzelte Brenda.

„So einen richtig großen, hässlichen", tönte es dumpf aus dem Koffer, wo Leo noch immer nicht fündig geworden war.

Andreas grinste vergnügt. Er half Leo beim Suchen und förderte das Objekt der Begierde schließlich zu Tage.

„Danke! Ich dachte schon, die hätte Mutti gar nicht eingepackt!", atmete Leo auf.

Brenda legte rasch alles ordentlich zusammen, während sich Andreas um den schon wieder nörgelnden Eric kümmerte. Ein strafender Blick von Leo genügte, dass sofort Ruhe war.

Als alle fertig geduscht und umgezogen waren, ließ Andreas den Service für beide Suiten kommen und die nasse Kleidung zum Waschen und Trocknen bringen. Man konnte ganz in Ruhe essen gehen. Leos Magen knurrte, wie ein wütender Hund.

„Der vermisst das Frühstück", kicherte Leo vergnügt.

„Kann man ihn mit einem großen Eis zum Nachtisch wieder friedlich stimmen?", blinzelte Andreas.

„Oh ja! Das mag er am liebsten!", verkündete Leo mit strahlenden Augen.

„Jetzt hat er wieder seine Laternen angezündet", stellte Brenda lächelnd fest, weil das Blau genau so geheimnisvoll leuchtete, wie Urs' Augen beim Sagenfeuer.

Nach dem Mittagsschlaf, den alle hielten, weil der Tag bisher sehr anstrengend gewesen war, fragte Brenda plötzlich Leo und Dana: „Habt ihr Lust, Schwimmen zu lernen?"

Beide nickten heftig. Denn das war etwas, womit Eric ständig prahlte.

Brenda kaufte ihnen in einer der Boutiquen Badekleidung. Peter und Grit deckten sich auch rasch ein, denn die Annehmlichkeiten der Luxus-Hotels hatten sie im Vorfeld völlig ausgeblendet.

„Äh, schwimmen lernen ...", murmelte Andreas irritiert, als Leo im flachen Wasser selber probierte und vorwärtskam.

Peter zuckte mit den Schultern. „Ist wohl was dran, dass Berggeister Genies sind, die sich sofort in jede Lage hineinfinden."

Eric stand mit offenem Mund. Dieser Leo! Er hatte gehofft, ihn das erste Mal überflügeln zu können.

„Bereit!", sagte Leo, als Dana im Wasser war und machte genau, was Tante Brenda erklärte.

„Eine Eigenheit, die ich besonders mag", sprach Andreas zu Peter. „Er sagt nie: Kann ich schon. Er testet immer wieder aus, ob es nicht noch besser und einfacher geht."

„Das habe ich beim Klettertraining ganz genau so erfahren", bestätigte Peter.

Dana gab sich große Mühe und konnte am Ende der Lehrstunde ein paar Meter schwimmen. Ihr war das tiefe Wasser suspekt. Auch wenn sie genau wusste, dass es hier keine Tiere geben konnte, hatte sie Angst, dass etwas von unten nach ihr schnappen könne. Leo blieb ganz am Rand, packte aber zwei Bahnen, ohne abzusetzen. Die Herausforderung, mit Andreas gemeinsam auf den mittleren Bahnen zu schwimmen, nahm er sofort an. Grit filmte. Einem Berggeist ist auch das Wasser untertan, schrieb sie dazu in den Abendnachrichten.

Urs riss die Augen auf. „Ich glaube, mich laust der Affe!"

„Siehst wirklich ein bisschen geschockt aus", stellte Mina amüsiert fest.

Die nächsten Nachrichten gab es aus Brendas Kletterhalle, wo alle drei Kinder sicher die steilen Wände erklommen, während ihnen mehrere Halbstarke verblüfft zuschauten. Dana triumphierte. Sie hatte den besten Weg gewählt und war als Erste oben. Dann gönnte sie sich das Vergnügen, wieder hinunter zu klettern, statt sich im Gurt fallen zu lassen. Leo gratulierte ihr zum Sieg. Eric ließ die Ohren hängen.

Für die Heimreise der Gäste hatte Andreas einen Taxibus gebucht, der sie sicher zur Alm bringen sollte. Nach einem überaus herzlichen Abschied und dem Versprechen der von Trachenbergs, bald wieder zum Schüchthof zu kommen, traten sie die lange Fahrt an. Leo hatte seine Kamera schussbereit und fotografierte mit Hingabe.

„Endlich Berge!", rief er, als die Ausläufer des heimischen Gebirges zu sehen waren, worüber die Bräunigs herzhaft lachten. Sie klärten den erstaunten Taxifahrer auf, der geglaubt hatte, Leo sähe zum ersten Mal welche, dass sie gerade von einer langen Tour aus dem Himalaya kamen und selber am Zielort inmitten schroffer Felsen wohnten.

Leo erzählte von seinem Schafböckchen, von den Hunden, der Ziegenherde, den grünen Eiern der Araucanas und dem leckeren Käse.

„Kann man das bei euch auch kaufen?", fragte der Fahrer interessiert.

„Ja, das kann man!", rief Leo. „Das da oben ist unser Hof!" Er zeigte mit dem Finger auf die winzigen Häuser in der Ferne.

„Imposant", gab der Taxichauffeur zu. „Gibt es da überhaupt andere Menschen?"

„Vier Kilometer die Bergstraße runter liegt ein Dorf", verriet Peter.

Die Ampel zeigte grün und das Taxi konnte die schmale Straße befahren. Das Auto wurde langsamer.

„Probleme?", fragte Peter besorgt.

„Nicht wirklich. Es ist nur das erste Mal, dass ich im Gebirge bin und solch eine Straße ohne Leitplanken befahre", gab der Fahrer zu.

„Dafür gehört sie Ihnen, bis wir oben ankommen, auch allein", tröstete ihn Peter.

Zwei Traktoren waren bei der Heuernte zu sehen. Ziemlich nach der Straße. Beide hupten zeitgleich, zum Zeichen, dass sie gesehen hatten, wer sich da näherte. Mina wechselte von Max mit der Ballenpresse mit zu Moritz und dem halbvollen Erntewagen über, den Urs nun sofort zum Hof zurücklenkte, um die Heimkehrer zu empfangen. Felix ließ ein wahren Wolfsjauler hören, als er Leo erschnüffelte und erspähte. Er umkreiste die Rückkehrer mit wild wedelndem Schwanz.

„Achtung! Gleich hebt Felix ab!", lachte Urs, aus der Kabine des Traktors springend und Leo in die Arme nehmend, ehe er die anderen mit Umarmungen begrüßte.

„Lass mir auch was übrig", schmunzelte Mina.

Als das Gepäck ausgeladen war, sagte der Fahrer: „Ihr Sohn hat berichtet, was Ihr Hof alles produziert. Kann man direkt oder nur zu bestimmten Zeiten kaufen?"

„Gleich und sofort, wenn Sie möchten", freute sich Mina.

„Dann gleich und sofort", freute sich der Fahrer.

Grüne Eier, Ziegenkäse, Feta und Tee in einer Box nahm er mit. Und Erinnerungen an einen Hof ganz weit oben, der wie Rübezahls Reich anmutete. Die ungewöhnlich strahlenden Augen des Bergbauern, seines Sohnes und des kleinen Mädchens drängten die Gedanken geradezu in diese Richtung. Als er zu Hause im Beutel einen Flyer über die Sagenfeuer entdeckte, lief es ihm wie Ameisen den Rücken hinunter. Die Augen hatten etwas Magisches. Vielleicht lebte die Legende ja wirklich.

Leo steckte sofort nach der Begrüßung mitten in der Schafherde, wo er seinen süßen Titus derart knuddelte, dass Karli eifersüchtig meckerte. Natürlich bekam der Ziegenbock auch noch Streicheleinheiten, genau wie Sepp, der angetrabt kam. Die drei Praktikanten stapelten die Ballen aus dem Anhänger auf den Heuboden.

Mina verriet, dass sie einen Caterer erwarteten, der Mittagessen für alle bringe. Also trugen die Bräunigs flugs das Gepäck in die Wohnung, zogen sich um und stellten noch einen zusätzlichen Tisch und zwei Bänke bereit. Dana besuchte die Glucken, die viele niedliche Küken bewachten. Es waren mehr Hybriden als reinrassige Araucanas darunter, was für die zu erwartende Eiermenge von deutlichem Vorteil war, weil die ja auch im Winter legten. Mina hatte letztens sogar zwei junge Araucana an einen Feriengast verkauft, der sie für seine Hühnerschar haben wollte.

Zwischen Hauptmahlzeit und Nachtisch erzählte Leo über die Tiere im Himalaya und dass er Eric immer wieder ein bisschen Angst eingejagt habe, weil der gar nicht auf seine Eltern hören wollte. „War ich auch so, als ich noch kleiner war?", fragte er schließlich besorgt.

„Ganz und gar nicht!", sagten seine Eltern völlig synchron, Peter und Grit schüttelten die Köpfe.

„Puhhhh, da bin ich aber froh!", seufzte Leo und widmete sich seinem Schokoladen-Pudding.

„So schlimm?", staunte Mina.

Diesmal nickten Leo und Dana völlig synchron.

„Wirklich?", erschreckte sich Urs, Grit und Peter anschauend, worauf beide auch nur zustimmend die Köpfe bewegten.

„Dana hat in der Kletterhalle gewonnen. Eric hat nicht mal gratuliert", rümpfte Leo die Nase.

„Brenda und Andreas haben einige Male aufgeatmet, dass Leo mit auf Tour war. Er scheint die einzige Person zu sein, deren Anweisungen Eric ohne Murren folgt", erzählte Peter und führte jene Begebenheiten an, die er selber beobachtet hatte. Die Medizin und das Duschen waren nicht mal mit dabei, das hatte er nur von Andreas erfahren.

„Ich denke, es wird höchste Zeit, dass er mehr Kontakte zu anderen Kindern bekommt", murmelte Mina.

„Genau das!", meinte auch Grit. „Nur wird das vermutlich erst sein, wenn er in die Vorschule geht."

Urs schaute auf die Uhr. Die Mittagspause war schon überschritten. „Wisst ihr was? Wir hängen heute Abend den großen Flachbildschirm hier draußen die Wand und ihr zeigt uns eure Bilder vom Himalaya. Dazu grillen wir und unsere beiden kleinen Helden dürfen lange aufbleiben. Natürlich gilt die Einladung auch für die drei Herren der Praktikantenfraktion."

„Oh, vielen Dank! Da nehmen wir gerne an!"

Die Meldung, dass alle gut angekommen waren, hatte Mina sofort nach Eintreffen des Taxis geschickt. Nun hängte sie eine an, auf welcher der hergerichtete Platz mit Bildschirm und Grill zu sehen war. Wir veranstalten Bilderabend!

Zurück kam: Eric vermisst Leo und Dana. Offenbar braucht er jemanden, der ihm öfter die schrägen Gedanken gerade rückt. Und darin ist Leo einsame Spitze.

„Schau an, schau an!", grinste Urs.

Die beiden waren mit Felix und zwei Körbchen den Hang über der Ziegenweide hinauf gestiegen und suchten Kräuter zum Würzen und für Tee. Wenn sie zurückkämen, würden sie alles sortieren, und Dana bekäme von jedem die Hälfte, um es ihrer Mutti zu bringen. So lautete Leos ungeschriebenes Gesetz.

Als die Körbe voll waren, kehrten sie mit reicher Beute zurück. Mina übernahm sofort das Weiterverarbeiten von Leos Anteil, indem sie die Bündel zum Trocknen unters Vordach hängte. Grit machte dasselbe vor ihrer Wohnung. Da gab es schon lange eine gespannte Leine, die sich gut bewährt hatte. Was die richtige Konsistenz hatte, lagerte luftdicht in Schraubgläsern.

Mit dem Sonnenuntergang fanden sich alle am Tisch ein und Leo durfte als Erster seine Bilder zeigen. Das begann mit Fotos vom und aus dem Cockpit des Flugzeugs von Onkel Andreas. Das meiste Aufsehen erregten die Riesenwildschafe und einige wilde Yaks, die ihm vor die Linse gelaufen waren. Die wundervollen Sonnenaufgänge bestaunten sogar die Bräunigs, die nicht geahnt hatten, dass Leo jeden Morgen in aller Herrgottsfrühe vor dem Zelt stand und die Stille genoss.

„Stopp!", rief Urs plötzlich. „Was war das da auf der anderen Talseite?"

Mina klickte ein Bild zurück. „Was meinst du?"

„Das da rechts auf dem schmutzigen Schnee!"

Mina zoomte die Stelle auf. „Ich glaub es nicht! Ein Schneeleopard! Leo hat zufällig einen Leoparden fotografiert!" Sie notierte sich die Nummer des Bildes, um den Ausschnitt später vergrößert Andreas und Brenda zu senden.

Leo schaute das gut getarnte Raubtier interessiert an. „Leo Pard, heißt der? Leo Schücht klingt aber auch gut."

Die Erwachsenen lachten herzlich. Vor allem die Praktikanten kicherten immer wieder über den drolligen Gedankengang.

„Wir wussten gar nicht, dass die in dem Gebiet, das wir durchwanderten, auch herumschleichen", gab Peter zu. „Jetzt muss nur noch irgendwo ein Yeti auftauchen, dann werfe ich mich in tiefster Verehrung in den Staub!"

„Mein Yeti war nur ein Yak", berichtete Leo, weil die entsprechenden Bilder auch gleich kommen mussten.

„Aber ein besonders hübsches", lobte Mina.

Als Grit ihre Filme und Bilder zeigte, war Leo meist die Hauptfigur. So konnten ihn die jungen Männer schließlich auch beim Melken sehen und wie er die Quaste überreicht bekam.

„Angst vor großen Tieren hat er wirklich nicht!", staunte einer.

Sie hatte sogar die völlig durchnässte Ankunft im Hotel fotografiert, mit Schlamm bis zum Scheitel.

„Oh ja, das war was!", lachte Leo. „Wir haben ausgesehen, wie die Schaffelle, die in der Schubkarre eingeweicht werden!"

„Und wir haben uns auch so gefühlt", fügte Peter grinsend hinzu.

„Du musst noch Danas Klettersieg zeigen!", mahnte Leo.

Grit schmunzelte. „Ich werde es nicht vergessen." Denn erst kam noch der Schwimmunterricht.

„Da werden wir uns doch abwechseln, an schönen Wochenenden mit den Wasserplanschern ins Schwimmbad zu fahren", schlug Urs begeistert vor.

Leo faltete andächtig die Hände. „Oh ja! Bitte!"

Nun feierte er noch einmal Danas Sieg an der Kletterwand, wobei er gleich analysierte, was er selber nicht so gut gemacht hatte.

Dieses Reflektieren der eigenen Leistungen ließ ihn ein Jahr später auch in der Schule zu besten Ergebnissen kommen. Leos und Danas gleichzeitige Einschulung war ein Großereignis auf dem Hof gewesen. Alle Freunde der Familien waren gekommen, Danas Großeltern und es hatte Volksfeststimmung geherrscht. In gemeinsamer Absprache, hatten die beiden für den offiziellen Teil in der Schule, gleiche Zuckertüten mit ähnlichem Inhalt erhalten. Was dann zu Hause lauerte, stand auf einem anderen Blatt.

Reihum war jeder der Eltern dran, die beiden zur Schule zu bringen und wieder abzuholen. Danach machten die Kinder immer zusammen die Hausaufgaben. Der Tisch in Leos Zimmer war groß genug, um Hefte, Bücher oder Malutensilien auszubreiten. In der Schule hießen sie recht bald *die Unzertrennlichen*. Die Eltern rechneten allerdings damit, dass sich das spätestens ändern werde, wenn beide in die Pubertät kämen und andere in den Fokus rückten. Befreundet bleiben würden sie aber sicher ein Leben lang.

Danas grüne Augen zogen irgendwann in regelrechten Schwärmen die Jungen an, wie Urs' magische blaue Augen die Mädchen. Statt sich zu freuen, reagierten beide leicht genervt auf das gesteigerte Interesse.

„Wird noch", meinte Peter. „Sie sind ja gerade mal zwölf Jahre alt."

Urs schürzte die Lippen. „Bei sowas versagt meine Hellsehergabe."

Auch wenn Leo nun hin und wieder etwas mit anderen Jungen unternahm und Dana mit den

Mädchen aus der Klasse, fanden sie sich abends zusammen, um wenigstens eine halbe Stunde gemeinsam zu verbringen. Ab dem 12. Lebensjahr durften sie in der Freizeit auch allein runter ins Dorf und wieder zurück laufen. Wenn Dana in der Dämmerung nach Haus strebte, ging ihr Leo stets mit Felix entgegen, solange dieser lebte und bei Kräften war. Besonders in Zeiten, wo die Wildschweine Nachwuchs führten. Die kamen zwar selten so weit die Hänge hinauf, konnten aber zur echten Gefahr werden.

Das Angebot der zahlreichen Verehrer, sie nach Hause zu begleiten, lehnte Dana kategorisch ab. „Alles Kasperköpfe", pflegte sie zu sagen, wenn Grit im Supermarkt von den Müttern der Romeos darauf angesprochen worden war. „Die sind doch nicht mal in der Lage, ohne Smartphone die Toilette zu finden, geschweige denn den Weg von hier zurück nach Hause! Ich ziehe zudem einen einsamen Schweigemarsch der Gesellschaft solcher Labertaschen vor."

„Harte Worte", stellte Peter fest.

„Sagt ihr nicht stets: So wie die Alten sungen, so zwitschern auch die Jungen? Bei denen piept es bestenfalls im Kopf."

„Oha!", grinste Peter.

„Na ist doch wahr!", rief Dana.

Grit lachte. „Da muss ich dir allerdings recht geben."

Es gab noch einen, der total auf Dana und die grünen Augen stand – Eric. Der bettelte regelrecht, ob Dana in den Ferien mit Leo zu ihnen kommen dürfe. Dann war er jedes Mal enttäuscht, wenn sie ihm kaum Aufmerksamkeit schenkte.

„Junge, sie ist zwei Jahre älter als du und lebt in einer völlig anderen Welt", versuchte Andreas zu erklären. „Märchen werden nicht immer wahr und nicht in jedem Mädchen steckt Cinderella. Dana will nicht gerettet werden. Sie macht von ganzem Herzen gern die Arbeit auf dem Hof."

„Leidet unser Träumer wieder?", fragte Brenda nach dem letzten Gespräch zwischen Vater und Sohn.

Andreas seufzte. „Das trifft den Nagel mitten auf den Kopf."

Andere litten auch, von Dana nicht beachtet zu werden. Dieselben neideten Leo das Glück, Danas Seelenzwilling zu sein. Bei den jungen Damen lief das gleiche Spiel in anderer Richtung. Da waren einige, die alles getan hätten, um Leo ein Lächeln herauszulocken.

Weil es allgemein bekannt war, dass Dana keine Einladungen ihrer Verehrer ins Kino annahm, versuchten die es über den Umweg, ihre Schwestern dafür einzuspannen und rein zufällig, natürlich, auch dort zu sein. Dana machte vor der Tür kehrt, wenn sie den Braten zeitig genug roch. Dann gab es da noch die Masche, die Schwester zu Dana auf die Alm zu begleiten, damit ihr ja nichts zustieß. Im Regelfall stolperten die fahrenden Ritter über Leo, ehe sie es schafften, auch nur in die Nähe ihrer Angebeteten zu kommen.

Für Leo stand fest, dass er das Abi machen und in landwirtschaftlicher Richtung studieren werde, wie seine Mutter. Es war sein Wunsch und Wille und daraus machte er auch kein Geheimnis. Dana hatte die Bedingungen für das Gymnasium genau so locker gepackt. Sie hatte sich noch nicht endgültig auf die Studienrichtung festgelegt. Tierproduktion oder Tierärztin. Für die Arbeit auf dem Hof war beides nützlich. Sie hoffte sehr, nach der Ausbildung eine Anstellung bei Urs und Mina zu bekommen. Und sollte das nicht möglich sein, bei einem Bauern unten im Ort, damit sie wenigstens hier wohnen bleiben konnte.

„Bis dahin sind noch einige Jahre", merkte Leo an. „Erst mal müssen wir die Zehnte abschließen und dann das Abi. Ich möchte, wenn ich nächstes Jahr 16 werde, gern den 125er Schein machen und mir vielleicht eine gebrauchte Maschine kaufen. Dann sind wir beide auch unabhängiger vom Zeitplan unserer Eltern."

„Hm, du hast recht, ich bin ein bisschen zu weit nach vorn galoppiert", lenkte Dana ein. „Gehst du kommende Woche mit in die Schuldisco?", fragte sie im nächsten Atemzug.

Leo schüttelte den Kopf. „Du weißt, wie ungern ich tanze. Und dann nerven mich die ewig kichernden Hühner. Und die nicht kichern, kratzen sich auf der Toilette bloß wieder gegenseitig die Augen aus, wie beim letzten Mal, weil ich vielleicht eine Runde mit einer mehr getanzt habe. Sowas frustriert mich total. Der Bruder von Mona ist doch sicher auch dort. Der ist ein guter Tänzer und baggert dich nicht an, weil er vergeben ist."

„Der tanzt jetzt sogar im gleichen Verein wie meine Eltern", verriet Dana schmunzelnd. „Wenigstens bist du ehrlich und bleibst ganz fern, statt dass du mit finsterem Gesicht den Ärger in dich hinein frisst."

Dana tanzte für ihr Leben gern und ging sogar seit drei Jahren alle zwei Wochen zum Training mit ihrer Volkstanzgruppe. Leo werkelte in der Zeit auf eigene Faust in Vaters Schreinerparadies oder fuhr mit dem Traktor zum Heu wenden. Natürlich nur auf den flachen Stücken. Alles andere hatte Vater strikt verboten und daran hielt er sich. Hin und wieder schaute er sich mit seinen Klassenkameraden Filme an, denen Dana nichts abgewinnen konnte. Sie lernte nebenbei Spinnen, Filzen und vor allem mit Naturkräutern Kochen.

Mina und Mutter waren hervorragende Lehrerinnen. Das Backen von Schüttelbrot zeigte ihr Urs. Darin war er einsame Spitze. Sie durfte die Würzmischungen bereiten und die frischen Brote in die Holzregale legen.

So wie die Schüchts immer „unsere Kinder"
sagten, taten es auch die Bräunigs. Beide waren
ganz einfach wie Geschwister.

Dann kam der Tag, den Leo herbei gesehnt
hatte – sein 16. Geburtstag. Für die anderen kein
wirklich besonderer Tag, für ihn schon, mit den
vielen Plänen, die er gemacht hatte. Als dann die
von Trachenbergs vor der Schule auftauchten,
um beide nach Hause zu bringen, strahlte die
Sonne gleich doppelt so hell vom Winterhim-
mel.

„Wir sind noch nicht mal oben gewesen", verriet Andreas vergnügt. „Sie wissen nicht einmal,
dass wir heute kommen."

„Ich freue mich riesig, dass ihr da seid!", gab
Leo bekannt. „Perfekt, sie sind noch nicht losge-
fahren, um uns zu holen", sagte er an der grünen Ampel. „Ach, ich liebe schöne Überra-
schungen!"

„Wir auch. Wir auch." Brenda schaute die ver-
schneiten Wiesen an. „Sieht nach Skispaß aus."

„Aber ja! Wir haben uns gestern schon ausge-
tobt", lachte Dana. „Einziger Wermutstropfen,
dass man dann rund zweieinhalb Kilometer den
Berg wieder hoch muss."

„Hat Urs immer noch keinen Lift installiert?",
witzelte Eric.

„Der würde uns Licht ans Fahrrad machen,
stellten wir dieses Ansinnen", grinste Leo. „Zudem wäre ich strikt dagegen, unseren wunder-

vollen Berg mit Masten zu verschandeln. Da verzichte ich lieber auf Jux und Dallerei."

Erics Unterkiefer klappte bis auf den Schoß. Er hätte schon lange hundert Gründe gefunden, warum man unbedingt einen Lift bräuchte. Leo hingegen würde ohne Mühe zweihundert dagegen aus dem Ärmel schütteln. Er war auch derjenige gewesen, der noch vor seinen Eltern strikt nein zu Schneemobilen auf ihrem Hang gesagt hatte. Schon weil dann den ganzen Tag Motorenlärm die Stille zerschnitten hätte. Erics Eltern konnten ihn bestens verstehen, sie liebten Urs' Berg, der nur von den Lauten der Tiere erfüllt war. Die paar Stunden, in denen die Traktoren fuhren, fielen kaum ins Gewicht. Ziegen und Schafe wurden weiterhin mit Hand gemolken und es stand nicht zur Debatte, den Hof zu erweitern. Vielleicht werde sich Leo eines Tages noch ein Häuschen bauen.

„Na schaut mal, wer da an der roten Ampel auf eine freie Straße lauert", grinste Andreas. Er hielt direkt neben Urs. „Ich hab das Jungvolk schon eingesammelt, wir können also gleich zum gemütlichen Teil übergehen."

„Das lasse ich mir nicht zwei Mal sagen!", lachte Urs. „Schön, dass ihr da seid!"

Mina schaute aus dem Fenster. „Kaffee läuft, Kuchen steht, Eis hockt in den Startlöchern. In zehn Minuten kann es losgehen!"

„Ich beeile mich!", rief Dana, schnappte ihre Tasche und stob davon, um sich umzuziehen.

Auf der Treppe hätte sie fast noch ihre Mutter über den Haufen gerannt, die gerade zu den Schüchts hinüber wollte. „Sorry Mum!"

Grit schaute kopfschüttelnd hinterher. Dana hasste Unpünktlichkeit, kein Wunder, dass sie wie ein Wiesel flitzte.

„Habt ihr heute auch was anderes gemacht, als Torte und Kuchen gebacken?", staunte Leo beim Anblick des Tisches.

„Ja, Vorhersagen getroffen, dass wir volles Haus haben werden", schmunzelte Mina, auf Urs deutend. „Deswegen sind die Gästezimmer auch schon komplett bezugsbereit."

Alle lachten, weil Eric deutlich sichtbar ein Schauer überlief, infolgedessen sich die Härchen an seinen Armen aufrichteten.

„Wir sind praktisch auf der Durchreise zum Ski-Urlaub", erzählte Brenda.

„Weil hier der Lift fehlt", platzte Eric heraus.

„So wird es auch bleiben", entgegnete Urs schmunzelnd. „Ich bin im Nachhinein auch froh, dass ich damals die Sache mit dem offiziellen Rodelhang abgeschmettert habe. Lieber im Sommer 20 gehörnte Rindviecher, als im Winter 400 auf zwei Beinen. Ich hätte keine ruhige Minute, wenn ich wüsste, dass praktisch jeder beinahe sorglos am Rand eines Abgrunds herumturnt. Vorgestern erst hat sich ein Rodler nur durch einen Sprung vom Schlitten retten können."

„Betreten auf eigene Gefahr", murmelte Dana. „Deswegen putzen wir auch sofort den Schnee vom Schild, wenn wir daran vorbeikommen."

„Damit wir beide nicht blindlings ins Unglück rennen, haben wir ein paar Meter vor der Abbruchkante die grellen Schneefangnetze aufgestellt, von denen nur noch der obere Rand herausschaut", erklärte Leo. „Wenn jetzt ein paar Zentimeter Schnee dazukommen ist sowieso Schluss mit Skifahren, dann wird es zu gefährlich."

„Vergiss nicht, Leo das Geschenk zu geben!", mahnte Brenda.

„Ja richtig! Da war doch noch was!", kicherte Andreas und zog einen winzigen Umschlag aus der Tasche, in dem eine fünf mal fünf Zentimer kleine Geburtstagskarte steckte. In dieser klebten, mit ablösbarem Tape gesichert, drei Geldscheine.

„Wow!", hauchte Leo, allen dreien um den Hals fallend. 500 Euro, die er für die Fahrschule recht gut brauchen konnte.

Eric, der inzwischen wusste, dass das Vermögen der Schüchts nicht viel geringer war, als das seiner Eltern, zupfte sich an der Nase. Ob Leo wirklich auf Führerschein und Fahrzeug sparen musste? „Es ist so, weil ich es so will", hörte er Leo sagen und zuckte zusammen. „Kannst du jetzt etwa auch noch Gedanken lesen?", entsetzte er sich.

„Möglicherweise", grinste Leo. „Du solltest es auch mal mit Sparen versuchen. Man freut sich viel mehr über Dinge, die einem nicht wie gebratene Tauben in den Mund fliegen. Man schätzt sie ganz anders wert und überlegt drei Mal, ehe man sich was Neues als Ersatz anschafft, das auch wieder Geld kostet, nur weil es technisch etwas ausgefeilter ist."

„Ganz mein Reden", platzte Brenda heraus.

Eric verdrehte die Augen. „Ja, ich weiß. Ich behalte meine Ski-Ausrüstung. Den Kratzer auf dem einen Brett kann man sicher auspolieren."

„Halte dich an Leo, der hat das richtige Werkzeug dazu", riet Urs.

Andreas ging mit und bekam große Augen, als Leo seinen Farbenkoffer öffnete. Er fischte den passenden Lackstift heraus, stülpte sich eine Lupenbrille auf die Nase und kaschierte den Makel so perfekt, dass Eric wieder einmal die Ehrfurcht ankroch. Mit den Worten: „Nun noch ein bisschen in der Wärme trocknen lassen, dann ist es morgen früh einsatzbereit!", drückte er es ihm in die Hand. „Was glaubt ihr wohl, wie ich kleine Schönheitsfehler am Lack der Traktoren behebe? Oder wie ich mein Mountainbike wieder auf Vordermann gebracht habe, als ich vor zwei Jahren wegen eines Steinschlags über den Lenker abgestiegen bin."

„Aber du fährst doch ein Carbon-Rad", überlegte Eric laut.

„Seit einem Jahr", erwiderte Eric. „Das reparierte Rad hat jetzt Dana. Es war zu schade, um
es einfach herumstehen zu lassen, und sie kann
es gut gebrauchen."

„Für welchen Preis?", fragte Eric.

„Für drei Paar herrlich warme selbst gestrickte
Baumwollsocken, eine Mütze und einen Schal",
schmunzelte Leo.

„Hä? Du veralberst mich!"

„Ganz bestimmt nicht." Leo zeigte zur Flur-
garderobe, wo Mütze und Schal am Haken hingen. „Wunschfarbe, Wunschlänge, Wunschmus-
ter. Angebot und Nachfrage. Ich stehe auf
Baumwollwinteroutfits und Dana brauchte ein
wirklich gutes Fahrrad. Hier auf dem Berg kann
kann man ganz privat noch mit Äpfeln und
Eiern bezahlen."

„Ich gebe es auf", stöhnte Eric, für den nur
klingende Münze einen Wert hatte, unter den
Lachsalven der Erwachsenen. Er hatte auch nie
verstanden, weshalb die beiden alle in der Freizeit gesammelten Kräuter exakt teilten und
Dana ihren Teil zu privaten Nutzung bekam,
während Leos Anteil fast komplett zum Verkauf
weiterverarbeitet wurde.

„Soll ich dir das Prinzip anhand von Centstü-
cken erklären?", grinste Leo. „Oder kommt
irgendwann doch noch die schlichte Erkenntnis
durch, dass Danas Anteil ausschließlich zum
Lebensunterhalt ihrer Familie beiträgt, während
ich, auch rein privat, immer irgendwie mit dem

Hof verbunden bin, der unser Familienbesitz ist. Du musst immer daran denken, dass wir es in der Freizeit tun und es hier nicht durch meine Familie verboten worden ist, einen kleinen privaten Vorrat an Kräutern zu sammeln. Sonst müssten wir bei jedem Wanderer den Rucksack kontrollieren, dass er auch ja nicht ein Hälmchen von unseren Wildkräutern davonträgt. Wenn Dana offizielle Ferienarbeit mit Vertrag macht und in der Arbeitszeit sammelt, geht alles in den Verkauf. Na? Dämmert es?"

„Hab es kapiert", murmelte Eric. „Mit Naturalien handeln, wäre nicht mein Ding. Ich würde überall Verrat wittern, wenn Ware verdirbt oder leichter wird, weil sie Feuchtigkeit verliert."

„Ich bin schon froh, dass du den Sinn und die Notwendigkeit einer geregelten Arbeit verstehst", merkte Brenda an.

Als die von Trachenbergs am nächsten Morgen weiterfuhren, setzten sie Dana und Leo vor der Schule ab. Eric bedankte sich noch einmal sehr für den ausgebesserten Kratzer, den man nur wiederfand, wenn man ganz genau wusste, wo er gewesen war. Peter holte die beiden Mittags ab, weil sie den kompletten Nachmittag verplant hatten und nicht die Schultaschen mitschleppen wollten. Urs fuhr beide runter in den Ort, wo jeder seines Weges ging.

XII.

Mina und Urs wollte gerade die Abendrunde beginnen, als Grit an die Tür klopfte. „Ist Dana bei euch?"

„Nein. Leo ist doch heute mit seinen Freunden nachfeiern gegangen. Der wird bestimmt nicht vor 22 Uhr zu Hause sein", erwiderte Mina.

„Dana müsste schon lange da sein", murmelte Grit. „Sie geht aber auch nicht ans Handy. Ich habe ihre Freundinnen angerufen. Die sagen einstimmig, Dana sei nach dem Einkaufsbummel direkt nach Hause gelaufen. Wir machen uns Sorgen."

„Wir halten Augen und Ohren offen. Leo hat das Handy im Augenblick auch ausgeschaltet, wie immer, wenn er im Kino ist", erklärte Urs. „Und manchmal vergisst er, es sofort wieder einzuschalten, obwohl er weiß, dass wir uns auch Sorgen machen, wenn er unterwegs ist."

Als Leo das Kino verließ, war es schon stockdunkel. Das hielt ihn aber nicht davon ab, die knapp viereinhalb Kilometer zu Fuß zu gehen. Es war Freitagabend und Samstag konnte er ausschlafen, so es keinen Notfall auf dem Hof gab. Das viele Geld fürs Taxi konnte er bei anderer Gelegenheit sinnvoller ausgeben. Zudem erwartete man ihn nicht vor 22 Uhr zurück. Es war eine gute Entscheidung gewesen, seinen 16. Geburtstag mit Freunden im Kino statt in der Kneipe zu feiern. Nun trabte er bei klirrender Kälte bergan. Es hatte noch einmal fast 20 Zentimeter Neuschnee gegeben, aber Vater hatte die Straße wieder perfekt geräumt, stellte er mit tiefer Zufriedenheit fest.

Nach etwa 100 Metern, da wo der Hang steiler wurde, bewegte sich etwas Großes, Dunkles abseits der Straße, das merkwürdig röchelnde Geräusche machte. Vermutlich ein Wildschwein und Leo überlegte, wie er daran vorbeikommen könne, ohne bemerkt zu werden. Mit Tieren dieser Größe war nicht zu spaßen. Er ging zögernd weiter, bis er auf wenige Meter heran war. Die ziehenden Wolken ließen nicht viel vom Vollmond erahnen, aber genug, dass Leo mit einem Schlag klar wurde, was er da vor sich hatte. Das war ein Mensch, der einen anderen, der im Schnee lag, würgte. Beim Näherkommen erkannte er noch etwas, nämlich dass der, der dem anderen die Kehle zudrückte, seine Hose herunter gelassen hatte. „Aufhören! Sofort aufhören!", schrie Leo und rannte los, in der Hoffnung, den Gewürgten retten zu können.

Der andere ließ tatsächlich sofort von seinem Opfer ab und wandte sich Leo zu. „Schau an, der kleine Schücht", zischte er.

„Hannes?!" Leo fuhr zurück, als habe ihn eine Schlange angegriffen.

Hannes ging in die 12. Klasse des gleichen Gymnasiums, war fast einen Kopf größer als Leo und ein echter Widerling. Das hatte er hier gerade eindrucksvoll bewiesen. „Verpiss dich, du Weichei", zischte er Leo an.

„Vergiss es! Du bist hier auf unserem Grund und Boden. Verpiss du dich!", erwiderte Leo wütend.

Hannes griff mit der Wucht einer Ramme an. Durch Alkoholgenuss, wie deutlich zu riechen war, hatte er wohl Koordinationsprobleme und landete bäuchlings im Schnee. Leo wusste, dass er rein kräftemäßig gegen Hannes keine Chance hatte. Den konnte er nur durch Taktik oder Zufall schlagen.

Allerdings lenkte ihn das schwere Röcheln des Gewürgten ab, sodass ihn Hannes am Hosenbein erwischte und zu Boden riss. Leo knallte ungebremst mit dem Gesicht auf die Straße. In seinem Kopf explodierte eine Supernova und der Mund füllte sich mit dem Blut der aufgeschlagenen Unterlippe.

„Schücht, das war nur ein Vorgeschmack, ich bringe dich um!", brüllte Hannes und hechtete auf ihn zu.

Leo rollte sich zur Seite, wobei er in eine Position kam, wo er direkt über die Kante schauen konnte, wo Hannes' erstes Opfer lag. Und gerade kam wieder der Mond hervor. Leo erstarrte. Den blauen Steppmantel mit Farbverlauf kannte er ziemlich gut. Dana hatte heute so einen angezogen. Leo schoss das Blut in den Kopf. Als ihn Hannes von hinten packte, trat und schlug er wie ein Wahnsinniger um sich.

Der Mut völliger Verzweiflung verlieh ihm Kräfte, von denen er nicht einmal geträumt hätte. Es war auch sicher weniger sein Verdienst, als das der Glätte, das Hannes während der wilden Prügelei stürzte. Leo sprang ihm auf den Rücken, verdrehte ihm die Arme, sodass Hannes schließlich vor Schmerz winselte. Leo zerrte seinen Schal unterm Anorak hervor und knotete seinem Widersacher die Arme auf dem Rücken zusammen. Dann quälte er sich die Böschung hinunter. Die da lag, war wirklich Dana. Halb nackt, blutüberströmt und bewusstlos.

Leo fasste nach der Halsschlagader, in der es kaum merklich pochte. Dana lebte. Leo zog sie notdürftig an, damit sie nicht erfror, rief die Polizei und bat um einen Krankenwagen.

„Es ist elf durch!", grollte Urs, als Leo nicht nach Hause kam. „Ans Handy geht er auch nicht! Wenn die Jungs sich besoffen haben und zum Ausnüchtern irgendwo rumliegen, gibt es richtig Ärger!"

„Das wäre das erste Mal, dass er sowas täte", wandte Mina ein. „Vielleicht musste er lange aufs Taxi warten."

„Scheinwerfer!", sagte Urs und es klang irgendwie zufrieden.

„Na siehst du!" Mina trat ebenfalls ans Fenster.

Die Hunde schlugen an. Leo konnte sie selber beruhigen, da musste man sich nicht aus dem Haus bemühen.

„Das ist doch kein Taxischild, was der auf dem Dach hat", sagte Urs plötzlich. „Das ist die Polizei!"

Das sich nähernde Auto lockte Grit und Peter aus dem Haus.

„Um Gottes willen! Die Polizei! Dana!", Grit rannte dem Fahrzeug entgegen.

„Ist das Ihre Mutter?", fragte der Beamte Leo.

„Das ist Danas Mutter", quetschte er mühsam zwischen den geschwollenen Lippen hervor.

Grit schlug die Hände überm Kopf zusammen, als sie Leo nur an der Kleidung erkannte. „Oh nein. Leo?! Ich dachte, sie bringen Dana."

„Sie und Ihr Mann kommen am besten gleich mit zur Familie Schücht", schlug der Beamte vor.

Der andere stützte Leo, der sich kaum noch auf den Beinen halten konnte. Ehe Urs Leo gegenüber ungehalten reagieren konnte, weil der ja wohl deutlich sichtbar Dummheiten angestellt hatte, sagte der erste Polizist: „Setzen Sie sich bitte und lassen Sie mich reden. Es ist nicht, wonach es aussieht."

Bevor er beginnen konnte, bekam er einen Anruf, dem er erfreut lauschte. „Umso besser!", sagte er und beendete das Gespräch.

„Zuerst muss ich der Familie Bräunig die Mitteilung machen, dass Dana schwer verletzt im Krankenhaus liegt."

Peter erstarrte und Grit hatte Mühe, nicht ohnmächtig vom Stuhl zu kippen. Urs fasste nach Minas Hand.

Da sprach der Polizist weiter: „Leo hat ihr das Leben gerettet, indem er sich ihrem Peiniger zum Kampf stellte. Wir gehen im Augenblick von einer versuchten Vergewaltigung aus, wo der Täter Dana bis zur Bewusstlosigkeit gewürgt hat. Leo kam gerade noch rechtzeitig, das Schlimmste zu verhindern. Der Täter hat sich selbst belastet, indem er seine Aktion mit Handy gefilmt hat. Es ist auch der Wortlaut während des Kampfes mit Leo zu hören. Statt Leo Vorwürfe zu machen, dass er sich geprügelt hat, sollten Sie ihm gratulieren."

„Wer war der Schuft?", fragte Urs.

„Hannes Bremer", quetschte Leo hervor.

„Der Sohn von Bauer Bremer?", entsetzte sich Mina.

„Genau der", artikulierte Leo. „Es gibt in der 12. eine Challenge, wer in der kürzesten Zeit die meisten Mädchen flach legt. Hannes ist mit seiner eitrigen Akne nicht der Typ, auf den die Mädchen fliegen. Da hat er wohl die Gunst der Stunde genutzt und Dana aufgelauert. Sie wird aber nicht die Erste sein, der er Gewalt angetan hat. Seit Tagen geht unter den Mädchen die Angst um."

„Danke für den Tipp!", riefen die Beamten. Sie ließen Leo in Obhut seiner Eltern und fuhren mit den Bräunigs ins Krankenhaus zu Dana.

„Junge, verzeih mir, dass ich Böses dachte", bat Urs, Leo fest in den Arm nehmend.

Mina war schon dabei, einen Kräutersud zu bereiten, mit er sein völlig entstelltes Gesicht kühlen konnte. Urs machte vorher noch einige Bilder, um für den Notfall Behandlungskosten und Schmerzensgeld einzuklagen. Er half Leo in den Schlafanzug und stellte fest, dass er am ganzen Körper grün und blau war. Urs ließ keine Einwände gelten und rief mitten in der Nacht den Hausarzt an, der sich auf der Stelle ins Auto setzte, als er hörte, worum es ging. Er notierte akribisch jede Verletzung und stellte Leo für 14 Tage einen Krankenschein für die Schule aus. Als Andreas am nächsten Morgen erfuhr, was sich zugetragen hatte, kam er sofort zum Schüchthof zurück. Brenda blieb mit Eric im Urlaub, weil sie jetzt nur gestört hätten.

Grit war bei Dana im Krankenhaus geblieben und Peter mit dem Taxi nach Hause gefahren. Die beiden Väter übernahmen jetzt die Arbeiten der Frauen mit, die sich um die verletzten Kinder kümmerten. Urs sammelte Eier ein, Peter mistete aus, dann molken sie die Ziegen und arbeiteten in der Käserei.

Andreas ahnte nach dem Bild, das er gesehen hatte, wie es allen gehen musste und brachte für das Mittagessen gleich zwei Riesenpizzas mit. „Oh Gott! Leo, du siehst ja im Original noch schlimmer aus als auf dem Bild!", entsetzte er sich.

„Es wird langsam besser", würgte Leo hervor. „Grießbrei aus der Schnabeltasse geht schon ganz gut."

„Wie geht es Dana?", fragte Andreas.

„Sie sieht ganz genau so aus, nur dass der Hals vom Würgen lila ist", berichtete Peter. „Wir haben heute den Bericht bekommen. Dank Leo kam dieser Hannes nicht mehr dazu, sie zu vergewaltigen und auch nicht, sie umzubringen."

„Schon der Gedanke ist unerträglich, dass er seine Siffgriffel nach ihr ausgestreckt hat", grollte Leo mühsam.

„Klare Ansage", schmunzelte Andreas. „Ist da mehr?"

„Wahrscheinlich. Nur habe ich es bis gestern nicht gewusst", erwiderte Leo. „Jetzt bin ich sicher."

Peter und Urs wechselten einen langen Blick. Urs hob die Schultern. „Das wäre eine überaus angenehme Konstellation."

„Falls es Dana auch so sieht", dämpfte Leo den Optimismus.

„Willst du wirklich Grießbrei haben?", fragte Andreas.

„Nicht bei dem Duft", stöhnte Leo. „Ich nehme Pizza und wenn ich sie häckseln muss!"

„Oh je, das jammert den Hund mitsamt der Hütte!", seufzte Andreas, als sich Leo mühsam winzige Stückchen durch die aufgequollenen Lippen presste.

„So sehen strahlende Sieger aus", witzelte Leo, tapfer weiteressend. „Ob du es glaubst, oder nicht, ich würde wieder ganz genau so handeln. Ich habe gewusst, dass er mich in Grund und Boden stampfen wird, als ich ihn erkannte."

Am Nachmittag kamen zwei Klassenkameraden von Leo und Dana zum Krankenbesuch. Die zuckten entsetzt zusammen, als sie ins Zimmer traten und das völlig entstellte Gesicht sahen. Mina brachte Limo und Kuchen und die beiden erfuhren aus erster Hand, dass das Gerücht, Hannes säße im Knast, der Wahrheit entsprach. Leo hatte nicht gewusst, dass man in der lokalen Zeitung über seine Heldentat berichtet und ihn sogar namentlich genannt hatte. Den Namen des Verbrechers hatte man verschwiegen. Kurz nachdem die Klassenkameraden wieder zu Hause waren, pfiffen die Spatzen die ganze Geschichte von den Dächern. Die Teenie-Damenwelt stilisierte den eh schon umschwärmten Leo zum Beschützer ohne Furcht und Tadel hoch und träumte, von ihm aus jeder Gefahr gerettet zu werden.

Nach fünf Tagen fühlte sich Leo körperlich fit genug, mit Peter zu Dana ins Krankenhaus zu fahren. Die Schwellungen waren deutlich zurückgegangen und die Blutergüsse begannen, erste Gelbtöne anzunehmen.

Dana kämpfte noch immer mit den Folgen der Kehlkopfquetschung und konnte nur wispern. Die starke Unterkühlung hatte sie ohne bleibende Schäden überstanden. Auch sie erschrak gewaltig, wie übel er zugerichtet worden war. Sie nahm seine Hand und hielt sie so fest, als wolle sie sie nie mehr loslassen.

„Das kommt davon, wenn Zwerge gegen Riesen kämpfen", blinzelte Leo, weil Hannes einer ganz anderen Gewichtsklasse angehörte.

„Danke, danke, danke!", flüsterte Dana glücklich. Er hatte sein Leben aufs Spiel gesetzt, um ihres zu retten. Sie sagte aber auch: „Schon in den Märchen steht geschrieben, dass Riesen ziemlich oft einen an der Waffel haben."

„So gefällst du mir schon besser und recht hast du auch", stellte Leo, mit blitzenden Augen, fest. „Du musst ganz schnell wieder gesund werden", bat er. „Es ist so einsam ohne dich."

„Meinst du das ernst?", fragte sie verunsichert und staunte, dass sogar ihr Vater nickte. „Ich gebe mir Mühe!", versprach sie.

Leos Besuch schien eine Initialzündung ausgelöst zu haben, denn es ging plötzlich steil aufwärts mit Danas Genesung. Das veranlasste Peter, Urs zu sagen: „Ich glaube auch, dass da nicht nur Dankbarkeit ist", und beide rieben sich die Hände.

Die Mütter sahen es realistischer. „Lasst sie nur erst mal das Abi machen und studieren. Wir werden sehen, ob sie dann immer noch gemeinsame Wege gehen wollen."

Andreas hatte Brenda und Eric sehr detailliert berichtet, was für ein Wagnis Leo mit seinem beherzten Eingreifen eingegangen war. Für Eric stieg Cousin Leo glatt zum Halbgott auf.

Brenda sagte: „Bloß gut, dass es auch Menschen wie Leo gibt. Die, obwohl es immer heißt, man solle sich nicht selber in Gefahr begeben und die Polizei rufen, auf diese Regel pfeifen. Dana wäre jetzt tot, hätte er das Hasenpanier ergriffen und nur angerufen."

Andreas nickte heftig. „Er ist eben ein echter Schücht und seinem Vater nicht nur optisch unglaublich ähnlich. Urs hat damals auch sein Leben in die Waagschale geworfen, um meins zu retten. Die Verehrung, die ich für den Vater empfinde, hat sich der Sohn schon seit dem Adlerangriff auf Eric erarbeitet."

Als Dana nach zwei Wochen aus dem Krankenhaus entlassen wurde, stand Leo als persönlicher Schatten für sie bereit. Er folgte ihr buchstäblich auf Schritt und Tritt und unternahm mit ihr ausgedehnte Spaziergänge, damit sie schnell richtig auf die Beine kam. Grit konnte ganz beruhigt wieder ihren Dienst aufnehmen.

Ob es sich jemals verlieren werde, dass Dana nun bei langem Sprechen komplett die Stimme versagte, musste man abwarten. Da konnten auch die besten Ärzte keine Prognose abgeben. Leo nahm eine Woche vor Dana den Unterricht auf. Er wurde wie ein siegreicher Feldherr empfangen. Sein Gesichtsausdruck dazu war aber eher, als habe er in eine Zitrone gebissen. Er hasste diese Art Beweihräucherungen. Und er hasste es, mit verzückten Augenaufschlägen angeschmachtet zu werden. Es wurde Zeit, dass Dana fit wurde, die in die gleiche Klasse ging. Der leere Platz an seinem Tisch bedrückte ihn.

Die männlichen Zwölfer betrachteten Leos Wiederkommen mit gemischten Gefühlen. Es hatte auf seinen Hinweis umfangreiche polizeiliche Untersuchungen und infolgedessen sogar einen Schulverweis gegeben. Die weiblichen Zwölfer vergötterten ihn. Die zwei Jahre Altersunterschied, die früher ein echter Makel gewesen wären, waren plötzlich gar kein Thema mehr. Es ahnte nur keine, dass er sich seit jenem verhängnisvollen Abend entschieden hatte. Denn in der Schule verhielten sich Dana und Leo wie bisher. Es fiel nicht auf, dass er sich noch ein bisschen intensiver um sie kümmerte. Sie waren von klein auf unzertrennlich gewesen, sie wohnten zusammen, spielten zusammen und gingen eben auch irgendwann zusammen in die Schule, wo sie natürlich auch zusammen am gleichen Tisch saßen.

Peter holte Dana und Leo jetzt stets von der Schule ab, brachte ihn aber direkt zur Fahrschule, wo er den Führerschein für die 125er machte, um selber mobil zu sein und mit Dana allein alle Wege erledigen zu können. Urs bezahlte den Schein und auch das Motorrad ohne jede Diskussion. Leo war fast erschrocken gewesen, dass er mit seinem ersten zaghaften Vorstoß weit offene Türen eingerannt hatte. Peter steckte Leo immer wieder Benzingeld zu. Bei ihm wusste er seine Tochter in größtmöglicher Sicherheit. Leo war kein Hasardeur, egal was er anpackte.

Dana bekam große Augen, als ihr vorsichtiger Versuch, wegen der Pille mit ihrer Mutter zu sprechen, auf heftiges Nicken und einen sofortigen Termin beim Doc stieß. Die Nachfrage betraf so offensichtlich Leo, dass Grit auf jegliche Diskussion verzichtete, die auch Peter unterließ, als er davon erfuhr.

Andreas hatte inzwischen einen der besten Anwälte für Dana und Leo besorgt, der nur darauf wartete, zuschlagen zu können. Er wusste, dass man Hannes für die versuchte Vergewaltigung und auch für die Körperverletzung wohl nur den erhobenen Zeigefinger gezeigt hätte, so baute er alles direkt auf dem zweifachen Mordversuch auf und verhalf Hannes zu einigen Jahren gesiebter Luft. Die Aufnahmen des Handys ließen keine andere Deutung zu. Die Worte „Ich bringe dich um!", waren deutlich genug zu hören und auch, dass alles Vorherige nur ein Vorgeschmack gewesen war. Zudem gab Hannes zu, den lästigen Zeugen aus dem Weg räumen zu wollen. Er hatte sogar vorgehabt, es als Unfall zu tarnen, indem er die beiden Leichen in den Abgrund werfen wollte. Der Alkoholgenuss spielte nur noch eine nebengeordnete Rolle, zumal der Promillewert beim Bluttest äußerst gering gewesen war. Andreas' Staranwalt machte sämtliche Versuche der Gegenseite zunichte,

Hannes irgendwie raus zu boxen. Der hatte die Challenge mitgeplant und vier andere Mädchen zum Teil so betrunken gemacht, dass er leichtes Spiel mit ihnen hatte, denn wegen seiner extrem ausgeprägten Akne wäre keine einzige freiwillig mit ihm ins Bett gegangen. Eine war sogar mit Alkoholvergiftung auf der Intensivstation gelandet. Sie hatte er in der eisigen Kälte hinter Hecken liegenlassen, wo sie von Nachtschwärmern entdeckt worden war.

Es wirkte sich nicht gerade günstig aus, dass Hannes selbst vor Gericht noch versuchte, seine Opfer zu erniedrigen. Seines Vaters großspuriges Gehabe, alles als maßlose Übertreibung abwiegeln zu wollen, brachte das Fass endgültig zum Überlaufen und gipfelte in den nächsten Wochen und Monaten darin, erhebliche wirtschaftliche Einbußen hinnehmen zu müssen. Ein Großkunde, dessen Tochter direkt betroffen war, kündigte alle Verträge und die Sache sprach sich in den Nachbargemeinden herum. Bis dahin hatte man den Vater nicht für die Taten des Sohnes bestrafen wollen. Doch mit diesem Wissen änderte sich alles.

Der jüngere Sohn zog es daraufhin vor, mit seiner Familie zu brechen, nach der zehnten Klasse die Schule vorerst zu beenden, und sehr weit weg eine Lehrstelle anzunehmen, mit der Aussicht, Abitur und Studium nachzuholen. Er war ebenfalls ein Klassenkamerad von Dana und Leo. Er hatte mit der ganzen Sache überhaupt nichts zu tun gehabt. Sie drückten ihm die Daumen, dass er woanders ein neues Leben aufbauen könne, ohne ständig mit seinem Bruder in Verbindung gebracht zu werden.

Dana hatte sich entschieden, mit Leo gemeinsam Agrarwissenschaften zu studieren. Er werde eines Tages den Hof erben, und sie konnte es sich nicht vorstellen, woanders wirklich zufrieden leben zu können. Sie hatte schon ein paar Mal in den Ferien mit Leo dessen Onkel Andreas besuchen dürfen und sich in der riesigen Villa völlig deplatziert gefühlt. Erst wenn sie mit ihnen auf Wandertour zu den Wundern der Natur gehen konnte, taute sie auf und wurde gesprächig.

„Sie ist kein Vogel, den man im Käfig zum Singen bringen kann, mag er auch golden und mit Diamanten besetzt sein", blinzelte Brenda, wenn sie die Kinder wieder zum Schüchthof zurückbrachten. „Sie braucht den Himmel überm Kopf und etwas, das unter ihren Händen gedeihen kann."

„Die Erfahrung machen wir auch ständig", seufzte Urs. „Dass Leo an den Wochenenden schon am frühen Morgen mit im Stall arbeitet, liegt in der Natur der Dinge, dass wir eine Familie sind. Aber Dana ist, seit sie laufen und allein die Tür öffnen kann, auch stets bei uns am Werkeln. Sie sammelt an beiden Tagen die Eier ein, melkt Schafe und ich kann es ihr nicht wirklich verbieten. Dann kommt mit großen unschuldigen Augen sofort: Ich will nicht allein sein. Das ist langweilig."

Mina schmunzelte. „Dabei war sie stets so pfiffig, wenn jemand Fragen stellte, um möglicherweise Kinderarbeit aufzudecken, zu sagen: Ich spiele Bauernhof. Und heute melke ich. Dann drehte sie ihnen den Rücken zu und machte unbeeindruckt weiter."

Als Dana alt genug für Ferienarbeit war, bekam sie im gesetzlichen Rahmen offiziell Lohn für die Hilfe. Peter und Grit ahnten nicht, dass die Schüchts für Dana ein Konto angelegt hatten, auf das der genaue Gegenwert für ihre wirklich wertvolle Hilfe überwiesen wurde.

Nur die von Trachenberg waren informiert und Mina sagte: „Wir werden es ihr zum 18. Geburtstag übergeben. Da kann sie den Auto-Führerschein machen und hat ein erkleckliches Sümmchen für einen kleinen fahrbaren Untersatz."

„Dass sie hier auf den flachen Wiesen Traktor fährt, seit sie 13 ist, geht keinen etwas an, weil es Privatland ist", verriet Urs. „Sie muss nur die StVO verinnerlichen, dann ist sie fit für die öffentlichen Straßen. Warum hätten wir sie vom Spaß ausschließen sollen, den auch Leo hatte, als er Traktor fahren lernte?"

„Na das ist ja interessant", rief Andreas. „Wenn wir hier sind, tun beide, als könnten sie kein Wässerchen trüben und wüssten nicht mal, wie man die Türen der Trecker öffnet!"

„Einfach nur, damit Eric nicht auf schräge Ideen kommt", verriet Mina.

„Alles klar! Akzeptiert!", lachte Andreas. „Ich hätte mich auch ganz arg gewundert, weil die Halbstarken überall auf privatem Besitz Traktor fahren dürfen, wenn sie gerade so mit den Füßen an die Pedale kommen."

Brenda schaute sich suchend um. „Wo stecken die drei überhaupt?"

„Sie sind zum Plateau aufgebrochen. In vier Stunden wollen sie wieder hier sein. Obelix ist bei ihnen", erwiderte Mina.

„Wie ist der Bernhardiner eigentlich zu diesem Namen gekommen?", fragte Brenda.

„Den hat ihm Leo gegeben, weil der gemütliche Hund doppelt so breit ist, wie die anderen drei. Idefix ist nur nach der Farbe des Trickfilmhundes benannt und weil er der Kleinste aus der Meute ist. Troubadix heißt so, weil er das Bellen immer mit so einem komischen Jauler beendet. Methusalix hat einfach nur graues Fell, obwohl er der Jüngste sein dürfte."

„Von euern ursprünglichen Tieren ist nur noch Sepp übrig, wenn ich mich nicht irre", seufzte Andreas.

„Exakt", nickte Mina. „Ziegen und Hunde werden ja nur 15 bis 18 Jahre alt, Esel hingegen bis zu 30. Als damals unser Astor starb, dachten wir, Sepp würde gleich mitgehen. Er hat wochenlang getrauert. Jetzt läuft er in der Schafherde mit, weil die Wollknäuele friedlicher sind, als die Ziegen. Er muss es in seinem Alter nicht mehr haben, dass die Zicklein auf ihm herumturnen. Auch hat er mit den neuen Hunden nicht viel am Hut. Den ruhigen Obelix scheint er zu mögen, die anderen ignoriert er oder er keilt nach ihnen aus, wenn sie ihn ankläffen. Mit jedem neuen Hund, der kam, ist ein Stückchen guter alter Zeit gestorben. Es hat eben jeder seine eigene Persönlichkeit und es ist sinnlos, sie mit denen zu vergleichen, die einmal waren."

„Ich dachte schon, nur ich werde sentimental", schmunzelte Andreas.

„Weit gefehlt", lachte Mina. „Wir schauen uns abends manchmal Bilder an und stellen fest, dass wir alt werden. Titus ist ja auch schon eine Art Methusalem."

„Dadurch, dass er Kuscheltier ist, und fröhlich in den Tag hinein leben kann, wird er es auch noch ein Weilchen bei uns aushalten. Er ist jetzt Sepps bester Kumpel. Daran, dass Leo und Dana aneinanderkleben, wie Pech und Schwefel, hat keiner Zweifel. Wir gehen fest davon aus, dass die beiden gleich nach dem Studium hier voll einsteigen werden. Und ich lehne mich so weit aus dem Fenster, zu behaupten, sie werden in recht absehbarer Zeit heiraten", sagte Urs.

„Alles andere würde mich arg wundern", gab Brenda zu. „Sie wissen ja, wie sehr beide Familien diese Verbindung begrüßen, weil es die ideale Konstellation ist."

„Ja, das ist wahr. Hier oben auf dem Berg braucht man jemanden, der ganz genau so tickt, wie man selber, wenn alte Traditionen erhalten bleiben sollen. Dana ist Bergbäuerin mit Leib und Seele", bestätigte Mina.

Urs zog die Augenbrauen zusammen.

„Was hast du?", fragte Mina erstaunt.

„Ich höre einen Hubschrauber", brummte Urs.

„Schon wieder?!" Mina schaute zum Plateau. „Das geht seit zwei Tagen so, dass wir ihn hören, aber nicht sehen", erklärte sie für Andreas und Brenda. „Wir haben sogar im Rathaus nachgefragt, was das soll."

„Das junge Volk kommt zurück!" Urs scharfe Augen hatten die Ausflügler zuerst erspäht.

Eine Stunde später waren sie auf dem Hof und Urs musste nicht mal fragen, denn Leo rief schon von Weitem: „Da oben tut sich was!"

„Erzähle!", rief Mina und deutete auf Tische und Bänke vor dem Haus.

Leo nickte, schöpfte Atem und begann: „Also, das sind Wissenschaftler, die wegen des Bergsturzes der Felsnadel, seit zwei Tagen den anderen Hang vermessen. Es heißt, der Fels da drüben werde immer poröser, sodass es zu größeren Abgängen kommen könne. Sie installieren ein Kamerasystem, das die Abbruchstelle rund um die Uhr im Auge behalten soll. Ich habe sie gebeten, sich umgehend mit euch in Verbindung zu setzen, weil wir direkt betroffen wären und uns keiner über irgendetwas informiert hat. Das scheint aber ein kommunales Kommunikationsproblem zu sein, denn das Bundesland ist involviert und hat die Aktion genehmigt."

Urs klopfte Leo auf die Schulter. „Super Arbeit! Danke!"

„Das bestätigt deine Befürchtungen", seufzte Mina und fügte für die anderen hinzu: „Er hat in den letzten Tagen alte und neue Bilder vom Hang da drüben verglichen und erschreckende Veränderungen festgestellt."

„Einfach so?", staunte Brenda.

Urs schüttelte den Kopf. „Vorahnungen. Wie immer. Ich habe seit dem Sturz der Felsnadel gegrübelt, wie es da drüben weitergehen wird. Unser Hang ist weitestgehend stabil, das kann ich den Wissenschaftlern auch ohne Technik attestieren. Sonst hätte ich alles, was hier lebt, schon in Sicherheit gebracht."

In den nächsten Wochen und Monaten überflogen öfter Drohnen den Hof. Urs hatte es gestattet, weil sich das Schicksal des Hofes, an jenes des anderen Hanges knüpfte. Man konnte keine Tiere weiden lassen, wenn sich dicker Gesteinsstaub auf dem Gras ablagerte. Bisher hatte der Wind günstig gestanden, oder es war so feucht gewesen, dass das feine Material nicht aufgewirbelt wurde.

Schließlich näherte sich Leos 18. Geburtstag und Andreas wäre wohl auch im allerschlimmsten Schneesturm zum Schüchthof gekommen, um das Geschenk persönlich überbringen zu können. Aber Petrus meinte es gut mit dem jungen Berggeist und so strahlte die Sonne von einem makellos blauen Himmel.

Leo hatte sich verschiedene Bücher für das Studium gewünscht und Mina alle Hebel in Bewegung gesetzt, sie zu bekommen. Es waren einige hochpreisige Exemplare darunter, sodass sich die Bräunigs an diesem Geschenk mitbeteiligten. Dana hatte eines der vergriffenen Bücher in einem Antiquariat entdeckt und sofort gekauft, zumal sie ja auch davon profitierte, wenn Leo erstklassig ausgestattet war. Also glich der Geburtstagstisch eher einem Büchertisch.

Andreas schmunzelte, als er hereinkam. Alles passte perfekt zu seinem Plan. Statt eines Blumenstraußes gab es einen exotischen Teestrauß, der Leo ein erfreutes: „Ahhhhh!", herauslockte. Dann überreichte Andreas ein flaches, ziemlich schweres Päckchen. „Außer mir weiß keine Menschenseele, was ich für dich eingepackt habe. Aber lustig ist, es ist auch ein Buch. Nur musst du dieses jetzt sofort und Seite für Seite anschauen, damit du den Wert erkennen kannst."

Leo entfernte äußerst vorsichtig das Geschenkpapier. Zum Vorschein kam ein ungewöhnlich dickes Fotobuch mit dem Titel: Das Leben eines jungen Berggeistes. „Oh. Jetzt bin ich neugierig!" Er legte es auf den Tisch und begann, zu blättern. Die Hochglanzseiten waren kunstvoll gestaltet und es fing tatsächlich mit Fotos kurz nach der Geburt an. Zu jedem Bild hatte irgendeiner eine kleine Begebenheit zu erzählen und Leo genoss es sehr, sich seine Geschichte aus dem Blickwinkel der anderen anzuschauen. Jedes Foto zeigte etwas Besonderes. „Mir ist als Kind selber nie aufgefallen, dass ich ein bisschen anders bin als andere", sagte er erstaunt. „Alles, was ich tat, war für mich völlig normal. Ach herrje! Der Adlerangriff im Sandkasten!"

Sie lachten noch einmal herzlich über die Sache mit dem Händewaschen bei Eric.

„Warum hat das Bild einen so auffälligen Rahmen?", überlegte Leo laut.

„Du wirst es herausfinden", erwiderte Andreas geheimnisvoll und nun fieberten alle der Lösung des Rätsels entgegen.

Es gab Bilder aus dem Himalaya, sogar eins von Eric, der plötzlich den bitteren Sud auf Ex hinunter kippte, und von vielen Ferienaufenthalten bei den von Trachenbergs. Leo, wie er akribisch Dinge reparierte, die Eric aus Übermut zerstört hatte. Sogar ein Bild seines entstellten Gesichts war dabei, als er Dana gerettet hatte.

„Dafür werde ich ihm bis zu meinem letzten Atemzug dankbar sein", murmelte Dana.

Leo blätterte weiter. „Was ist das?" Die hinterste Seite enthielt keine Fotos, dafür einen aufgeklebten Kontoauszug und eine mit Schutzhülle eingeklebte Geldkarte. Leo schaute Andreas fragend an.

„Schau es dir ganz genau an", lockte Andreas und Leo begann jedes Wort zu lesen.

„Aber da steht ja überall mein Name drauf!", rief er plötzlich. Er klappte das hochgefaltete Stück des Auszugs herunter und erstarrte. „Ich glaube, ich habe Halluzinationen!"

Die Zuschauer waren still geworden.

Andreas lächelte. „Du irrst dich nicht. Geldkarte und Betrag von 32.000 auf dem Konto sind echt. Ich habe über vierzehn Jahre lang, seit dem Monat, als du Eric vor dem Adler gerettet hast, jeden Monat 200 Euro auf das Konto eingezahlt und bin immer wieder darin bestätigt worden, das Richtige zu tun. Heute ist der Tag, allen zu zeigen, wie sehr ich dich deiner vielen guten Taten wegen wertschätze."

Leo fiel Andreas um den Hals, dankte von ganzem Herzen und mit Tränen in den Augen. Mina und Urs schlossen sich an, während die anderen stumm staunten. Dana lächelte selig. Leo fragte nie nach Gegenleistungen, er nahm aber mit Dankbarkeit an, wenn etwas gegeben wurde. Das Geheimnis des auffälligen Rahmens um das Foto war gelüftet.

Eric dämmerte es erst später, was sein Vater gefühlt haben musste, als er ihn den Fängen des Raubvogels sah.

Leo atmete tief durch, fasste sich ans Herz und sagte: „Dana, möchtest du, sobald du 18 bist, meine Frau werden?"

„Ohhhh jaaaaaa!", jubelte Dana und die anderen klatschten Beifall.

„Denke ja nicht, dass du das von deinem schicken neuen Konto bezahlen musst!", rief Urs. „Für so etwas sind wir da! Mach du nächste Woche den Autoführerschein fertig und kauf ein Wägelchen, damit ihr beim Studium mobil seid. Wir werden schon aufpassen, dass ihr nicht verhungern müsst."

Da ahnten weder Dana, noch Leo und schon gar nicht Grit und Peter, dass in einem halben Jahr eine ähnliche Überraschung auf Dana lauern werde. Andreas und Brenda agierten völlig unbefangen.

„Ihr werdet doch sicher ein Auslandssemester machen müssen", warf Brenda in den Raum.

„Davor ist uns nicht bange", schmunzelte Leo. „Ich habe mit Schäfer Jiří aus Böhmen einen Deal ausgehandelt."

„Meinst du den lustigen Typen, der mal zum Sagenfeuer hier war und der alles ganz genau erklärt haben wollte, was auf dem Hof passierte", rief Mina.

„Genau den meine ich", erwiderte Leo. „Der freut sich schon auf uns, weil er uns nicht erst mühsam die Grundlagen der Schafhaltung beibringen muss. Es wird sicher recht interessant werden, in seine computergesteuerte Massenhaltung hinein zu schnüffeln."

Zu Danas 18. Geburtstag waren die von Trachenbergs natürlich auch anwesend, zumal zwei Tage danach schon die Hochzeit stattfinden sollte. Mina hatte den Kontoauszug in ein dünnes Kunststoffröhrchen mit Schraubdeckel gefädelt und in einem Tortenstück versteckt, welches sie unbemerkt Dana unterschob. Die hatte wegen der Hochzeit eindringlich gebeten, keine extra Geschenke zum Geburtstag zu kaufen. So gab es nur einen Blumenstrauß und eine gut gefüllte Kaffeetafel.

Dana stocherte mit dem Löffel in der Sahnetorte, bis die anderen aufmerksam wurden. „Ich habe irgendwas Hartes in der Creme", sagte sie zaghaft.

„Echt?" Leo schnappte sich den Tortenheber und versuchte, das Stück längs zu teilen. „Stimmt, da ist was." Mit einem Messer und dem Heber bewaffnet, konnte er den Fremdkörper freilegen. „Na, wie ein Zufall sieht das nicht aus", lachte er vergnügt. „Du solltest wohl einen Blick hinein werfen."

Dana wischte das Röhrchen mit einer Serviette sauber und schraubte den Deckel ab.

„Eine Flaschenpost!", grinste Eric, als Dana mit spitzen Fingern ein Stück Papier zu Tage förderte.

Sie rollte den Zettel auseinander, las die obere Zeile und ließ ihn fallen, weil plötzlich ihre Hände zitterten.

„Was ist das?", fragte Grit besorgt.

„Ein Kontoauszug", sagte Dana mit kratziger Stimme.

„Wie?" Peter beugte sich überrascht vor.

Mina und Urs grinsten harmlos.

„So viel! Aber warum?", murmelte Dana irritiert, den Beleg glattstreichend.

„Das ist der Gegenwert der vielen Arbeit, die du hier in deiner freien Zeit verrichtet hast", erklärte Urs. „Wir haben, schon vor Jahren das Konto angelegt, weil du ständig mitgearbeitet hast. Du hast gemolken, Eier gesammelt, Wolle sortiert, bist Traktor mit dem Heuwender gefahren und hast vieles mehr getan. Du bist immer sofort zur Stelle, wenn Hilfe gebraucht wird. Das ist nicht selbstverständlich in dieser Welt und wird hiermit honoriert."

„Die zugehörige Geldkarte bekommst du heute Abend natürlich auch noch", schmunzelte Mina und hatte im nächsten Moment die Freudentränen weinende Dana im Arm liegen. Die danach gleich noch Urs herzte. Grit und Peter bedankten sich ebenfalls hocherfreut.

„Unsere Kleine", Peter streichelte liebevoll Danas Arm.

Andreas rieb sich zufrieden die Hände, grinste verschmitzt und gab bekannt. „Übermorgen ist sie die Schwiegertochter einer der reichsten Familien der ganzen Region."

„Und muss auch keine Angst haben, dass sie einen Schwiegerdrachen bekommt, der an allem herummäkelt", lachte Brenda. „Das ist das Tüpfelchen auf dem i."

„Apropos Herummäkeln", sagte Grit. „Ihr werdet es nicht glauben, aber meine Frau Mama hat wieder eine Show abgezogen, als sie die Einladung zur Hochzeit erhielt!"

„Alle anderen Großeltern freuen sich jedenfalls riesig", fügte Peter an.

„Es ist auch nicht verwunderlich, dass Dana die besagte Großmutter nur als ‚Tante Oma' titulierte. Für ein Kind ist es ja wirklich nicht nachvollziehbar, dass eine Omi so herum grummelt, egal, worum es geht." Urs blinzelte Dana lustig zu und sie nickte heftig.

Leos Lächeln schien in den Mundwinkeln festgenietet zu sein. Eric stöhnte mit verdrehten Augen: „Weiß dieser Mensch eigentlich, dass er meine Traumfrau heiratet?"

„Ja, weiß er", kicherte Leo. „Deswegen treffen sich die Mundwinkel auch fast am Hinterkopf."

„Stell ihr bloß nicht die Frage: Was hat er, das ich nicht habe! Nach der Antwort würdest du schmollend in Ecke sitzen", platzte Andreas lachend heraus.

„Hach, musst du mich so brutal mit der Nase auch noch darauf stoßen?!", kicherte Eric.

Dana schmunzelte vergnügt in sich hinein.

XIII.

Am nächsten Tag wurde das große Festzelt aufgebaut. Urs hatte bestes Wetter angekündigt, und genau so kam es auch. Die Großeltern trafen ein, Maud Jansen und ein weiterer Reporter mit Kameramann, mit denen keiner gerechnet hatte. Die hatten durch einen Zufall bemerkt, dass sich der Partyverleih auf fünf Sterne einrichtete, genau wie der Caterer in der nächsten Stadt. Sie legten sich auf die Lauer und waren dem Lastwagen ganz einfach gefolgt.

„Den Exklusivvertrag hat Frau Jansen", erklärte Urs und rief Maud herbei.

Die sezierte die jungen Männer fast mit den Augen. „Neu im Geschäft?"

„Ganz neu. Es wäre unsere erste richtig große Reportage gewesen", seufzte der Kameramann.

„Passt auf, Jungs. Ich bin hier der Platzhirsch, aber kein Spielverderber. Ihr bindet mich in eure Berichterstattung ein, ich euch in meine Seiten in der Regenbogenpresse. Mit ein bisschen gutem Willen haben wir eine Win-Win-Situation, die euch eure erste weltweite Nennung einbringen kann. Deal?"

„Deal!", riefen beide gleichzeitig.

Maud gab Urs ein Handzeichen, dass man sich geeinigt habe. Er kam heran. „Stellen Sie da drüben ruhig Ihr Zelt auf", sagte er. „Frau Jansen wird Ihnen auch gleich das nötige Hintergrundwissen vermitteln, damit Sie morgen die richtigen Worte finden."

„Wir scheinen in etwas ganz Großes geraten zu sein", staunte der Sprecher, der sich als Jannik Wehner vorstellte und den Kameramann als Arno Wilhelm.

„Kurz: in eine Millionärshochzeit. Leo Schücht, der Sohn des Besitzers dieses wundervollen Fleckchens Erde, wird morgen seine Sandkastenliebe Dana Bräunig heiraten. Die Herrschaften dort drüben, am Weidezaun, sind der Multimillionär Andreas von Trachenberg und seine Familie. Brenda von Trachenberg ist die Inhaberin der GOAlpin. Mina Schücht ist Herrn von Trachenbergs Schwester."

Die beiden jungen Männer lauschten mit leuchtenden Augen Mauds Worten. Sie hatten mit dem Mut der Verzweiflung das Richtige getan, indem sie zwar nicht dem Stern von Bethlehem, aber fünf genau so geheimnisvoll leuchten Sternen des Partyverleihs gefolgt waren.

Urs trat mit an den Weidezaun und warnte seinen Schwager vor.

„Ein bisschen Publicity kann nie schaden", schmunzelte Andreas, worauf Brenda erfreut nickte. „Maud wird das schon managen."

„Das dachte ich mir auch, als ich die beiden Herren ihr überlassen habe", blinzelte Urs. Er gab vorsichtshalber den Bräunigs und vor allem Leo und Dana Bescheid.

„Oha, hoffentlich geht dadurch unser Plan für den Montag nicht flöten", seufzte Dana.

„Bestimmt nicht", wiegelte Leo ab. „Selbst wenn die Livereportage zufällig einer hört, werden wir punkten. Dann stehen wir ganz einfach gleich am Morgen als Geheimniskrämer da und das Mittagessen wird erst recht der Renner werden."

„Stimmt." Dana hauchte Leo einen Kuss auf die Nasenspitze.

Inzwischen war das Zelt aufgebaut, mit Tischen und Polsterstühlen bestückt worden. Die Miettoiletten wurden angeliefert und der DJ baute seine Technik auf. Die beiden jungen Journalisten recherchierten zu allem, was irgendwie mit dem Schüchthof zusammenhing, und bekamen mit jeder Information größere Augen. Besonders als sie auf Mauds Geschichte stießen, wie Urs, der Einsiedler vom Berg, den Multimillionär Andreas von Trachenberg gerettet hatte. Schließlich fiel ihnen auch noch der Polizeibericht in die Hände, der Leo Schücht zum Lebensretter erklärte. Sie hatten wirklich und wahrhaftig einen ganz dicken Fisch an der Angel. Also feilten sie die Fragen richtig gut aus, die sie ihren Interviewpartnern stellen wollten. Sie begannen mit Maud, die den Ball nur zu gern annahm.

Peter und Grit kümmerten sich um die Beköstigung der Gäste am Vorabend der Hochzeit und luden natürlich auch die beiden Reporter mit ein, die herzlich dankend annahmen. Im ungezwungenen Gespräch erfuhren sie viel mehr, als wenn sie streng dienstlich Fragen gestellt hätten, und veröffentlichten einen kleinen Vorbericht zum Großereignis des kommenden Tages. Genau so, wie es auch Maud machte.

Es wurde sogar noch interessanter, als am nächsten Morgen mit dem Standesbeamten der Bürgermeister der Gemeinde ankam. Weil es doch schließlich um eine Familie ging, die maßgeblichen Einfluss darauf hatte, ihren Landstrich bekannt zu machen und unzählige Touristen anzulocken, die den urigen Hof kennenlernen wollten. Seit es die Sagenfeuer gab, verzeichneten auch die Pensionen, Hotels und Ferienzimmervermieter steigende Umsätze.

Mit dem Beginn der Zeremonie starteten die Reporter die Liveübertragung im regionalen Fernsehen. Urs und Leo erwarteten im Designerzwirn das Erscheinen der Braut. Peter hatte nicht geahnt, dass Leo mit Dana in der Stadt gewesen war, um ein völlig anderes Brautkleid anfertigen zu lassen, als alle dachten. Das Oberteil war reich mit Swarovski-Kristallen geschmückt, genau wie der Schleier. Sie trug die Brautkrone ihrer Mutter und farblich exakt dazu passenden Schmuck, den ihr Leo als Morgengabe geschenkt hatte. Der Strauß blutroter Rosen, mit unglaublich großen Blüten, war fließend gebunden und ein Traum der Extraklasse.

Eric pfiff durch die Zähne. Sein cooler Cousin hatte auch hier das richtige Händchen gehabt, zu zeigen, dass er durchaus in der Lage war, seiner Traumfrau nicht nur Wohlstand, sondern auch Luxus zu bieten, auch wenn das Studium noch vor ihnen lag.

Urs' behagliches Lächeln sagte alles. Leo hatte für maximal große Augen der Gäste gesorgt. Vor allem bei Oma Schmieder, die mit halb offenem Mund das junge Brautpaar anstarrte. Die Damen, besonders die beiden Mütter, tupften in einem fort Tränen der Rührung von den Wangen und auch die Augen der Väter schimmerten sehr verräterisch. Das Jawort wurde vom verzückten Seufzen der Gäste begleitet.

Schließlich bat Leo zu Tisch. Mina hatte, weil sich die Anzahl der Feiernden in kleinem Rahmen bewegte, nur vom Allerfeinsten, aber reichlich, geordnet. Die Reporter beendeten vorerst das Filmen, um niemanden zu verärgern, wenn man ihn beim Essen aufnahm.

„Die beiden freien Plätz sind für Sie", gab Leo bekannt, als sie sich zu Büchsenkost zurückziehen wollten.

„Wirklich?", stotterte der Kameramann überrascht.

„Ganz wirklich", erwiderte Leo schmunzelnd.

Zwischen Mittagessen und Kaffeetafel erklangen Fahrgeräusche auf der Straße und die Hunde rannten zur geöffneten Schranke. Urs folgte ihnen. Zwei Geländewagen fuhren im Schritttempo an ihnen vorbei.

„Bruno?", staunte Urs, den Fahrer des ersten Wagens erkennend.

Der ließ sich nicht beirren und steuerte das Gefährt zwischen den Häusern hindurch genau vor das Festzelt.

„Bruno!" Mina lief ihm neugierig entgegen.

„Hallo ihr Lieben!", rief Bruno, die rechte Hand von Andreas, fröhlich, und gratulierte den frisch Vermählten herzlich mit einem Körbchen voller seltener Weine verschiedener Winzer.

Andreas wandte sich an das Brautpaar: „Ich will nicht lange herumreden. Das vierrädrige Blech-Ding hier, ist unser Hochzeitsgeschenk an euch."

„Wie jetzt?!", stammelte Leo.

„Glaube es ruhig", kicherte Brenda, weil sie Leo noch nie so konfus erlebt hatte.

Bruno hatte die Mappe mit allen Papieren aus dem Auto genommen, sich waagerecht auf die Handflächen gelegt und die Autostartkarte oben drauf. Unter einer tiefen Verbeugung hielt er alles Leo entgegen, der wie ein Traumwandler auf ihn zu ging. Dana hatte beide Hände an die Schläfen gelegt. Das konnte nur ein ganz wundervoller Traum sein!

Leo bekam sich ganz, ganz langsam wieder ein, fiel Brenda und Andreas um den Hals, mühsam nach Dankesworten suchend. Dana folgte seinem Beispiel. Mina, Urs, Grit und Peter versuchten noch immer, ihre Fassung wiederzufinden. Andreas grinste vergnügt. Sein Plan war aufgegangen. Bruno hatte am Vorabend endlich Bescheid gegeben, dass das Auto in Andreas' Wunschkonfiguration zur Abholung bereitstand.

Leo und Dana freuten sich nun noch mehr auf die Kommentare, wenn sie im eigenen Traumwagen an der Schule vorfuhren. Der direkte Nachbar zum Schulgrundstück, ein pensionierter Schafzüchter, hatte Urs erlaubt, den Geländewagen bei ihm abzustellen, wenn er im Ort unterwegs war. Leo würde ihn morgen ganz einfach bitten, den Standplatz ebenfalls nutzen zu dürfen.

Bruno verabschiedete sich und stieg in den Wagen des Begleiters um, weil sie heute noch eine langen Weg vor sich hatten. Die Hochzeiter schickten sich an, die mehrstöckige Torte anzuschneiden, und alle lauerten, ob das wohl gutgehe.

„Ich habe keinen Zweifel daran", sagte Urs im Brustton der Überzeugung und die jungen Schüchts meisterten die Hürde tatsächlich auf Anhieb. Genau wie später den herrlichen Walzer als Hochzeitstanz.

„Du hast heimlich geübt", stellte Dana erfreut fest.

„Unheimlich, mein Schatz", lachte Leo, nun den Walzer links herum tanzend. „Es hätte mich ziemlich an der Ehre gekratzt, heute der Depp auf der Tanzfläche zu sein."

„Ich bin absolut überrascht", strahlte Dana.

Die beiden Reporter hatten fleißig gefilmt und Leo atmete innerlich tief durch, auch mit dem Tanzen üben, genau die richtige Entscheidung getroffen zu haben. Er tanzte nicht nur mit seiner Schwiegermama eine Runde, sondern mit allen anwesenden Damen, sowie Dana mit jedem Herrn ein Tänzchen wagte. Nur Eric war sauer und ärgerte sich mächtig, seinen Tanzkurs abgesagt zu haben, weil ihm die Mädchen nicht hübsch genug gewesen waren. Dabei hatte sein Vater extra noch betont: Du sollst doch nur was fürs Leben lernen und sie nicht heiraten.

Dana zog mit der Hochzeitsnacht bei Leo ein, der zwei hübsche Zimmer mit viel Platz bewohnte. Nach dem Studium, so nahmen sie sich vor, wollten sie auf einer alten Stelle ein neues traditionelles Haus errichten, womit der Hof wieder ein Stückchen mehr wie in vergangener Zeit aussehen werde.

Morgens versorgten die Hofbewohner ihre Tiere, dann gab es gemeinsames Frühstück für alle im Festzelt. Die von Trachenbergs fuhren anschließend gleich nach Hause, denn Eric musste am nächsten Morgen ja auch wieder zur Schule. Die Großeltern hingegen reisten erst am Montag nach Hause. Sie wollten auf jeden Fall noch miterleben, wie Leo und Dana im eigenen Wagen den Weg zum Gymnasium antraten.

Andreas hatte Mina und Urs verraten, wie es zu dem teuren Geschenk gekommen war. „Ich habe immer akzeptiert, wenn ihr zu Feierlichkeiten gesagt habt: nur kleine Geschenke. Das hieß aber nicht, dass ich das Geld, das ich eigentlich geplant hatte, dann selber verbraten habe. Bekam Eric etwas für 500 Euro, habe ich das, was nach dem kleinen Geschenk für Leo bis dahin fehlte, aufgeschrieben und so war der Wagen ganz einfach nun drin. Zumal ich ihn ja zum Einkaufspreis aus meinem Geschäft loskaufen kann. Ich werde Urs und Leo bis zu meinem allerletzten Atemzug für alles zutiefst dankbar sein, was jeder der beiden unter eigener Lebensgefahr für uns getan hat. Und davon bringt mich auch niemand ab. Dass ihr ganz genau so denkt, habe ich am Geburtstagsgeschenk für Dana gesehen. Diskussionen sind also zwecklos."

Leo fand sogar einen schattigen Parkplatz auf der anderen Straßenseite. Natürlich blieb das cremefarben metallic lackierte Prachtexemplar von Geländewagen nicht unbemerkt und schon scharten sich die Experten darum, um den Preis herauszufinden. Dank Internet auf dem Handy ja kein Problem.

„Ihr hattet am Wochenende volles Haus, kam in den Nachrichten", sagte ein Mitschüler.

„Hm, das stimmt", gab Leo zu.

„Es war von einer großen Hochzeit die Rede", fuhr der Klassenkamerad fort.

Leo nickte. „Auch das ist richtig."

„Verwandtschaft?", fragte der Mitschüler.

„Kann man so sagen", nickte Leo nach kurzem Nachdenken. „War eine richtig große Party mit Presse und Fernsehen."

„Hehehe, dann wart ihr wohl auch in der Glotze zu sehen?", rief ein anderer.

„Ist anzunehmen", erwiderte Leo.

Dana hatte es geschafft, weil Leo umlagert wurde, mit dem Klassenlehrer flüsternd ein kurzes Gespräch vor der Tür zu führen. Völlig unbefangen kamen sie herein, alle eilten zu ihren Plätzen und der Unterricht begann. Es drehte sich komplett um die Abiprüfungen und Leo spitzte die Ohren.

Der Lehrer hatte Mühe, die beiden nicht ständig anzuschauen, um ihre Überraschung nicht vorzeitig auffliegen zu lassen. In den Pausen drehte sich alles um den Wagen und die jungen Männer fachsimpelten eifrig.

Vor der Mittagspause, nach der noch zwei Stunden auf dem Plan standen, bat der Klassenlehrer um Gehör. „Meine Lieben, wir gehen jetzt geschlossen und sofort in die Aula. Die folgenden zwei Stunden werden etwas anders ablaufen, als der Stundenplan sagt. Auf geht es!"

Die Aula hatte sich ein Nobelrestaurant mit Tischdecken und edlem Porzellangeschirr verwandelt.

„Wow, was geht denn hier ab?!", riefen einige.

„Nehmen Sie Platz, meine Damen und Herren", sprach der Lehrer und wartete, bis sich alle sortiert hatten. „Nun hat Leo das Wort."

„Ich mache es kurz. Ich habe am Samstag Dana geheiratet und das ist die zugehörige kleine Feier, damit sich niemand ausgeschlossen fühlt."

Einen Moment Stille, dann Applaus und Hochrufe.

Leo schmunzelte. „Der cremefarbene Traum, der heute so die Gemüter erhitzt, gehört uns beiden. Wir haben ihn von meinem Onkel als Hochzeitsgeschenk bekommen. Und nun guten Appetit!"

Die Zwischenwand wurde beiseitegeschoben und Kellner trugen den ersten Gang des großen fünf Sterne Menüs auf. Das Gymnasium hatte eine kleine Sensation. Außer, dass das junge Ehepaar Schücht täglich mit dem neuen Wagen zur Schule kam und Ringe trug, änderte sich gar nichts. Die beiden verhielten sich wie eh und je.

„Was habt ihr für die Zukunft vor?", wurden sie gefragt.

„Studieren und den Hof zu bewahren, wie er ist", sprachen sie völlig synchron.

„Die meisten Touristen kommen ja doch, weil sie das Ursprüngliche, das Alte, das Überlieferte sehen wollen und weil sie die Stille auf unserem Berg lieben", erklärte Leo. „Mir geht es wie meinem Vater – der Hof ist mein Leben. Alles, was mir lieb und teuer ist, lebt auf dem Hof oder hängt mit ihm zusammen. Und für den Rest lassen wir uns einfach überraschen, was die Zukunft bringt."

Weitere spannende Bücher:

Die Nebelwald-Saga
Band 1: Der Nebelwald

Band 2: Die Schlacht um Wildforest

Band 3: Unter dem Banner des Gefleckten Drachen

Band 4: Eine neue Dynastie

Band 5: Prinzenraub

Die Aurëus-Saga
Band 1: Der Spiegel des Aurëus

Band 2: Das Geheimnis des Aurëus

Band 3: Die Urenkelin des Aurëus

Band 4: Die Drachen des Aurëus

Der Nixen-Clan

Band 1: Adaia

Band 2: Die Meermänner von Tuvalu

Band 3: Alarmstufe rot

Band 4: Im Reich des Lóng

Die Magier von Tarronn Band 1 - 6

Und noch mehr unter: www.sinas-drachen.com